HEYNE <

Das Buch

Quarterback Alex Dare hat alles: Nicht nur, dass die Frauen ihm reihenweise zu Füßen liegen, er ist auch noch ein gefeierter Footballstar bei den Tampa Breakers – bis ihn eine Verletzung in den Vorruhestand zwingt. Als ihm ein Job bei der konkurrierenden Mannschaft angeboten wird, ist er geschmeichelt, aber die Sache hat einen Haken – er müsste mit Madison Evans zusammenarbeiten, der Frau, die ihm seit vielen Jahren nicht mehr aus dem Kopf gegangen ist. Madison wuchs bei Pflegefamilien auf und weiß aus erster Hand, was es bedeutet, nichts zu haben. Von Alex Dares Reichtum und Charme lässt sie sich nicht beeindrucken. Nicht seit sie sich Hals über Kopf in ihn verliebt hatte, nur um festzustellen, dass sie nicht die einzige Frau in Alex' Leben war. Deshalb hat sie sich fest vorgenommen, seinem Charisma dieses Mal nicht mehr zu erliegen. Doch Alex will Madison haben. Und wenn er eine Sache gut kann, dann ist es zu bekommen, was er unbedingt haben möchte …

Die Autorin

Carly Phillips hat sich mit ihren romantischen und leidenschaftlichen Geschichten in die Herzen ihrer Leserinnen geschrieben. Sie veröffentlichte bereits über zwanzig Romane und ist inzwischen eine der bekanntesten amerikanischen Schriftstellerinnen. Mit zahlreichen Preisnominierungen ist sie nicht mehr wegzudenken aus den Bestsellerlisten. Ihre Karriere als Anwältin gab sie auf, um sich ganz dem Schreiben zu widmen. Sie lebt mit ihrem Mann und den zwei Töchtern im Staat New York.

CARLY PHILLIPS

dare to LOVE

EINMAL BERÜHRT IST FAST GAR NICHT VERFÜHRT

Roman

Aus dem Amerikanischen
von Anu Katariina Lindemann
und Ursula C. Sturm

WILHELM HEYNE VERLAG
MÜNCHEN

Die Originalausgabe erschien 2013 unter dem Titel
Dare To Desire bei CP Publishing.

FSC
www.fsc.org
MIX
Papier aus verantwortungsvollen Quellen
FSC® C014496

Verlagsgruppe Random House FSC® N001967
Das für dieses Buch verwendete FSC®-zertifizierte Papier
Holmen Book Cream liefert Holmen Paper,
Hallstavik, Schweden.

Taschenbucherstausgabe 12/2015

Printed in Germany
Redaktion: Birgit Groll
Umschlaggestaltung: ZERO
unter Verwendung von FinePic®, München
Satz: Greiner & Reichel, Köln
Druck und Bindung: GGP Media GmbH, Pößneck

ISBN 978-3-453-41857-8

www.heyne.de

1

Quarterback Alex Dare nahm den Ball auf die gleiche Weise in Besitz, wie er es auch mit einem Frauenkörper zu tun pflegte. Mit Geschick, Raffinesse und der absoluten Gewissheit, dass er punkten würde.

Madison Evans betrachtete den Mann, der noch die Nacht zuvor in ihrem Bett gewesen war, auf dem riesigen Bildschirm vor ihr. Sie hatte sich ihren Freunden zum Thanksgiving-Essen angeschlossen: Riley und deren Mann Ian Dare und Ians Geschwistern. Ohne eigene Familie im Hintergrund, wusste sie es zu schätzen, einen Ort zu haben, wohin sie gehen konnte. An einem Feiertag allein in einem Restaurant zu essen – etwas, das sie oft genug getan hatte –, reizte sie nicht besonders.

Das Football-Spiel zog jeden in seinen Bann. Während die Leute auf den riesigen Bildschirm schauten, hatte Madison das Gefühl, als ob sie gerade zusammen mit Alex, seinen Mannschaftskameraden und den gegnerischen Spielern auf dem Spielfeld stünde. Jeder um sie herum machte Witze, lachte und genoss die köstlichen Snacks.

Jemand beschwerte sich lauthals. Madison blickte

noch einmal flüchtig auf den Fernseher. Ein Time-out war ausgerufen worden, was es ihr ermöglichte, über die stürmischen letzten Wochen nachzudenken, die sie mit diesem unwiderstehlichen Mann verbracht hatte.

Zum ersten Mal war sie Alex begegnet, als Riley einige Monate zuvor im Krankenhaus lag, aber sie hatte den Quarterback mit dem Playboy-Image ignoriert – zugunsten der Patientin, die ihr, als Sozialarbeiterin in Rufbereitschaft, zugewiesen worden war.

Auf Rileys und Ians Verlobungsfeier hatte sie ihn dann wiedergesehen. Er hatte seinen Charme spielen lassen und einen kompromisslosen, sinnlichen Angriff gestartet. Trotz ihrer Versuche, ihn auf Distanz zu halten, war sie letztendlich doch schwach geworden. Sie gab nach und landete noch in derselben Nacht in seinem Bett. Er war kein Mann für eine feste Beziehung, und sie hatte sich selbst mental auf ein vorprogrammiertes, schnelles Ende eingestellt, was aber nicht eingetreten war.

Obwohl Alex für die Tampa Breakers spielte und beinahe vier Stunden entfernt von Miami lebte, behielt er dennoch seinen Hauptwohnsitz in Miami, da der Großteil seiner Familie in dieser Stadt wohnte. Sein Apartment in Tampa nutzte er der Einfachheit halber während der Saison, wenn er entweder hier in Miami, in Tampa oder anderweitig unterwegs war.

Aber seitdem er Madison in sein Bett bekommen hatte, hatte er jegliche physische Distanz auf andere Art und Weise wieder wettgemacht. Sie hatten telefoniert und sich gegenseitig ständig SMS geschrieben, inklusive Sexting, wenn er sich gerade nicht in der Stadt aufhielt. Und war das denn nicht etwas völlig Neues für sie gewesen? Sie wand sich auf ihrem Platz bei den erregenden Erinnerungen. Sie verbrachten sogar noch mehr Zeit miteinander, seitdem sein Team an diesem letzten Wochenende glücklicherweise kampflos in die nächste Runde aufgestiegen war, was eine freie Woche bedeutete. Das hieß Extrazeit in Miami. Und das mit ihr.

Sie hatten genügend Stunden sowohl innerhalb als auch außerhalb des Bettes gemeinsam verbracht, und obwohl sie seinen Ruf kannte, waren Madisons Gefühle bereits involviert. Nicht besonders schlau für einen Vernunftmenschen wie sie. Wenn sie eines in ihrer Kindheit gelernt hatte, dann das, ihre Emotionen unter Verschluss zu halten. Und das bedeutete, sich nicht fest an einen anderen Menschen zu binden – egal in welcher Hinsicht. Und schon gar nicht an einen Mann wie Alex, der normalerweise keine Beziehungen führte.

Sie wusste sogar, dass es ihm unangenehm war, dass sie diesen Feiertag mit seiner Familie verbrachte, ungeachtet dessen, dass die anderen Familienmitglieder bereits ihre engen Freunde gewesen waren, bevor sie sich auf Alex einließ. Offensichtlich hatte er die Konsequenzen einer Affäre mit ihr nicht durchdacht, bevor er seinen Charme spielen ließ. Aber solch eine Chemie wie zwischen ihnen beiden war ja auch nichts Alltägliches. Sie hatten unglaublichen heißen Sex. Fantastischen, hemmungslosen Sex, der ihr Höschen sofort wieder feucht werden ließ. Etwas, das Madison noch nie zuvor erlebt hatte.

Ganz zu schweigen davon, dass er auch eine süße Seite besaß. Er liebte seine Geschwister und seine Mutter abgöttisch, seinen Freunden war er ein zuverlässiger Freund, und Madison konnte er mit einem Augenzwinkern und einem umwerfenden Lächeln verführen. Dann waren da noch diese unglaublichen Orgasmen. Sie wand sich und veränderte ihre Körperhaltung, weil schon der bloße Gedanke allein genügte, um sie auf Hochtouren zu bringen. Er war ja sooo gut.

Wenn sie nun so dumm gewesen war, Gefühle für diesen Mann entwickelt zu haben, so müsste er sie doch trotzdem, schon allein wegen ihrer Freundschaft mit Riley und dem Rest seiner Familie, mit Schonung behandeln. Wenn dem nicht so wäre, würde Riley ihm gehörig in den Arsch treten, und Madison würde nichts lieber tun, als ihr dabei behilflich zu sein.

Sie glaubte nicht an Liebe auf den ersten Blick. Wenn man sie fragen würde, hätte sie auch gesagt, dass sie nicht an ein »Sie lebten glücklich und zufrieden bis an ihr Lebensende« glaubte, aber als sie ihn so auf dem Spielfeld sah, spürte sie ihr Herz unmissverständlich schneller klopfen, und sie wusste, dass sie sich in Schwierigkeiten befand.

Sie zwang sich dazu, ihren Blick dem Spiel auf dem Monitor zuzuwenden. Mit dem Ball in der Hand suchte Alex mit seinem Blick das Feld nach dem Receiver ab, dem er den Ball zuwerfen könnte. Offenbar fand er den Mann, nach dem er Ausschau hielt, und hob seinen Arm – bereit zum Wurf.

Die nächsten wenigen Sekunden verliefen wie im

Zeitraffer. Alex täuschte vor, duckte sich und rannte in die entgegengesetzte Richtung – nur um von einem massiven Koloss von einem Mann auf seiner Linken angegriffen zu werden. Er kassierte einen Schlag und wurde von gegnerischen Spielern rechts von ihm niedergerissen. Madison zuckte bei der Gewalt des Stoßes, der ihn zu Boden riss, zusammen. Als sich die Männer – einer über dem anderen – auf ihm anhäuften, wurde das Time-out ausgerufen.

Der Haufen der Kerle brauchte eine gewisse Zeit, bis sich jeder Einzelne von ihnen langsam wieder auf die Füße stellte. Alle außer dem Spieler, der noch auf dem Boden lag. Nummer zweiundzwanzig, Alex Dare, lag lang ausgestreckt und regungslos auf dem Spielfeld.

Alex wusste sofort, dass dieser Schlag anders war als diejenigen zuvor. Alles um ihn herum wurde schwarz – ein paar Sekunden zu lang. Genug Zeit, um Panik zu bekommen, bevor der blaue Himmel über ihm zurück in sein Sichtfeld rückte. *Gott sei Dank*. Aber die Schmerzen und die Übelkeit waren überwältigend und nahmen kein Ende. Und an irgendeinem Punkt musste er bewusstlos geworden sein. In einer MRT-Maschine kam er wieder zu sich – etwas, mit dem er schon mehr als vertraut war. Der eingeschlossene Raum und die lauten, knallenden Geräusche halfen nicht über die Schmerzen hinweg. Endlich zogen sie ihn aus der winzigen Kapsel wieder heraus, und er beantwortete die notwendigen Fragen über Tag und Zeit. Er tat sein

Bestes, um sich nicht zu übergeben oder seinen Kopf auch nur den Bruchteil eines Zentimeters zu bewegen.

Scheiße, tat das weh.

An den Beginn des Spiels konnte er sich noch erinnern, aber nicht an den Spielstand oder den Schlag. Er erinnerte sich nicht einmal mehr an die Fahrt in dem Notarztwagen zum Krankenhaus. Nicht unüblich bei einer Gehirnerschütterung, und er hatte genügend davon gehabt, um das zu wissen.

Sie schickten ihn zu weiteren Tests, und sein Kopf hämmerte mit der Kraft von Hunderten Basstrommeln. Wellen der Übelkeit überkamen ihn, drohten damit, dass ihm das Mittagessen wieder hochkam. Sofern er überhaupt etwas im Magen hatte. Er konnte sich nicht erinnern.

Der Teamarzt und der Neurologe warteten schon auf ihn, als er schließlich in einem Privatzimmer untergebracht wurde. Ihr Gesichtsausdruck war düster, und sein Herz klopfte schneller in seiner Brust. Körperlichen Schmerz konnte er ertragen, aber was wollten sie ihm mitteilen? Er durchlebte Todesängste, dass er damit nicht umgehen könnte.

Die Ärzte redeten, teilten ihm die Neuigkeiten mit, ihre Worte hallten in seinem Gehirn. Er konnte sich keinen weiteren Schlag mehr auf den Kopf erlauben. Eine weitere Gehirnerschütterung könnte zu einem permanenten Gehirnschaden führen.

Erinnerungsverlust.

Depression.

Der Verlust der körperlichen Motorik.

Blindheit.

Die verdammten Ärzte benutzten jedes »Im-schlimmsten-Falle-Szenario« an Argumenten, um ihren Standpunkt durchzusetzen: *kein professioneller Football mehr!*

Eine die Karriere beendende Verletzung – der schlimmste Albtraum eines jeden Spielers.

Er weigerte sich, mit den Ärzten zu sprechen, und war dankbar, als sie ihn endlich alleine ließen. Die nächste Stunde starrte er an die Decke des Krankenhausraumes, der stechende Kopfschmerz und die Übelkeit waren wie eine ständige Erinnerung an den Verlust.

Er war sechsundzwanzig Jahre alt, und alles, an das er denken konnte war ... *was jetzt?*

Sechs Monate später

Alex wachte schweißgebadet von demselben Albtraum auf, der ihn seit Monaten – nach dem lebensverändernden Schlag auf den Kopf – heimsuchte. Er erlebte nicht nur den Moment des Zusammenpralls immer wieder aufs Neue und die Details, die letzten Endes zu ihm zurückkehrten, sondern er spürte tatsächlich auch den brennenden Schmerz. Sechs Monate waren seit dem Thanksgiving-Wochenende vergangen, und er hatte gedacht, den verdammten Albtraum hinter sich gelassen zu haben. Aber er hätte ihn wiederer warten sollen – jetzt, seitdem das Training für die nächste Football-Saison begonnen hatte und, nebst dieser Tatsache, auch das wiederkehrende Gefühl aufkam, dass sein Leben vorbei war.

Er dehnte seine angespannten Schultern zurück, der Stress des Nichtwissens, was er als Nächstes tun sollte, zerfraß sein Inneres. Er richtete sich im Bett auf und streckte sich. Vielleicht musste er einfach nur mal wieder vögeln. Schließlich war er seiner Lieblingsbeschäftigung einfach schon zu lange nicht mehr nachgegangen. Das Problem war, dass jedes Mal, wenn er nach seinem Telefon griff, ihn keiner der aufgelisteten Namen reizte.

Okay, einer tat es schon, aber diese Brücke hatte er hinter sich abgebrochen. Vollständig, wenn man seiner besten Freundin und Schwägerin Riley Glauben schenken durfte. In Anbetracht der Art, wie er Madison Evans aus seinem Krankenhauszimmer rausgeschmissen hatte, nahm er an, dass seine beste Freundin richtiglag. Bei der Erinnerung daran, wie er Madison behandelt hatte, zuckte er zusammen – Selbsthass erfüllte ihn.

Er erinnerte sich an den Moment, als ob es gerade erst passiert wäre. Nach der Gehirnerschütterung und der Vielzahl an Tests hatte der Arzt darauf bestanden, ihn über Nacht dazubehalten. Riley, Ian, sein Bruder Jason und seine Schwester Sienna kamen, um ihn zu besuchen. Alex verhielt sich nicht gerade freundlich, aber sie gehörten schließlich zur Familie. Sie mussten ihm das einfach verzeihen. Seine Eltern kamen als Nächstes, und sie verstanden seinen depressiven mentalen Zustand. Die sich drehende Tür von Besuchern brachte seinen Kopf noch mehr ins Schleudern als die Verletzung. Er versicherte allen, dass es ihm gut ginge, und schmiss sie dann raus. Mitleid und Sorge waren jetzt das Letzte, was er gebrauchen konnte. Er suhlte sich schon selbst genug in Selbstmitleid.

Dann aber war *sie* aufgetaucht.

Er hatte aufgesehen und sah Madison dort stehen. Blondes Haar, das über ihre Schultern wallte und ihre üppigen Brüste bedeckte, die er in der Nacht vor dem Unfall noch in seinem Mund und in den Händen gehabt hatte. Er mochte am Boden sein, aber immer noch wusste er eine schöne Frau zu schätzen, und diese da war es ohne Zweifel. Das wusste er, seit sie sich zum ersten Mal begegnet waren, was auch der Grund dafür gewesen sein mochte, sie länger um sich zu haben als seine üblichen Frauen.

Aber er hatte begonnen, nervös zu werden, besonders in Bezug darauf, wie vertraut sie mit seiner Familie war und sogar den Thanksgiving-Feiertag mit ihnen verbrachte. Wie dumm war er eigentlich gewesen, dass er dort fickte, wo er lebte? Er besaß einen Vater, der lange Jahre ein Doppelleben mit zwei Familien geführt hatte. War es da ein Wunder, dass Alex so etwas Dummes getan hatte?

Das einzige Mal, als er eine Frau so nah an sich herangelassen hatte, hatte sie ihm sein Herz herausgerissen, ohne auch nur mit der Wimper zu zucken. Danach schwor er sich »Nie wieder!« und hatte gedacht, es auch wirklich so gemeint zu haben. Nur Madison war es gelungen, die Mauern niederzureißen, die er um sich errichtet hatte. Sie hatte zu gut in sein Leben hineingepasst, und das hatte ihn zu Tode geängstigt.

Und jetzt? Er hatte keine Karriere mehr, keine Zukunft, und es war so sicher wie das Amen in der Kirche, dass er sich jetzt ganz bestimmt nicht auch noch über eine Beziehung oder so etwas in der Art Gedanken zu machen brauchte.

»Was machst du hier?«, hatte er sie gefragt.

»Ich mache mir Sorgen um dich. Ich bin gekommen, um zu sehen, wie es dir geht.«

Sorge füllte ihre großen, blauen Augen, und sie ging auf ihn zu.

Er hielt eine Hand hoch, um sie zu stoppen. »Mir geht's gut!«

»Riley hat gesagt …«

»Ist mir egal, was Riley dir erzählt hat. Ich bin nicht dein Problem – hast du das kapiert?«

Sie schluckte erkennbar, die zierlichen Muskeln an ihrem Hals bewegten sich auf und ab. »Ich dachte, es könnte vielleicht sein, dass du mich brauchst.«

Er brachte ein raues Lachen zustande. »Ich hab meine Familie. Ich brauche dich nicht.«

»Also sind wir …«

»Es gibt kein ›Wir‹, Schätzchen. Es hat Spaß gemacht. Jetzt ist es vorbei.«

Tränen füllten ihre Augen, und in diesem Moment hasste er sich selbst.

»Ich vergaß. Alex Dare führt keine Beziehungen.«

»Verdammt richtig«, murmelte er.

Sie straffte ihre Schultern. Er wusste, sie besaß Rückgrat und war bereit auszuteilen. »Ich war dumm zu denken, dass ich jemand Menschlichen und Realen hinter der Fassade finden würde. Du bist bis in das kleinste Detail genau die männliche Schlampe, die das Internet und dein Ruf über dich verbreiten!«

Sie begann, sich in Richtung Tür aufzumachen, drehte sich dann jedoch noch einmal um, um ihm ins Gesicht zu blicken. »Und du bist auch ein kaltherziger, egoistischer Bastard!« Damit stürmte sie hinaus und knallte die Tür hinter sich zu.

Sein Kopf hämmerte bei dem Lärm, und er fluchte laut. Inzwischen konnte er sich eingestehen, dass er jedes einzelne Wort verdiente. Es gab kein Herumkommen um die Tatsache, dass er bis vor sechs Monaten exakt die männliche Schlampe gewesen war, die Madison ihm vorgeworfen hatte zu sein. Er hatte auch nichts Falsches daran gesehen. Bis zu diesem Zeitpunkt hatten all die Frauen in seinem Leben gewusst, worauf sie sich einließen.

Verdammt, er war davon ausgegangen, dass Madison es auch gewusst hatte. Aber er hätte es besser wissen müssen. Sie war anders, und er hatte das immer gespürt. Was auch die Erklärung dafür sein musste, warum er sie – auch all diese Monate später – nicht aus seinem Kopf bekam.

Keine Frau, die je sein Bett geschmückt hatte, hielt sich danach noch in seinen Gedanken auf. Außer der blonden Schönheit, die er niemals hätte in sein Bett lassen dürfen. An diesem Punkt war er überzeugt davon, dass die Gehirnerschütterung seinen Kopf noch mehr durcheinandergebracht hatte als gedacht. Aber er konnte nicht leugnen, dass die Erinnerung daran, was er zu ihr gesagt hatte, ihn beschämte, und es war, soweit er sich entsinnen konnte, schon lange her, dass er diese spezielle Gefühlsregung gespürt hatte.

Er stieg aus dem Bett und nahm eine lange, heiße Dusche. Gerade erst herausgekommen, klingelte das Telefon.

Er schnappte sich sein Handy vom Tisch, nahm das Gespräch an und wickelte sich dabei das Handtuch um die Hüften.

»Guten Morgen, Alex«, sagte eine vertraut klingende Stimme.

»Ian, schön, deine Stimme zu hören.« Alex biss die Zähne zusammen, denn ihm war jegliche Beziehung zu seinem Halbbruder immer noch nicht angenehm.

Für Riley, rief er sich selbst ins Gedächtnis. Alex und Ians Ehefrau waren beste Freunde, Kindheitsfreunde. Er würde alles für sie tun, auch wenn das hieß, sich mit Ian abzugeben. »Was verschafft mir die Ehre?«

»Ich hab ein Jobangebot für dich.«

Alex blinzelte. »Fragst du mich ernsthaft, ob ich für die Gegenseite arbeiten will?« Bis zu seiner Verletzung war Alex der Quarterback für die Tampa Breakers gewesen. Und Ian war der Vorsitzende von Miami Thunder.

Halbbrüder. Konkurrenten. In mehr als nur einer Hinsicht.

»Nicht um darauf herumzureiten, aber du bist ein freier Mensch«, meinte Ian.

Wenigstens hatte er nicht das Wort *arbeitslos* verwendet. Weil er mit seiner aktuellen Kopfverletzung genau das war, was er nun einmal war – mit keiner Jobperspektive in Sicht. »Ja«, murmelte Alex.

»Bist du heute Morgen verfügbar? Dein Name fiel, und Riley denkt, du wärst perfekt für das, was wir brauchen.«

Das weckte Alex' Neugierde. »Du hast meine volle Aufmerksamkeit. Wann?«

»Um elf am Stadion.«

»Wir sehen uns dann.« Es war ja schließlich nicht so, als ob Alex etwas Besseres zu tun gehabt hätte.

Madison schritt die Abgrenzungen des Büros ihres Chefs im Miami Thunder Stadion ab. Ian Dare wirkte schon an einem guten Tag einschüchternd, selbst wenn alles nach Plan lief. Heute jedoch war nicht so ein Tag.

Den letzten Monat hatte sie mit Thunder zusammengearbeitet und die Sozialarbeit im Krankenhaus an den Nagel gehängt – im Tausch gegen einen Neubeginn bei einem aufregenden, wegweisenden Programm mit dem heimischen Football-Team.

Sie blickte zu Ian, nicht glücklich über seine jüngste Ankündigung. »Als ich diese Stelle annahm, sind wir übereingekommen, dass dieses Programm Leben verändern wird, richtig?«

Ian glättete seine Krawatte und begegnete ihrem Blick mit diesen stahlgrauen Augen. »Das wird es. Wir werden das erste Footballteam sein, das eine obligatorische Schulung für ein Leben nach der Sportkarriere einführen wird. Thunder will sichergehen, dass seine Spieler zu einem erfolgreichen physischen, psychischen und sozialen Übergang in die reale Welt fähig sind, wenn ihre Karriere einmal endet. Dabei ist es mir egal, ob jemand neu bei uns unter Vertrag ist oder schon seit zehn Jahren.«

Sie nickte. Sie würde dafür verantwortlich sein, das Programm ins Leben zu rufen und ins Rollen zu bringen; ihre Ausbildung und Berufserfahrung in Sozialarbeit und Psychotherapie lieferten dafür den perfekten Background. Sie war allerdings davon ausgegangen, dass sie ein Wörtchen mitzureden hätte, was die Zusammenarbeit mit weiteren Kollegen betraf.

Scheinbar war dem nicht so.

Sie verschränkte die Arme vor der Brust. »Also dann sag mir bitte, wie du dir die Mitarbeit des besagten Athleten-Playboys vorstellst?« Sie räusperte sich, als ihr bewusst wurde, dass sie da gerade über seinen Halbbruder sprach. »Tut mir leid. Ich wollte niemanden beleidigen.«

»Schon gut.« Ians Mundwinkel verzogen sich zu einem ironischen Grinsen.

Dunkelhaarige, verschlossene Männer waren nicht ihr Typ, aber sie müsste innerlich abgestorben sein, um nicht zu merken, dass Ian sehr sexy und Riley eine sehr glückliche Frau war.

»Mir ist klar, dass du und Alex eine … eine gemeinsame Geschichte habt«, sagte Ian.

»Das ist eine feinfühlige Art es auszudrücken.« Ian wusste bereits, dass sie und Alex etwas miteinander gehabt hatten.

Es würde sie nicht wundern, wenn Riley ihm auch

von dem unschönen Ende erzählt haben sollte. Die beiden teilten alles miteinander.

Madison hatte Riley kennengelernt, als sie noch als Sozialarbeiterin für die Opfer von häuslicher Gewalt im Krankenhaus arbeitete. Für kurze Zeit war sie Rileys Therapeutin gewesen, war dann aber ihre beste Freundin geworden. Sie wusste, warum Riley Ian nie im Unklaren ließ, und respektierte das.

»Du bist professionell genug, um damit umzugehen. Wenn du dich für etwas entscheidest, habe ich keinen Zweifel daran, dass du es auch hinbekommen wirst – auch wenn das heißt, mit Alex zusammenzuarbeiten.«

Madison hob ihre Augenbrauen. »Versuch erst gar nicht, mich mit Trivialitäten und Komplimenten herumzukriegen.«

»Sagtest du gerade, dass du nicht mit ihm zusammenarbeiten kannst?«

Madison lachte. »Du hast wohl immer Leute um dich herum, die zu allem, was du willst, Ja und Amen sagen. Jetzt versuchst du gerade mich dahingehend zu manipulieren, dass ich ihn akzeptiere.«

Er grinste, was sie verblüffte. »Funktioniert es denn?«

»Was denkst du?« Madison seufzte schwer.

Wenn es darum ging, sich selbst vor Schmerz und dem Verlassenwerden zu beschützen, war sie ein Profi, und als Resultat wählte sie die Männer, die sie in ihr Leben ließ, mit Vorsicht aus. Sie kamen ihr in keinem Bereich zu nahe, außer sexuell. Von der Sekunde an, als sie ein Auge auf Alex geworfen hatte, wie er an Rileys Krankenhausbett gestanden hatte, wusste sie schon, was für ein Typ Mann er war. Großspurig und eingebildet. Sie hatte seinen Stolz verletzt, als sie sich nicht anmerken ließ, dass sie den berühmt-berüchtigten Womanizer-Quarterback wiedererkannt hatte. Warum hätte sie das auch tun sollen? Der misshandelten Frau in dem Bett galt ihre einzige Sorge, trotz Alex' sexy, guten Aussehens.

Aber Monate später, als sie ihr kurzes Abenteuer begonnen hatten – sie weigerte sich jetzt, es eine Beziehung zu nennen –, hatte Madison sich selbst gewarnt, dass alles, was sie für ihn war, lediglich ein *Spiel* war. Und dann hatte sie trotzdem ihren Hormonen, seinem Charme und der gegenseitigen Chemie erlaubt, ihren gesunden Menschenverstand auszuschalten.

Sie hatte es zugelassen, dass ihr Herz sie betrog. Und sie hatte dafür bezahlt, dachte sie, wenn sie sich an die Tage des Verletztseins und des Schmerzes erinnerte, nachdem er sie herzlos aus seinem Krankenhauszimmer geworfen und sich danach nie wieder bei ihr gemeldet hatte.

»Wer könnte besser als Mitvorsitzender bei diesem Programm dabei sein als jemand, der seine Karriere wegen einer unerwarteten Verletzung aufgeben musste?« Ians dunkle Stimme unterbrach ihre Gedanken.

»Oh, ich weiß es nicht. Vielleicht jemand, der das Leben ernst nimmt?«, erwiderte sie streitlustig.

Aber seine Verletzung war ernst gewesen, das wusste sie. Sie konnte immer noch das Krachen seines Helms gegen den Boden im Instant Replay hören.

Ian räusperte sich. »Ohne Football ist er verloren. Er braucht Führung. Und er ist in der besonderen Lage, den Spielern, die du erreichen willst, eine Perspektive zu geben. Er wäre die perfekte Person, um mit der Liga zu sprechen, wenn wir für den Versuch bereit sind, sie davon zu überzeugen, diesen Programmtyp für alle Teams obligatorisch einzuführen.«

Prüfend schaute Madison Ian an. Sein Kiefer war angespannt, seine Augen zusammengekniffen. Weil sie und Riley einander so nahestanden, gab ihr das auch einen Einblick in die Psyche dieses Mannes. Und sie wusste bereits, schon bevor sie Riley getroffen hatte, dass Ian nichts mit seinem Halbbruder zu tun haben wollte. Er hatte der anderen Familie seines Vaters gegrollt – ganz besonders Alex.

»Wen versuchst du gerade davon zu überzeugen, dass das hier der richtige Schachzug ist? Mich? Oder dich selbst?«, fragte Madison.

Ian erstarrte, und sie wusste, dass sie ins Schwarze getroffen hatte. »Das hier ist Rileys Idee, oder nicht? Sie macht sich Sorgen um Alex und hat dich darum gebeten, ihm diese Chance zu geben.« Enttäuschung erfasste sie.

»Jedes Mal wenn du sprichst, überzeugst du mich mehr davon, dass du die richtige Frau bist, diesen Versuch anzuführen. Du bist intuitiv. Und du bist korrekt.«

»Toll. Also hat Riley mich für ihn vor den rollenden Zug geworfen?«

»Du müsstest Riley eigentlich besser kennen«, sagte Ian, sein Ton war scharf, als er seine Frau verteidigte. »Sie schenkt ihre Loyalität und Liebe nur wenigen Menschen, und du bist einer davon.«

»Also warum ist sie dann nicht selbst hier und erzählt mir das?« Sie konnte nicht anders, als verletzt und völlig überrumpelt zu sein.

»Ihr geht's nicht so gut, deshalb ist sie zu Hause geblieben, sonst wäre sie hier!«

Madison schluckte mühsam. »Habe ich hier noch etwas zu sagen, oder ist die Sache bereits beschlossen?«

Er erwiderte ihren Blick. »Du bist in der Leitung. Du entscheidest, wen wir einstellen. Letztendlich müsst ihr, du und Alex, es entscheiden.«

Aber für sie war es offensichtlich, dass beide, sowohl Ian als auch Riley, wollten, dass sie Alex eine Chance gab. »Ich muss darüber nachdenken.«

Ian blickte auf seine Uhr. Dann räusperte er sich. »Du hast fünfzehn Minuten Zeit. Alex wird um elf im Konferenzraum sein.«

»Beschäftige ihn bis 11.15 Uhr«, murmelte sie.

Madison ging zu ihrem Büro zurück. Frustration, Beunruhigung und eine Heidenangst bei die Vorstellung, Alex wiederzusehen, machten sich in ihrem Magen breit. Aber dieses Treffen war das kleinste ihrer Probleme. Sie ging über den Teppichboden und grübelte über das nah bevorstehende, wirkliche Problem nach. Könnte sie Seite an Seite mit Alex zusammenarbeiten, einen Tag nach dem anderen, immer daran denkend, wie es sich anfühlte, ihn tief drinnen in ihrem Körper zu spüren?

Ein Schauer lief über ihren Rücken, und ihre Nervenenden kribbelten bei der Vorstellung, ihn wiederzusehen.

Wie sehr er sie auch verletzt hatte, sie wollte ihn immer noch. Und war das nicht das Allerschlimmste? Sie, die sich selbst von klein auf bemüht hatte, niemanden oder nichts zu wollen, reagierte immer noch bei dem bloßen Gedanken an Alex Dare.

Alex mochte das Thunder Dome. Das neue Stadion war viel netter als der Sitz der Breakers in Tampa. Nicht dass er das jemals laut zugegeben hätte. Trotzdem konnte er es nicht verhindern, dass die Enttäuschung alles verdunkelte, in einem Stadion zu sein und zu wissen, dass er nicht spielen konnte. Es war eine Sache des Verstandes gewesen, diese Entscheidung zu fällen, um sich selbst vor dauerhafter körperlicher Verletzung zu schützen. Eine ganz andere Sache war es, gefühlsmäßig zu akzeptieren, dass er das verloren hatte, was er in dieser Welt am meisten liebte. Das Spiel hatte ihn definiert, von der Zeit an, als er als Kind zum ersten Mal einen Football in die Hand genommen hatte. Es hatte ihn durch die Zeiten gebracht, als er das verlor, was er für seine erste Liebe gehalten hatte. Und naiverweise hatte er geglaubt, dass er irgendwann einmal zu seinen eigenen Bedingungen damit aufhören würde.

Offensichtlich nicht.

Alex folgte den Anweisungen, die für ihn am Wachhäuschen hinterlassen worden waren, und landete in Ians Büro. Es war das erste Mal, dass er zum Arbeitsplatz seines Halbbruders kam, und er hatte das untrügliche Gefühl, dass irgendetwas Großes geschehen würde, auch wenn er noch nicht wusste, was das war.

Er marschierte hinein, um das Büro als genauso imposant vorzufinden wie den Mann selbst. Alex und Ian hätten nicht unterschiedlicher sein können, was ihre Persönlichkeit betraf: Ian war steif und angespannt, Alex lässig und relaxt.

»Danke, dass du gekommen bist«, sagte Ian und reichte Alex die Hand.

Alex schüttelte sie heftig. Mann zu Mann, dachte er ironisch, setzte sich auf einen Stuhl und machte es sich dort bequem. Gegenüber von Ian sitzend, musste Alex zugeben, was für große Fortschritte ihre Beziehung gemacht hatte. Sie befanden sich im selben Raum und unterhielten sich. Das wäre früher nicht denkbar gewesen.

»Bevor wir in den Konferenzraum gehen, wollte ich dich über das Angebot aufklären, das ich für dich habe.«

»Ich höre.«

Ian neigte seinen Kopf. »Es ist so, dass deine Verletzung etwas ans Tageslicht gebracht hat – nämlich die Defizite in der Liga in Bezug darauf, unsere Spieler auf ein Leben *nach* den Spielen vorzubereiten.«

Alex' Körper wurde steif, so wie immer, wenn das Gespräch auf die Gehirnerschütterung, die seine Karriere beendet hatte, kam.

Ian ignorierte seine Reaktion und fuhr unbeirrt fort. »Es ist eine Tatsache, dass du auch hättest weiterspielen können. Du hättest das Risiko eingehen können, und in der Zukunft hättest du dann mit ernsten Schädel-Hirn-Traumata und psychischen Defiziten fertigwerden müssen. Du warst schlau genug zurückzutreten. Nicht viele der Jungs sind das.«

Alex hob eine Augenbraue. »Du machst mir Komplimente?«

Ian rollte mit den Augen. »Aber jetzt, da du im Alter von sechsundzwanzig Jahren zurückgetreten bist … Was planst du mit deinem Leben anzustellen?« Er hob eine Hand, bevor Alex antworten konnte. »Warte mal. Diese Frage ist ein Teil dessen, warum ich dich herbestellt habe. Es ist auch eine Frage, von der die Liga will, dass all ihre Spieler sich das überlegen, bevor sie verletzt und dadurch gezwungen werden, sich aus dem aktiven Spielgeschehen zurückzuziehen.«

»Wohin führt diese Unterhaltung?«, fragte Alex, sich selbst warnend, nicht defensiv zu werden.

Ian räusperte sich. »Ich plane ein Trainingsprogramm zu gründen, das die Spieler schult, über ihre Zukunft nachzudenken, schlaue Dinge mit ihrem Geld anzustellen und informative Kurse zu besuchen, die sie auf die Zukunft vorbereiten.«

Interessiert schaute Alex seinen Bruder prüfend an und wartete.

»Wusstest du, dass achtundsiebzig Prozent von zurückgetretenen Sportlern innerhalb von zwei bis fünf Jahren bankrott sind?«, fragte Ian. Ohne auf eine Antwort zu warten, fuhr er fort. »Statistiken zeigen, dass fünfzig Prozent der Ehen von ehemaligen professionellen Footballspielern geschieden werden, weil Paare auf die Belastungen des Lebens nach der Karriere nicht vorbereitet sind. Also will ich, dass die Ehepartner in die Vorbereitungen und die Schulungen mit einbezogen werden.«

»Du hast dir tatsächlich Gedanken darüber gemacht«, stellte Alex beeindruckt fest, trotz seiner Vorbehalte, die er immer noch gegenüber Ian hatte.

Ian neigte den Kopf. »Wir haben dies in Gang gebracht. Ich habe eine Sozialarbeiterin an Bord, und ich möchte, dass du die Dinge mit ihr gemeinsam meisterst.«

Alex entgegnete überrascht. »Warum gerade ich?«

Er und Ian standen einander nicht nah. Ian kam aus der rechtmäßigen Familie seines Vaters. Alex und seine Geschwister waren unehelich geborene Kinder und vor der anderen Familie geheim gehalten geworden. Aber die Geheimnisse blieben nicht im Verborgenen, und die Explosion, die dann kam, hatte beide Familien tief erschüttert. Alex und Ian waren zehn Jahre lang auf gegnerischen Seiten geblieben.

Bis Riley kam.

Ian räusperte sich. »Warum nicht du? Oder sollte ich sagen: Wer sonst, wenn nicht du? Du wirst die einzigartige Fähigkeit haben, die Spieler davon zu überzeugen, dass das hier wichtig ist! Du hast definitiv Medienpräsenz, wenn das hier öffentlich wird. Und sein wir doch mal ehrlich … du hast gerade nichts anderes in Aussicht.«

Ian grinste. Er grinste verdammt noch mal, so als ob er Alex schon genau da hatte, wo er ihn haben wollte.

»Komm schon, und triff doch erst mal die Frau, die dafür zuständig ist, bevor du irgendeine Entscheidung triffst.«

Alex nickte. Warum eigentlich nicht? Er war von dem Programm beeindruckt und interessiert.

Als er Ian zum Konferenzraum folgte und an der »Hall of Champions« vorbeiging, in der lebensgroße Fotos von vergangenen und gegenwärtigen Thunder-All-Stars hingen, fragte er sich immer noch, warum sein Bruder gerade ihn ausgewählt hatte. Aber er konnte die Wichtigkeit oder Brillanz des Programms nicht leugnen. Es gab so viele Wege, die die Leben der Jungs eine 180-Grad-Drehung nach einem Rücktritt machen ließen – gezwungenermaßen oder auf andere Art und Weise, sodass nur Schulung und Vorbereitung helfen würden.

»Riley steht tatsächlich hinter der Idee«, sagte Ian, als sie an der geschlossenen Holztür ankamen.

»Versuchst du mich grad zu bestechen?«

Ian zuckte mit den Schultern. »Ich tue, was ich tun muss, um zu kriegen, was ich will.« Er machte eine Pause und schaute Alex in die Augen. »Also über die Frau, mit der du zusammenarbeiten wirst …«

»Ich habe noch nicht zugesagt.«

»Über sie …« Ian fuhr fort, so als ob Alex nichts gesagt hätte. »Ich vertraue darauf, dass du mit der Situation professionell umgehst.«

Alex kniff die Augen zusammen, innerlich in Alarmbereitschaft.

»Und dass du dich nicht wie ein Vollidiot verhältst.«

»Hey!«

Ohne zu antworten, öffnete Ian die Tür. Sie traten in den Raum, und Alex erblickte die Frau, mit der er hier am allerwenigsten gerechnet hätte. Dieselbe Frau, die ihn in seinen Träumen heimgesucht und ihn von vielen seiner Albträume abgelenkt hatte.

Madison schaute ihm direkt ins Gesicht. Ihre Schultern hatte sie zurückgezogen, das goldblonde Haar aus ihrem Gesicht gestrichen; seinem Blick gab sie nicht klein bei. Sie trug eine lange, schwarze Hose, die ihre Kurven liebkoste, und ein weißes, nach Seide aussehendes Top, das sich an ihre üppigen Brüste schmiegte. Und dann waren da noch diese außergewöhnlichen blauen Augen, die bei seinem Anblick vereisten.

»Alex, ich glaube, du kennst Madison Evans.«

Völlig überrumpelt – und sein Halbbruder wusste das – ging Alex auf Madison zu. Er atmete ihren vertrauten, fruchtigen Duft ein, der ihn sofort an die heißen Zeiten erinnerte, in denen sich sein Schwanz in ihrem Körper bewegt hatte. Ihre Wirkung auf ihn war enorm, und selbst die allgemeinsten Floskeln entfielen ihm.

»Alex«, sagte sie, ihr kühler Ton holte seinen Kopf aus dem von Begehren gefülltem Nebel, in dem er sich wiedergefunden hatte.

»Hey, Angel.« Er benutzte den Kosenamen, den er ihr während ihrer kurzen gemeinsamen Zeit gegeben hatte. Ein weiteres Indiz dafür, dass es ihn stark erwischt hatte, ob er das nun zugeben wollte oder nicht.

Sie hob ihren Kopf blitzschnell, ihre Augen verengten sich und fokussierten dann Ian. »Das hier wird nicht funktionieren.« Sie drehte sich um, mit der Absicht zu gehen.

Alex hatte immer noch ausgezeichnete Reflexe und schnappte sie an ihrem Arm, bevor sie an ihm vorbeigehen konnte.

Sie starrte ihn zornig an.

Er schaute nicht weg, beschloss diesen geistigen Wettstreit zu gewinnen. Dieser mögliche Job, der ihn anfangs auf einer intellektuellen und emotionalen Ebene interessiert hatte, fühlte sich plötzlich sogar noch wichtiger an, und *sie* war der Grund dafür.

»Wir müssen reden«, verlangte er.

»Ich hab nichts zu sagen.«

»Ian behauptet etwas anderes.«

Madison schaute über seine Schulter hinweg, suchte nach Ian und blickte finster. »Na ja, der Verräter hat sich aus dem Staub gemacht. Überrascht mich nicht.«

Kluger Mann, dachte Alex. »Wenn ich dich loslasse, wirst du dann lange genug dableiben, um mit mir zu besprechen, welche Position mir Ian und Riley geben wollen?«

Frustriert atmete sie tief durch.

Er deutete das als ein *Ja* und ließ sie los.

»Dass wir zusammenarbeiten, ist keine gute Idee, und irgendwo in deinem Dickschädel weißt du das auch.«

»Weil wir miteinander geschlafen haben? Und das mehr als nur ein paarmal?«

Sie biss die Zähne zusammen. »Das war ein Fehler.«

Autsch. Das tat weh, dachte er, und fragte nicht nach dem »Warum«, damit würde er sich später auseinandersetzen. »Ich will mehr über dieses Schulungsprogramm wissen und was für eine Rolle ich darin spiele.«

»Wieso? Du kannst doch nicht ernsthaft daran interessiert sein?«

»Es klingt eher danach, als ob du nicht wollen würdest, dass ich daran interessiert bin!«

Sie rollte ihre Schultern sogar noch weiter zurück, straffte ihre Körperhaltung. »Du hast recht. Ich tu's nicht. Das ist ein ernsthaftes Projekt, das vielen Menschen helfen und weitreichende positive Auswirkungen für kommende Jahre haben könnte. Ich brauche einen Partner, der gewillt ist, alles dafür zu geben. Und seien wir doch mal ehrlich, ich habe dein Durchhaltevermögen gesehen. Es ist nicht vorhanden.«

Er zuckte zusammen. Er wusste, dass sie in Wirklichkeit Bezug auf ihn und seine Beziehungen nahm. Und sie hatte recht. Zumindest wie er gewesen war. Sechs Monate nichts anderes zu tun zu haben, als nachzudenken, hatte Veränderungen in ihm bewirkt, von denen sie nichts wusste.

Mit gehobenen Augenbrauen und einem unfreundlichen Gesichtsausdruck starrte sie ihn zornig an, als wäre er etwas, das sie gerade unter ihren Schuhen abgekratzt hätte.

In der kurzen Zeitspanne hatte sie ihn mehr beleidigt als je ein Mensch zuvor in seinem ganzen Leben. Also warum machte ihn das an? Er änderte seine Körperhaltung in dem sinnlosen Bemühen, seinen Schwanz zurechtzurücken, um eine Art von Erleichterung und Annehmlichkeit zu erlangen. Das würde nicht passieren, solange er sich in ihrer Nähe aufhielt, und das wusste er.

»Ich gestatte dir deine beleidigenden Worte, weil ich es verdiene.«

Verblüfft rümpfte sie die Nase.

Gut. Er mochte sie, wenn sie aus dem Gleichgewicht geriet. Das war viel besser als zornig fauchend. »Aber wenn du weitermachst, muss ich etwas dagegen unternehmen.«

Sie öffnete ihren Mund und schloss ihn dann wieder, weil sie beide ganz genau wussten, dass er kein Problem damit hätte, seine Drohung wahrzumachen.

»Sei so nett und erzähl mir, was du für dieses Programm geplant hast«, forderte er sie in einem geschäftlichen Tonfall auf. Er schritt zu dem Stuhl am Kopfende des Tisches und ließ sich nieder.

Offensichtlich realisierte sie, dass es ihm ernst war, denn sie steuerte auf den Aktenordnerstapel zu, der auf dem Tisch lag, und ging die Ordner durch.

Sie kam mit einem wieder zurück, öffnete ihn und schaute nur einmal flüchtig nach unten, bevor sie anfing zu sprechen. »Football-Spieler – jedenfalls alle, die sich für eine längere Zeitperiode im Training befinden – leben ein sehr straff organisiertes Leben. Angefangen bei dem, was sie wann essen, bis hin zu den Trainingszeiten und wann sie an Teammeetings teilnehmen – alles wird ihnen vorgeschrieben. Tritt dann zum

Beispiel eine Verletzung auf, verändert sich alles.« Sie beäugte ihn misstrauisch.

Er war überrascht, dass sie sich immer noch Gedanken zu machen schien bezüglich seiner Gefühle – nach all dem, wie er sie behandelt hatte. »Fahr fort. Ich kann das aushalten.«

Sie nickte. »Plötzlich können sie essen, was sie wollen, und sie nehmen Unmengen an Gewicht zu, denn der regelmäßige Sport, an den sie bislang gewöhnt waren, fehlt ihnen. Mangel an Bildung und Vorbereitung resultieren in schlechten finanziellen Entscheidungen. Die meisten Sportler verprassen ihr Erspartes, das sie womöglich in kürzester Zeit verdient haben. Ehen zerbrechen unter dem Druck. Nicht zu erwähnen, dass sie sich langweilen und depressiv werden. Ich habe Statistiken, aber für heute kannst du mich erst mal nur beim Wort nehmen.«

Er hatte gar keine Einwände, denn einiges des Gesagten hatte er bereits am eigenen Leib erfahren.

»Wie lautet deine Lösung?« Er war beeindruckt von ihrem Wissen, das sie hinsichtlich des Problems, dem sie gegenüberstanden, schon hatte.

»Bildung!« Sie pochte auf den Aktenordner auf dem Tisch. »Alle Football-Colleges und Universitäten benötigen ein Programm, das auf Möglichkeiten nach der Karriere abgestimmt ist. Es reicht nicht aus, Seminare zu Finanz- oder Business-Themen anzubieten. Sie müssen alle ein Leben nach ihrem Beruf planen können. Von unserer Perspektive aus bedeutet das einen Start von Grund auf. Wir kontaktieren Schulen und schlagen solch eine Vorgehensweise vor. Wir stellen Exspieler ein, die gewillt sind, zu den Jugendlichen über die Wichtigkeit zu sprechen, über den Football hinaus weiterzudenken. Und auf Teamebene beginnen wir alle Sorten von Beratung und Training anzubieten. Ernährungslehre, Business-Kurse, psychologische Beratung. Ein anderes Ziel ist es, den Makel des Karriereendes zu eliminieren, und um das zu tun, müssen wir unsere Spieler für die Zukunft vorbereiten.« Sie beendete ihre Rede, ihre Wangen erröteten, und ihre Augen wurden groß, ihre Leidenschaft für das Thema war offensichtlich.

Verdammt, sie war wunderschön.

Einen ähnlichen Ausdruck hatte er bei ihr schon früher gesehen, genau bevor er mit dem Finger in sie geglitten war und sie bis zum Höhepunkt stimuliert hatte. Er schloss seine Augen und zwang sich selbst dazu, kontrolliert zu atmen.

Falsche Zeit, falscher Ort. Alles falsch.

Möglicherweise hatte er genau dorthin zurückkehren wollen, bevor er sie großspurig aus seinem Krankenhauszimmer geworfen hatte, aber jetzt wollte sie nichts mehr mit ihm zu tun haben. Sie traute ihm nicht, und er konnte ihr daraus keinen Vorwurf machen. Er musste sie von sich überzeugen, bevor er es sich selbst erlauben konnte, überhaupt daran zu denken, wieder in ihren Körper einzutauchen. Sie musste sehen, dass er sich geändert hatte, dass er erwachsen geworden war.

Und vielleicht musste er genau das auch sich selber beweisen.

»Ich bin dabei«, sagte er ihr.

»Wie bitte?«

»Ich werde den Job machen.«

Sie kniff sich in den Nasenrücken. »Hat dir Ian nicht erzählt, dass es von mir abhängt, wen wir einstellen?«

Alex schüttelte den Kopf, in aller Stille verfluchte er seinen manipulativen Bruder. »Nein, ich glaube, der Plan war, uns hier wie Gladiatoren in die Arena zu schicken und zu schauen, wer von uns überlebt.«

Zu seiner Überraschung lachte sie amüsiert.

Das Verlangen, sie auf ihre Grübchen an beiden Seiten ihres Mundes zu küssen, war groß. Unter dem Tisch ballte er seine Hände zu Fäusten, um sein Begehren zu zügeln. Seine Frustration konnte allerdings nicht so leicht kontrolliert werden.

»Ich glaube wirklich nicht, dass wir zusammenarbeiten können«, sagte sie ernüchternd.

»Dann muss ich dich einfach auf eine andere Art überzeugen.«

2

Zwei Wochen waren vergangen, seitdem Alex mit an Bord gekommen war. Täglich kreuzte er im Stadion auf, bereit, sich in das Thema einzuarbeiten. Zu Madisons Überraschung und Enttäuschung teilten sie sich ein Büro, bedingt durch – laut Ian – nicht verfügbaren Raum. Madison vertrat die Meinung, dass das Schwachsinn sei, sagte das jedoch nur zu Riley, denn sie wollte mit ihrem Boss keinen Streit beginnen.

Einige Minuten zuvor war Alex hinausgegangen. Zum ersten Mal allein, nutzte sie diese Zeit, um sich auf die Liste der Seminarleiter zu konzentrieren, die sie für die Workshops angedacht hatte. Sie wollte ein Programm durchführen, das sich einem möglichst großen Themenkreis widmete – angefangen bei Gesundheit und Ernährung bis hin zu Finanzen und Steuern. Sie hatte einen namhaften Experten im Blick, den sie engagieren wollte, aber sie beschlich das Gefühl, dass es einen Trip nach Manhattan nach sich ziehen würde, um ihn zu überzeugen. Er war zwar teurer, aber glücklicherweise hatte Ian ihnen ein großzügiges Budget zur Verfügung gestellt, was darauf hinwies, wie wichtig dieses Thema für ihn geworden war. Sie fragte sich, ob seine neu entdeckte Beziehung zu Alex die Ursache für seine Unterstützung war, oder ob er nur die Notwendigkeit für den Sport spürte. Wahrscheinlich war es eine Kombination von beidem, mutmaßte sie.

Sie rief den Kalender in ihrem Computer auf. Die Seminare mussten während der Off-Season stattfinden, um die Spieler nicht zu überfordern, und sie würde sich mit Ian bezüglich der Terminplanung noch beraten müssen.

Sie war so auf ihre Arbeit konzentriert, dass sie niemanden hinter sich kommen hörte, aber sie wusste es in der Sekunde, als sie das sexy, nach Moschus duftende Rasierwasser einatmete. Ihr Körper reagierte, als ob sie ihn ganz genau kennen würde, was sie natürlich auch tat. Auf diese Erinnerung hätte sie gut und gerne verzichten können, denn ihre Brustwarzen unter der dünnen Seidenbluse waren nun erregt, und ein impulsartiges Bewusstsein erwachte zwischen ihren Schenkeln.

»Gutes Meeting?«, schaffte sie gerade noch zu fragen. Sie wusste, dass Alex von einer Besprechung mit dem Hauptcoach und dessen Team kam, um ihn über ihren bisherigen Fortschritt zu informieren und was von den Spielern erwartet werden würde.

»Ja, was einige Coaches betrifft. Nein, bei einigen anderen. Sie wollen nicht darüber nachdenken, Spieler bei einer leichten Gehirnerschütterung aus dem Spiel zu nehmen, was ein Teil dessen ist, was wir empfehlen. Es geht nicht nur darum, die Spieler zu schulen, es geht auch darum, diese dazu zu bringen, Verantwortung zu übernehmen und ihre Verletzungen mit mehr Vorsicht zu behandeln. Nicht leicht, wenn es in ihren Köpfen nur um den Sieg geht.« Eine Spur von Frustration war seinem Ton zu entnehmen.

»Es wird Zeit brauchen, bis sie das einsehen«, sagte Madison.

»Na ja, es war nicht gerade hilfreich, dass mich manche von ihnen als Feind betrachteten und nicht als einen vom selben Team.«

Sie zuckte zusammen, denn sie wusste, wie weit die Footballfehde im Staate Florida ging. Sie konnte nur erahnen, wie es da in den Umkleidekabinen zugehen musste. »Das muss schwierig gewesen sein.«

»Ich kann damit umgehen. Ich bin schon ein großer Junge.«

Er mochte mit seinen Worten gar nichts Bestimmtes gemeint haben, und es lag auch keinerlei Anspielung in seinem Ton. Aber Madisons Gedanken schweiften unverzüglich dahin ab, wie groß der Mann tatsächlich war, und die Erinnerung daran ließ sie abermals auf ihrem Sitz hin und her rutschen. Die Reibung ihrer Hose gegen ihre sensibilisierten Körperteile machte sie ganz verrückt.

Er ließ sich auf der Kante ihres Tisches nieder, zu nah für ihren Seelenfrieden.

»Was machst du?«, fragte sie.

»Ich sag *hallo.*« Sein Atem zerzauste ihr Haar, und sie zitterte. »Und ich denke, wir haben einiges nachzuholen.«

Dieser freundliche Alex war neu für sie. Bis zu diesem Zeitpunkt hatte er es perfektioniert, absolut professionell zu sein, aber seitdem sie ein Büro miteinander teilten, war die unterschwellige sexuelle Spannung stets präsent. Sie konnte nicht atmen, ohne Alex' vertrauten Duft zu riechen, der sie an heiße, leidenschaftliche Nächte in seinem Bett erinnerte.

Sie konnte nicht aufblicken, ohne einen flüchtigen Blick auf seinen dunklen Schopf, der über Notizen oder den Computer gebeugt war, zu erhaschen. Das ließ abermals Erinnerungen hochkommen, wie sie ihre Finger in seinen langen Haarsträhnen vergraben hatte, wenn der Orgasmus sie überschwemmte.

Der tiefe Klang seiner Stimme hallte durch sie hindurch und bewirkte, dass jedes Nervenende in ihrem Körper sensibilisiert kribbelte. Und sie arbeiteten wirklich gut zusammen, wie sich herausstellte. Es erinnerte sie daran, dass sich ihre Freundschaft auch außerhalb des Schlafzimmers fortgesetzt hatte.

Am ersten Tag, als sie ihn beschuldigt hatte, kein Durchhaltevermögen zu besitzen, war das eine unterschwellige Stichelei in Bezug auf seine kommenden und gehenden Frauengeschichten gewesen und nicht auf seine Arbeitsmoral. Deshalb überraschte es sie auch nicht im Geringsten, dass er sich in diesen Job mit dem gleichen Engagement hineingestürzt hatte wie einst in seine Football-Karriere. Sie brauchte sich ihm gegenüber in keinster Weise zu besänftigen, musste aber zugeben, dass sie seinen Enthusiasmus bezüglich ihres Projektes und seine Ideen, die er bislang auf den Tisch gebracht hatte, bewunderte.

Dennoch hatte sie erwartet, dass er immer pünktlich

um fünf gehen würde, aber er war stets bis sieben oder acht Uhr geblieben und begleitete sie am Ende des Tages immer noch zum Parkplatz. Was war mit den Partys in seinem Haus? Der stetige Wechsel von Freunden und Teamkollegen, die durch seine Haustür zum Pokern, auf ein Bier und die eine oder andere Pizza gekommen waren? Die Bars mit den Groupies?

Bei der Erinnerung daran blickte sie finster. Vielleicht ging er ja nach der Arbeit noch weg, aber er sah nicht danach aus, als ob er feiern gehen würde. Überhaupt nicht.

»Was ist los?«, fragte er. »Du schaust mich so merkwürdig an.«

Sie runzelte die Stirn bei der Erkenntnis, wie gut er sie kannte. »Es ist nur so, dass du mich überraschst«, gab sie widerwillig zu.

»Positiv? Oder negativ?« Er beugte sich näher zu ihr.

»Halt Abstand«, murmelte sie. »Ich brauche Raum zum Atmen.«

Er warf ihr ein wissendes Grinsen zu. »Mir macht es nichts aus, dir so nah zu sein.« Seine braunen Augen funkelten vor Übermut. »Du riechst gut.« Absichtlich atmete er ihren Geruch tief ein, seine Nase ganz nah an ihrer empfindlichen Stelle hinter ihrem Ohr.

»Stopp!« Sie rutschte mit dem Stuhl vom Tisch zurück.

Glucksend hob er beide Hände in die Luft. »Gut. Dann verbringe Zeit mit mir außerhalb der Arbeit, und ich werde hier im Büro keinerlei Absichten verfolgen.«

Sie hob ihre Augenbrauen. »Du gibst also zu, Absichten zu haben?«

Ein Grübchen formte sich auf seiner Wange. »Ich gebe zu, dass ich Zeit mit dir verbringen will. Alles andere, was ich sage, könnte mich nur in Schwierigkeiten bringen.« Er grinste. Bestimmt wollte er ihr den Wind aus den Segeln nehmen. »Lass uns heute Abend gemeinsam essen gehen.«

»Ich kann nicht.«

»Du meinst, du willst nicht.«

»Ich meine, dass ich nicht kann. Ich hab ein Date.« Mit ihrem Pflegebruder, Eric, aber sie beabsichtigte nicht, Alex irgendwelche Informationen über ihre familiären Verhältnisse zu geben.

Sein Lächeln wurde durch einen grimmigen, finsteren Blick abgelöst, den sie bislang nur auf dem Football-Spielfeld gesehen hatte. Machten ihm ihre Feierabendpläne tatsächlich so viel aus?

»Wer ist der Kerl? Ist es etwas Ernstes?«, fragte er besitzergreifend.

Bei seiner Nähe wurde ihr schwindelig, und das Verlangen, sich an seinen harten Körper zu werfen, nahm überhand. »Ich treffe meinen Pflegebruder«, sagte sie, nur um festzustellen, dass sie sich mit der Wahrheit gerade ins eigene Fleisch geschnitten hatte.

Seine Augen begannen wieder zu leuchten. »Okay, dann iss nur eine Kleinigkeit mit ihm, und wir gehen danach noch zusammen aus.«

Verwirrt rümpfte sie die Nase. »Weshalb so hartnäckig? Ich meine, wenn du irgendjemand anderes wärst, würde ich denken, dass du nur nicht nach Hause gehen und alleine essen willst.« Aber Alex Dare war doch niemals allein.

Er schaute weg, und plötzlich ging ihr ein Licht auf. Konnte es vielleicht sein, dass er einsam war? »Alex, was ist los? Wo sind all die Jungs, die zu jeder Tages- und Nachtzeit in deinem Haus ein und aus gingen, als ich noch da war?« Er war der beliebteste Typ, den sie je kennengelernt hatte, dem es nie an Gesellschaft fehlte, ob männlich oder weiblich, egal ob in Miami oder in Tampa.

»Die Dinge haben sich geändert.« Er drehte sich nicht um, um sie anzusehen.

Das hier war nicht der eingebildete Alex, an den sie sich erinnerte. Aber sie würde nicht klein beigeben. »Haben sich inwiefern geändert?«

Für eine lange Weile war er still, sodass sie schon nicht mehr mit einer Antwort gerechnet hatte. Als er es dann doch tat, sprach er so leise, dass sie sich anstrengen musste, ihn zu verstehen.

»Nach dem Schlag war ich in keiner wirklich guten Verfassung mehr.«

Das wusste sie aus eigener Erfahrung. Sie biss sich auf die Lippe, um ihm keine bissige Erwiderung zu geben, weil ihm das nur einen Einblick gegeben hätte, wie sehr er sie verletzt hatte.

Er schaute kurz zu ihr auf, an seinen Augen sah sie, dass er bereits Bescheid wusste. »Ich war gemein zu meiner Familie, meinen Freunden. Ich wollte keine Gesellschaft haben.«

»Du warst tatsächlich nicht gerade in bester Verfassung«, stimmte sie ihm zu.

»Das ist wahr.« Er grinste, der Übermut schien wieder zurück zu sein.

Aus irgendeinem Grund beruhigte sie das. »Und lass mich raten. Du wolltest nicht nur ihre Hilfe nicht, du wolltest vor allem nicht ihr Mitleid.«

»Bingo! Und nach einer Weile kamen die Jungs nicht mehr vorbei.« Er zuckte mit den Schultern, so als ob es ihm nichts ausmachen würde.

Ohne auf seinen Gesichtsausdruck zu achten, wusste sie es aber besser. Kannte ihn besser. Beängstigend, wenn man bedachte, dass sie nur wenige Minuten zuvor noch geglaubt hatte, dass sie ihn gar nicht so gut kennen würde.

Sie räusperte sich. »Was ist mit deinen Geschwistern? Ich bin sicher, dass sie für dich da waren.«

»Das waren sie. Das *sind* sie. Aber wenn sie denken, dass ich sie *brauche*, nehmen sie mir damit die Luft zum Atmen.«

Sie schüttelte den Kopf bei dem Gedanken, wie leichtfertig er so etwas Kostbares ablehnte. »Du kannst dich glücklich schätzen, einen Bruder und eine Schwester zu haben, die sich um dich sorgen.« Während sie über seine Geschwister sprach, erinnerte sie sich an ihren Pflegebruder und warf einen Blick auf ihre Uhr.

»Ich will dich nicht aufhalten«, sagte er. Er rutschte vom Tisch und marschierte in seine eigene Ecke des Raumes. Er sah dabei einsamer aus, als ihr lieb war.

Bei dem Gedanken daran, was sie nun tun sollte, fühlte sie sich hin- und hergerissen. Sich mit ihm außerhalb der Arbeit abzugeben war so gefährlich für ihren inneren Frieden. Bei den meisten Leuten gelang es ihr, diese auf Abstand zu halten. Nicht so bei Alex.

»Soll ich dich hinausbegleiten?«, fragte er.

Sie biss sich auf die Innenseite ihrer Wange. Sie wusste, dass sie es bereuen würde und trotzdem unfähig wäre, das hier nicht zu fragen. »Warum kommst du nicht einfach mit? Ich treffe Eric nur für eine kurze Unterhaltung. Du und ich können danach zum Essen gehen.«

Ein Grinsen breitete sich auf seinem attraktiven Gesicht aus. »Du lügst, um mir aus dem Weg zu gehen?«, fragte er, wieder einmal amüsiert und selbstsicher.

Sie ignorierte seine Frage, bückte sich und holte ihre Handtasche aus der unteren Tischschublade.

»Diese plötzliche Einladung ... die hat nichts mit Mitleid zu tun, richtig? Nur weil ich mich dir anvertraut habe, bedeutet das nicht, dass ich ...«

»Alex, halt den Mund, und lass uns gehen«, sagte sie, den Handtaschenriemen über die Schulter werfend. Dann ging sie vor ihm raus.

Sie vereinbarten, dass sie fahren und ihn später zurück zum Stadion bringen würde, damit er sein Auto abholen könnte. Er war übermäßig umgänglich gewesen, so als ob er gespürt hätte, dass sie nur einen klitzekleinen Grund brauchte, um ihre Meinung wieder zu ändern. Er hatte recht. Ihr Bedürfnis wegzurennen war genauso groß wie der Wunsch, mit ihm zusammen zu sein. Sie war einfach zu leicht zu beeinflussen, was ihn betraf, schon damals, als er der von sich überzeugte Sportler war, den er der Welt präsentierte. Hatte sie vorhin die Seite eines verletzlichen Mannes erhaschen können? Dieser war auf jeden Fall eine noch größere Versuchung für sie.

Sie tröstete sich selbst mit dem Gedanken, dass man das hier auch als ein geschäftliches Abendessen betrachten könnte. Sie würde mit ihm über die Idee sprechen, eine PR-Firma für ihre Kampagne heranzuziehen. Alex war am heutigen Tag die meiste Zeit über bei irgendwelchen Meetings und nicht im Büro gewesen, sodass heute Abend die erste Chance sein würde, die Idee zur Sprache zu bringen.

»Wohin fahren wir?«, fragte er kurz darauf, als sie in einen Stadtbezirk fuhr, den sie normalerweise mied. Aber ihr Pflegebruder hatte darauf bestanden, sich hier mit ihr zu treffen.

»Zu einer Bar namens Dom's«, sagte sie, als sie in den Parkplatz einbog, den Eric erwähnt hatte.

»Na ja, ich bin froh, dass ich bei dir bin. Wer zum Teufel schickt eine Frau mutterseelenallein an so einen Ort?«, fragte Alex schockiert.

Sie holte tief Luft. Von der Jugendgang an der Ecke in aufeinander abgestimmten Farben und Jacken bis hin zu dem Obdachlosen, der auf der anderen Straßenseite sein Nachtlager aufgeschlagen hatte, war das hier kein Ort, an dem sie alleine herumlaufen wollte. Plötzlich war sie glücklich, dass Alex sie begleitete.

Sie stiegen aus dem Wagen, und Alex kam zu ihr herüber – die Hand ausgestreckt. »Schlüssel! Ich fahr uns später hier raus.«

Sie entschied sich, nicht mit ihm zu diskutieren, und übergab ihm den Schlüsselbund. Danach drückte er sie an sich heran, sein Arm schmiegte sich um ihre Taille, als sie gemeinsam Richtung Eingang gingen.

Erinnerungen an eine andere Zeit, an einen anderen Ort überfielen sie schlagartig und zwangen sie dazu, die Zeiten in ihr Gedächtnis zurückzurufen, als er sie noch aus ganz anderen Gründen so fest gehalten hatte – als sie noch ein Paar gewesen waren. Und wie sehr hatte sie es damals genossen. Seine Stärke repräsentierte eine Sicherheit, die sie nie zuvor gekannt hatte, sein Duft und seine Berührung erregten sie, und er sollte verdammt sein! Wieder einmal befand sie sich in einem Zustand, in dem sie sich mehr wünschte, als er ihr geben wollte. Sie wurde starr und hielt sich so weit von ihm entfernt, wie es nur ging.

Unter einem schäbigen Vordach, das kaputt über ihnen hing, hielten sie kurz an, und Alex öffnete die Tür für sie; seine Hand lag immer noch stark und beruhigend gegen ihren Rücken gepresst.

Als sie weiter hineinging, überfiel sie ein schimmelartiger Harngeruch, und sie bedauerte dieses Treffen immer mehr.

»Kann ich Ihnen helfen?«, fragte eine gelangweilt aussehende Frau.

»Ja, ich bin auf der Suche nach …«

»Oh mein Gott, Sie sind … *er*!«, rief sie plötzlich, nun in ihren Plateauschuhen auf und ab hüpfend, ihre großen Brüste schaukelten dabei hin und her. »Sie sind dieser heiße Football-Spieler, Alex irgendwas.« Sie zwinkerte ihm mit ihren stark geschminkten Augen zu.

»Ah, um Himmels willen«, murmelte Madison.

Alex knipste sein patentiertes, charmantes Grinsen an. »Ich kann's nicht glauben, dass Sie mich hier im Thunder-Territorium erkennen.«

»Natürlich tu ich das! Sie sind ja so viel heißer als unser Quarterback, aber erzählen Sie ihm nicht, dass ich das gesagt habe«, erwiderte sie, sich so nah an ihn heranlehnend, bis ihre Brüste seinen Unterarm wegschoben. Ihre Anmache war offensichtlich, ungeachtet dessen, dass er mit Madison am Arm in die Bar hereingekommen war.

Sie hatte es schon früher über sich ergehen lassen müssen, unsichtbar zu sein, wenn sie mit Alex unterwegs war. Die allzu enthusiastischen Frauen neigten dazu, das Mädchen komplett zu ignorieren, mit dem er gekommen war. Sie dachten, dass sie so oder so eine Chance hätten. Es war unverschämt und peinlich, und er hatte die Aufmerksamkeit immer genossen. Sie erinnerte sich daran, dass sie sich oft an die Seite gestoßen gefühlt hatte, hatte es jedoch hingenommen, sich selbst sagend, dass das ein Teil seines Lebens war. Er musste ja schließlich auf seine Fans eingehen.

»Danke«, sagte er und machte bewusst einen Schritt von der flirtenden Frau zurück. Er streckte seine Hand aus und drückte Madisons Hand.

Sie blinzelte überrascht. Dieses Verhalten war ihr neu. Nachdem es zwischen ihr und Alex aus gewesen war, hatte sie realisiert, dass sie immer Entschuldigungen für ihn gefunden hatte. Dabei hatte er es zugelassen, dass sie an die Seite gestoßen worden war. Er hätte Treffen mit weiblichen Fans auch anders handhaben können.

Und dieses Mal hatte er es getan. Unsicher, wie sie sein Verhalten interpretieren sollte, räusperte sie sich. Sie beabsichtigte mit ihrem eigenen Tagesprogramm weiterzumachen. »Entschuldigung. Ich bin mit jemandem verabredet – Eric Grayson?«

»Hab ich nicht gesehen«, meinte die Frau, ohne ihre Aufmerksamkeit von Alex abzuwenden. Ganz offensichtlich nahm sie seine Distanz nicht ernst.

Madison runzelte die Stirn und schaute auf ihre Uhr.

Alex drehte sich zu ihr um. »Er ist spät dran.«

»Fünf Minuten. Nicht so schlecht für Erics Verhältnisse.« Sie würde ihm mehr Zeit geben. »Bist du sicher, dass du nicht abwarten willst, ob sie ein Autogramm möchte? Ihre Brust ist nahezu entblößt und wartet bereits auf dich.« Madison zuckte zusammen, als sie bemerkte, wie gehässig sie klang, aber die Worte waren raus, so wie auch der Schmerz über die vergangenen Zeiten, in denen er sie ignoriert hatte.

Sie verstand seinen mangelnden Eifer nicht in der jetzigen Situation und konnte sich selbst nicht erlauben, der Bedeutung Vertrauen zu schenken.

Alex kniff die Augen zusammen, Betroffenheit war in ihnen zu sehen. »Madison ...«

Bevor er noch etwas sagen konnte, kam ein junger Typ in dunklen Jeans und einem alten T-Shirt herüber, beide Arme waren komplett tätowiert.

»Ich hab zufällig gehört, dass Sie nach Eric Grayson suchen?«

»Wer sind Sie?«, fragte Alex zurück und zog Madison beschützend an sich.

»Sind Sie Madison Evans?«, erkundigte sich der Mann noch einmal.

Sie nickte. »Das bin ich.«

Neben ihr wurde Alex ganz steif, und seine Finger kniffen in ihre Taille.

»Wer sind Sie, und was wollen Sie?« Alex überragte den anderen Mann. Seine bloße Präsenz wirkte wie eine indirekte Drohung.

Der Kerl zog zusammengefaltete Papiere aus seiner Tasche und überreichte sie Madison. »Man hat Sie abserviert«, meinte er, dann drehte er sich um und marschierte aus der Bar.

Sie starrte fassungslos und still auf die blauen, juristischen Dokumente, sofort ahnend, worum es sich bei ihnen handelte. »Das glaub ich jetzt nicht«, sagte sie, die Papiere in ihrer Hand fester packend.

»Willst du sie hier anschauen oder im Auto?«, fragte Alex mit sanfter Stimme.

Sie wollte nicht sanft sein. Sie wollte schreien. »Ich brauch die gar nicht erst anzuschauen. Ich weiß, was er vorhat, dieser Hurensohn!« Sie klatschte die Papiere gegen Alex' Brust, ließ ihn danach greifen, bevor sie sich umdrehte und die schäbige Bar verließ, in der sie ihr Pflegebruder hereingelegt hatte.

Dieser verdammte Bastard. Es reichte nicht, dass seine Mutter nur einen Schritt von der stationären Betreuung entfernt war, er wollte ihr auch das wegnehmen, dem sie einen hohen Stellenwert einräumte. Madison sollte verdammt sein, wenn sie ihn damit durchkommen ließe!

Zitternd ging sie zum Wagen zurück, immer wissend, dass Alex an ihrer Seite war.

Alex hätte Madisons Pflegebruder am liebsten dafür erwürgt, wie er mit ihr umgegangen war. Da sie so wütend war und immer noch am ganzen Körper zitterte, war er froh, dass er die Schlüssel vor dem Desaster in der Bar an sich genommen hatte. Madison war einfach zu erschüttert, um ihren Blick auf der Straße zu halten.

Er fuhr sie beide zu seinem Lieblingsitaliener, einem kleinen Restaurant in der Nähe seines neuen Apartments, das einem Ehepaar gehörte, das Alex mittlerweile schon gut kannte. In Anbetracht dessen, dass er drei oder vier Abende pro Woche dort sein Essen abholte oder dort aß, hatten die Besitzer ihn quasi adoptiert, da ihr eigener Sohn auf der anderen Seite des Landes lebte.

Auf dem Beifahrersitz neben ihm war Madison die ganze Fahrt über wütend und still, sie kochte vor Wut. Er beobachtete sie aufmerksam, als sie die Dokumente öffnete und diese kurz überflog, nur um sie dann zusammenzurollen und erneut zornig zu sein. Er gab ihr den Raum, den sie zu brauchen schien, und hoffte, dass sie sich ihm während des Essens anvertrauen würde.

Er wusste nicht viel über ihre Familie oder ihren familiären Hintergrund, außer dass sie in verschiedenen Pflegefamilien aufgewachsen war. Und obwohl sie mit ihren letzten Pflegeeltern ein enges Verhältnis gehabt hatte, mochte sie deren Sohn nicht – den Pflegebruder, den sie diese Nacht hätte treffen sollen. Alex kannte keine weiteren Details darüber hinaus, weil er seine Affären immer so unpersönlich wie möglich gestaltete.

Flüchtig schaute er zu ihr hinüber. Sie war immer noch völlig in Gedanken versunken. Ihr Haar war zu einem Pferdeschwanz zusammengebunden, wodurch er ihren fest zusammengekniffenen Mund gut erkennen konnte. Sie biss in ihre pralle Unterlippe, und obwohl sie durcheinander und frustriert war, diente dieser kleine Akt nur dazu, sein Verlangen zu entfachen, das immer unter der Oberfläche brodelte, wenn sie sich in seiner Nähe aufhielt. Sie hatte ihn stets auf einer sinnlichen Ebene angesprochen, bereits die klitzekleinste Handlung hatte bewirkt, dass er sie *sofort* wollte. Doch in diesem Moment wollte er ihr helfen, das durchzustehen, was auch immer sie gerade durchmachte. Und das war etwas Neues für ihn.

In dem Restaurant setzte sie ihr Schweigen fort. Sie bestellten, und sie war nach wie vor still und wütend. Ihre Speisen wurden gebracht, und sie stocherte lustlos auf ihrem Teller herum.

Schließlich fragte er: »Willst du darüber reden?«

»Nein!« Sie drehte ihre Nudeln auf ihre Gabel, spielte mehr mit ihrem Gericht, als es zu essen.

»Das solltest du aber. Das ist die einzige Möglichkeit, dich wieder genug zu beruhigen, damit du imstande bist, etwas zu essen.«

Sie kniff die Augen zusammen. »Seit wann sprechen wir denn über ernsthafte Sachen?«

»Seitdem wir von vorne anfangen!« Mit ihren Sticheleien hatte er gerechnet, und auch wenn er es verdiente, verletzten ihn die Erinnerungen daran, was für ein Arschloch er gewesen war.

»Richtig. Wir sind jetzt Arbeitskollegen.«

Er biss die Zähne zusammen. Nicht nur Kollegen. Nicht wenn er erreichen konnte, was er beabsichtigte.

»Komm schon. Sprich mit mir.« Er redete ihr gut zu, damit sie ihren inneren Zorn loswurde.

»Gut. Du weißt, dass ich meinen letzten Pflegeeltern nahestand, richtig?«

Er nickte, denn er erinnerte sich daran, dass sie einmal erwähnt hatte, dass der Pflegevater sie besser behandelt hatte, als es ihr eigener Vater je getan hatte. Er erinnerte sich auch daran, sie gefragt zu haben, warum sie Thanksgiving mit Riley und Ian anstatt mit den Graysons verbrachte. Sie hatte irgendetwas davon gesagt, dass sie mit ihrem Pflegebruder nicht zurechtkam und nicht wollte, dass ihre Feindseligkeit den Feiertag des älteren Ehepaares störte. Jetzt fragte er sich, was sie vor ihrer Freundschaft mit Riley an Feiertagen eigentlich gemacht hatte.

»Daniel, mein Pflegevater, starb vor drei Monaten.« Ihre Stimme stockte, als sie sprach.

»Das wusste ich nicht.«

Sie nagelte ihn mit einem stechenden Blick fest, ersparte ihm jedoch eine verbale Ohrfeige, dass er darüber Bescheid wüsste, wenn er damals nicht das Weite gesucht hätte.

Wer war wohl mit ihr zu der Beerdigung gegangen?, fragte er sich. Wer war da gewesen, als sie getrauert hatte? Und warum dachte er erst jetzt über diese Dinge nach? Warum war er früher so selbstsüchtig gewesen?

»Das Problem ist, dass es Franny schon lange vor Daniels Tod nicht gut ging«, erzählte sie, seine Gedanken unterbrechend.

»Was hat sie?«

»Bei ihr wurde Alzheimer diagnostiziert.« Madison ließ ihre Gabel los und auf den Teller klirren. »Sie wird bald in ein Pflegeheim gehen müssen, und in dem Falle, dass sie selbst nicht dazu imstande ist, diese Entscheidung zu treffen, sobald es an der Zeit dafür ist, hat sie mir die Handlungsvollmacht übertragen. Nicht Eric.«

Auf einmal machten die Papiere auf dem Tisch einen Sinn. »Dein Pflegebruder bringt dich vor Gericht wegen ihrer Entscheidung?«

Mit glasigem Blick nickte Madison. »Er droht damit zu behaupten, dass ich unzulässigen Einfluss auf sie ausgeübt hätte, um mir ihr Vertrauen zu erschleichen, was völlig lächerlich ist. Es ist nur so, dass seine eigene Mutter ihm nicht traut, was er mit dem Haus tun würde, wenn sie es ihm überließe. Das ist der einzige Grund, warum sie mich ausgewählt hat. Ich weiß, was sie will, und ich respektiere ihre Wünsche.«

Obwohl Alex spürte, dass es zu dieser Geschichte noch mehr zu erzählen gab, hatte er fürs Erste genug Informationen, um zu wissen, was als Nächstes passieren musste. »Wir werden gegen ihn ankämpfen!«, sagte er.

»Wir?«, fragte sie und wurde starr.

»Wir.« Er würde auch nicht mit ihr weiter darüber diskutieren. »Hast du einen Anwalt?«

Sie schluckte sichtbar mühsam. »Nein. Aber ich kann ein paar Anrufe machen.«

»Oder du kannst mich *einen* für dich machen lassen. Ich kenne da einen sehr guten.«

»Natürlich tust du das«, murmelte sie.

Er ignorierte die Stichelei. Sein Reichtum hatte auf sie nie besonders Eindruck gemacht, was – das musste er zugeben – immer einen Teil ihres Reizes ausgemacht hatte. Jemand, der ihn um seiner selbst willen mochte. Zumindest den Teil von ihm, den er ihr gestattet hatte zu sehen. Den größten Teil des echten Alex' hatte er ausgeschaltet, so wie er es bei den meisten Leuten zu tun pflegte. Außer den wenigen Malen, wenn er unachtsam gewesen war und mehr von sich gezeigt hatte.

Er faltete seine Hände auf dem Tisch zusammen und lehnte sich vor. »Du kannst einen Anwalt googeln, oder du kannst mich den besten anrufen lassen. Deine Entscheidung.«

Sie blickte nach unten. »Ich kann mir den Besten nicht leisten.«

»Ich kann's.«

Mit zusammengekniffenen Augen schaute sie auf. »Warum bietest du mir das an?«

»Weil ich es mir erlauben kann, den zu bezahlen und du nicht. Und weil …«

Er machte eine Pause und zwang sich zu sagen: »Weil, ungeachtet dessen, was du glaubst, ich mich um dich sorge!« Und das tat er. Er sorgte sich wirklich um sie und hatte das immer getan, was zum Teil der Hauptgrund dafür gewesen war, sich aus dem Staub zu machen.

»Du hast eine komische Art, das zu zeigen.« Sie haute ihre Hände auf den Tisch, schob ihren Stuhl zurück und erhob sich von ihrem Platz.

Und hier waren sie nun also. Er wusste, dass sie diesen Punkt letzten Endes einmal erreichen würden, er hatte nur nicht damit gerechnet, dass es so schnell passieren würde. »Setz dich wieder hin«, forderte er sie auf und schaute sich nicht um, ob sie gerade vielleicht dabei waren, eine Szene heraufzubeschwören.

»Wo ist der Haken?«

»Warum bist du so misstrauisch?«

Ihre Augen, die vor Trotz gefunkelt hatten, verdüsterten sich. »Weil nach meiner Erfahrung keiner etwas gibt, ohne etwas dafür im Gegenzug zu erwarten.«

Und das, dachte er, war traurig. Sie könnte sich dabei auf die Leute aus ihrer Kindheit beziehen, aber er war zeitlich gesehen nun mal der Letzte gewesen, der sie enttäuscht hatte. Diese Tatsache verstärkte sogar noch seinen Wunsch, ihr helfen zu wollen. »Kein Haken, Madison. Ich will dir einfach nur helfen.«

Sie sank tiefer in ihren Sitz, langsam und offensichtlich widerwillig. Aber er hatte sie wieder vor sich. Er streckte seine Hand aus und ergriff ihre, ihre Wärme sickerte in seine Haut. Ein Schauer wogte leicht durch sie hindurch, was ihm zeigte, dass sie nicht gegen ihn immun war, trotz der Mauern, die sie um sich herum errichtet hatte, um ihn auf Abstand zu halten. Und sie zog ihre Hand nicht zurück. Er ließ es zu, dass diese kleinen Zeichen ihn hoffen ließen.

Sie seufzte. »Warum bist du plötzlich zurück in meinem Leben, drängst mich zum Abendessen, willst mir helfen, behauptest sogar, du *sorgst* dich um mich?«

Ihre Augen wurden feucht, und sein Magen krampfte sich bei dem Anblick zusammen, erinnerte ihn an ihren schmerzerfüllten Gesichtsausdruck, als er mit ihr Monate zuvor kaltherzig Schluss gemacht hatte.

»Weil ich es tue.«

»Menschen, die sich umeinander sorgen, behandeln einander aber nicht so, wie du es getan hast!«

Er ließ seine Hände unter den Tisch gleiten und ballte sie zu Fäusten, wo sie es nicht sehen konnte. »Ich weiß, und es tut mir leid.« Die Worte kamen leichter heraus, als er es gedacht hätte.

»Es tut dir *was*?«, fragte sie, offensichtlich fassungslos.

Er machte ihr keinen Vorwurf, dass sie so überrascht war. »Es *tut mir leid*.«

Diese Worte nahmen ihr das Feuer aus den Augen, und dafür war er dankbar. Nach all den Jahren, in denen die Leute ihm jeden Wunsch von den Lippen abgelesen hatten, war er kein Mann, der daran gewöhnt war, sich zu entschuldigen. Er tat es nicht oft, aber jetzt hatte er es gemusst, mit mehr Gefühl, als er es Madison bislang entgegengebracht hatte.

»Mir tut es leid, dass ich dich damals aus meinem Krankenhauszimmer geworfen habe«, sagte er schwer atmend. »Du hattest es nicht verdient, dass ich auf diese Weise mit dir Schluss gemacht habe, und ich bedaure, wie ich es getan habe.«

Aber nicht, *dass* er es getan hat, dachte Madison, ihr Herz schmerzte noch ein bisschen mehr. Dennoch … eine Entschuldigung von Alex war eine große Sache und etwas, von dem sie nie gedacht hätte, es jemals zu bekommen. »Danke.«

Er nickte. »Darf ich jetzt meinen Freund Jon anrufen? Er ist ein verdammt guter Anwalt.«

Sie brauchte Hilfe, hasste es aber, diese von irgendjemandem anzunehmen. All die Jahre der Abhängigkeit von anderen, was die grundlegendsten Dinge betraf, hatten sie gelehrt, ihre Unabhängigkeit und ihre Fähigkeit, für sich selbst zu sorgen wertzuschätzen. Aber diese Situation war nicht typisch, und es ging dabei nicht nur um sie selbst. Franny verfolgte für ihr Grundstück bestimmte Absichten, die Eric nicht unterstützte, und Madison sollte verdammt sein, wenn sie ihm Zugriff auf die Vollmacht überließe, und er alles Gute vernichten würde, was von diesen ursprünglichen Plänen kommen könnte.

Ihre letzte Pflegefamilie war untypisch gewesen im Vergleich zu den anderen, da sie Geld besaß. Im Gegensatz zu vielen ihrer früheren Familien war sie von den Schecks des Staates nicht abhängig. Franny hatte Madison aufgenommen, weil sie ein Teenagermädchen um sich haben wollte, und Eric hatte ihr immer diese Aufmerksamkeit, die ihr zuteil geworden war, übel genommen. Als Erwachsene war die Abneigung nicht weniger geworden. Als Daniel starb, vermachte er fast sein gesamtes Geld seiner Frau, aber er hatte ebenfalls sowohl Madison als auch Eric mit einem Betrag bedacht – etwas, was ihr Eric ebenfalls missgönnte. Es handelte sich nicht um viel Geld, aber der bloße Gedanke, dass eine Außenstehende etwas von dem Familienerbe abbekam, hatte Eric verärgert. Er war heute noch genauso fies zu ihr wie schon als Kind.

Eric arbeitete im Baugewerbe. Er hatte seine eigene Firma besessen, ging während der Rezension jedoch bankrott. Aber immer noch hatte er mächtige Beziehungen zu Leuten in ihrer Stadt, die seine Idee, einen Erholungsort bauen zu lassen, unterstützten. Und er brauchte das Geld, das ihn wieder an die Spitze bringen würde.

Eric hätte auch ein beachtliches Erbe seiner Großeltern besessen, wenn er es nicht bereits verprasst hätte. Er dachte wohl, dass er mit seinen Plänen durchkommen würde. Dass Alex einen erstklassigen Rechtsbeistand bezahlen würde, war vermutlich ein schlauer Schachzug. Nicht dass ihr der Gedanke gefiel, ihm irgendetwas zu schulden, aber es stand mehr auf dem Spiel als ihr eigenes Ego oder ihr Wünsch nach Unabhängigkeit.

»Okay, du kannst ihn anrufen«, sagte sie. »Und Alex?«

»Ja?«

Sie begegnete seinem Blick. »Danke. Irgendwie werde ich es dir zurückzahlen.«

»Bitte. Und ich will dein Geld nicht.«

Sie wollte wegen einer liebenswürdigen Geste nicht anfangen zu streiten.

»Ich werde mich morgen früh gleich als Allererstes darum kümmern. Jetzt wirst du dich entspannen und etwas essen, oder willst du es erst wieder aufwärmen lassen?«

»Es ist gut so.« Jetzt, da die Last auf ihren Schultern etwas leichter geworden war, bemerkte sie, dass sie tatsächlich am verhungern war. »Eigentlich habe ich ziemlichen Hunger«, gab sie zu.

Er grinste und schaute ihr ohne Scheu beim Essen zu, und sie war zu ausgehungert, als dass es ihr etwas ausgemacht hätte. Etwas später hatte sie ihre Pasta aufgegessen, und sie bestellten Kaffee.

»Alex, es ist so gut, dich zu sehen!« Ein großer, älterer Mann mit Kochmütze und Schürze kam an ihren Tisch. »Meine Anna hat mir erzählt, dass du hier bist. Und wer ist diese schöne Frau?«

Alex lächelte dem Mann zu und erhob sich dann, um ihm die Hand zu schütteln und ihn kurz zu umarmen. »Emilio, das ist Madison Evans. Madison, das ist der beste Koch, der meinem Apartment am nächsten ist«, lachte er. »Ich mache nur Spaß. Der beste Koch in ganz Miami. Es ist ein wohlgehütetes Geheimnis, und in Anbetracht dessen, wie oft ich hier esse, würde ich es auch gerne weiter dabei belassen.«

»Du schmeichelst mir.« Der Koch wandte seinen

dunklen Blick Madison zu. »Es ist nett, dich kennenzulernen, Madison.« Er sah sie aufmerksam an und beendete seine Musterung mit einem warmen Lächeln. »Ich bin begeistert, endlich einmal jemand Besonderen zu treffen. Alex ist hier immer alleine, aber er verdient …«

»Deine Crème brûlée«, unterbrach ihn Alex, wofür Madison dankbar war.

Keiner von ihnen beiden wollte, dass sie als jemand Besonderes in seinem Leben bezeichnet wurde.

»Für gute Werbung bin ich immer zu haben. Auch wenn es mir so vorkommt, als sei es erst gestern gewesen, als ich einfach nur mit Anna allein sein wollte. Und jetzt? Ein volles Restaurant macht uns glücklich, und zusammen nachts nach Hause zu gehen, macht uns zufrieden.« Summend ging er in Richtung Küche.

Madison lächelte. »Er ist ein netter Mann.«

»Einer der Besten«, murmelte Alex, sein Blick wendete sich ihrem zu. Ein unerwartetes Feuer verdunkelte seine hinreißenden Augen.

Madison rutschte nervös auf ihrem Stuhl herum. »Also, was meintest du gerade mit deinem Apartment? Was ist mit deinem Haus passiert?«

Er zuckte mit den Schultern. »Ich hab's verkauft.«

Sie hätte nicht geschockter sein können. Alex hatte sein Haus geliebt, es genau nach seinem Geschmack eingerichtet, und er war so stolz gewesen, es zu besitzen. »Was? Wieso?« Sie konnte nicht glauben, dass er sich von seinem traumhaften Star-Island-Heim getrennt hatte.

»Du kennst doch das Programm, das wir zum Laufen bringen? Pläne nach dem Football? Na ja, sogar bevor Ian mich bat, ihm zu helfen, wusste ich, dass ich einige ernste Entscheidungen treffen musste. Ich wollte mir keine Gedanken darüber machen, ob ich mir die Hypothek leisten könnte.« Er schaute weg, ganz offensichtlich verschämt über die Änderung seiner Lebensverhältnisse.

Sie blinzelte, stolz über seine Vorsorgemaßnahme und die Tatsache, dass er Opfer gebracht hatte. »Alex, das tut mir leid. Ich weiß, wie sehr du es geliebt hast.«

Er nickte. »Ich habe es gekauft, nachdem ich meinen ersten großen Vertrag unterschrieben hatte, aber ich bin nicht in solch einem Reichtum groß geworden. Ich meine, mein Vater besaß ihn – sein Haus mit Ians Mutter war eine Villa, aber unsere Mutter zog uns in einer Mittelschicht-Nachbarschaft auf, in der sie sich wohlfühlte. Und Vater drängte sie auch nicht, denn wenn er ein anderes, großes Haus gekauft hätte, wäre es vielleicht jemandem aufgefallen. Mir geht's gut damit, innerhalb meiner Verhältnisse zu leben und für die Zukunft zu sparen.«

Wärme füllte ihre Brust, als sie der pragmatischen Seite von ihm zuhörte, die sie bisher noch nicht kannte. Seine Kindheit machte sie neugierig, aber jetzt war nicht der richtige Zeitpunkt, um danach zu fragen. »Ich denke, das ist hervorragend. Ich weiß, dass du dein Haus vermissen wirst, aber …«

»Eigentlich tu ich das nicht. Es war zu groß für eine Person. Und es diente mehr meinem Ego als praktischen Zwecken«, meinte er und errötete bei seinem Zugeständnis.

Seine Reaktion ließ sie ihn nur noch mehr mögen, etwas, das sie nicht wollte oder brauchte, nicht nachdem er ihr schon seine Hilfe bei dem Prozess angeboten hatte, was etwas Persönliches und Wichtiges für sie war.

»Was meint dein Agent bezüglich anderer Arten von Angeboten?«, erkundigte sie sich. Sie wusste, dass er immer noch in vielerlei Hinsicht gut zu vermarkten war.

»Ich war einer dieser Arschloch-Klienten, der über nichts diskutieren wollte, das nicht das Ballspielen mit einschloss«, antwortete er mit einem ironischen Lachen. »Ich bin jetzt darüber hinweg, aber ich hab mich nicht mehr bei ihm gemeldet, nachdem ich ihm gesagt habe, wo er sich seinen letzten Vorschlag hinstecken kann.«

Sie brach in Gelächter aus. »Das klingt ganz nach dir.«

Er grinste und ließ damit ihren Atem stocken. Es war nicht fair, welchen Effekt er auf sie ausübte. »Mein Agent ist jedoch hartnäckig. Er gibt einfach nicht auf, es auch weiterhin zu versuchen.«

Sie beneidete ihn nicht gerade darum, dass er etwas mit solchen Leuten zu tun hatte.

»Willst du nicht wissen, was es mit der anderen Sache auf sich hat, die Emilio vorhin erwähnt hat?«, fragte Alex.

»Ich weiß nicht, worauf du anspielst«, log sie. Sie wusste ganz genau, was er meinte. Aber mit ihm über die Frauen in seinem Leben sprechen?

Auf gar keinen Fall!

»Er sagte, dass ich bislang niemanden mit hierher genommen habe, und er hat recht. Vielleicht solltest du dich selbst einmal fragen, warum ich dich mitgenommen habe.«

Ein Schauer der Erkenntnis jagte über ihre Haut. »Alex, das ist eine schlechte Idee. Wir hatten unsere gemeinsame Zeit, aber ich werde nicht wieder mit dir schlafen!« Auch wenn er sich verändert zu haben schien, auch wenn sie verzweifelt eigentlich genau das wollte, konnte sie doch nicht wieder dorthin zurück.

Sie traute ihm mit ihrem Herzen nicht. Verdammt, sie traute niemandem, aber er hatte den größten Schaden in ihrem Erwachsenenleben angerichtet. Damals hatte sie Daniel alles über Alex erzählt, der ihn danach kennenlernen wollte. Dann hatte Alex ihr das Herz gebrochen, Daniel war gestorben, und Frannys Verstand hatte sogar noch tiefere Löcher entwickelt, was verursachte, dass sie immer wieder aus der Gegenwart fiel. Kürzlich gab es Momente, in denen sie Madison nicht einmal mehr wiedererkannte.

Die letzten wenigen Monate hatte es nur Madison gegeben, ganz allein auf sich gestellt. Sie musste sich wieder einmal mit einem potenziellen Verlust auseinandersetzen, und obwohl Alex der Erste war, den sie für einen Trost in ihren dunkelsten Momenten gehalten hatte, war er auch die letzte Person, die sie jemals anrufen würde. Er war jetzt zurück in ihrem Leben, aber wenn sie ihn dieses Mal wieder an sich heranlassen würde und er in alte Muster zurückfiele, wüsste sie nicht, wie sie mit dieser Art von Enttäuschung und Schmerz umgehen könnte.

Er erhob sich von seinem Platz, ging um den Tisch herum, um in die Nische neben sie zu rutschen. Ein starker Arm glitt hinter sie, als er sie nah an sich heranzog. »Die Sache ist die. Ich verstehe schon, warum du sagst, dass das mit uns eine schlechte Idee ist, aber ich bin nicht deiner Meinung. Du brauchst jemanden in deinem Leben, und ich beabsichtige, da zu sein.«

Sie kniff die Augen zusammen. »Du glaubst wirklich, dass du dich so stark verändert hast?«

»Meinst du mit Veränderung, dass ich sexuell enthaltsam sein kann?«

Sie blinzelte bei diesen Worten – überrascht über seine Direktheit. Bis in die Zehenspitzen geschockt, dass er es ernst zu meinen schien. »Mal angenommen, dass ich dir glaube, muss ich fragen – warum?«

Seine Augen fokussierten sie in einer beunruhigenden Weise. »Weil ich dich nicht mehr aus meinem Kopf bekommen konnte.« Er griff nach ihrer Hand, die Wärme gab ihr ein starkes Gefühl der Sicherheit, was sie noch nie zuvor erlebt hatte.

Ein Gefühl, dem sie nicht traute. Sie konnte einfach nicht. Nur der Teil von ihr, der immer nach absoluter Akzeptanz und einem Ort, wo sie hingehörte, verlangt hatte, wollte es glauben.

3

Mit der Hand auf ihrem Rücken ließ Alex sie aus dem Restaurant hinausgehen. Sie war gegen seine Berührung nicht immun. Ihr Körper wurde lebendig, das Prickeln wanderte von seiner Hand aus direkt durch ihren Körper hindurch bis zu ihrem Geschlecht. Es schien, als seien ihre verräterischen weiblichen Körperteile mehr als gewillt, sie auf Abwege zu bringen, und es erstaunte sie, wie sehr sie diesen nachgeben wollte.

Während sie gegessen hatten, war es dunkel geworden, und Emilio war offenbar nicht gewillt, Geld für die Beleuchtung seines Parkplatzes auszugeben. Außer ihnen war niemand hier draußen, und ihr Wagen stand in der hintersten Ecke. Sie waren ganz allein, nur Alex und sie. Vom Schicksal scheinbar im Stich gelassen, drückte Madison auf den Türöffnerknopf an ihrem Autoschlüssel und wartete mit heftig pochendem Herzen darauf, dass er die Autotür öffnete. Doch er stand nur da und starrte sie mit seinen dunklen Augen an.

Und ehe sie es sich versah, hatte er sie auch schon mit seinem großen, warmen Körper an den Wagen gedrückt. Er presste seine harten Oberschenkel an die ihren, und als ihr der verlockende Duft in die Nase stieg, der ihn umgab, verspürte sie den Drang, das Gesicht in seine Halsbeuge zu schmiegen und ihn tief einzuatmen. Sie ballte die Fäuste, um den verrückten Impuls zu unterdrücken.

Alex schob ihr eine Hand in den Nacken und zwang sie, den Kopf zu heben und ihn anzusehen. »Ich will eine zweite Chance«, sagte er mit entschlossener Miene.

Madison spürte das Verlangen in jeder Zelle ihres Körpers. »Alex …«

Er schüttelte den Kopf. »Ich werde nicht aufgeben.«

Sie öffnete den Mund, um Einspruch zu erheben, doch sie kam nicht dazu, denn er nützte die Gelegenheit und küsste sie so leidenschaftlich, dass ihr die Luft wegblieb und ihr Hören und Sehen verging.

Sie hatte davon geträumt, ihn noch einmal zu küssen, und er enttäuschte sie nicht. Wie immer übernahm er sogleich die Führung, fordernd und überwältigend, und sie gab sich ihm hin, als wäre sie nur zu diesem Zweck geboren worden.

Er legte ihr eine Hand in den Nacken und hielt ihren Kopf fest, während er sie verschlang, als wäre er am Verhungern und sie seine letzte Mahlzeit. Seine Zunge imitierte den Liebesakt, glitt tief in ihren Mund hinein und wieder heraus.

Sie wand sich in seinen Armen, schmiegte sich an ihn, um ihn noch besser zu spüren, rieb das Schambein an seinem, doch der Druck genügte nicht. Alex schob mit dem Oberschenkel ihre Beine weiter auseinander, stellte sich dazwischen und drängte die Hüften an die ihren, sodass sie zwischen ihm und dem Wagen eingeklemmt war. Sie spürte seine harte Erektion an ihrer pulsierenden Körpermitte. Gott, fühlte sich das gut an.

Madison drückte den Rücken durch, und er presste sich noch fester an sie und steigerte damit ihr Verlangen nur noch mehr. Sie stöhnte, und ein Beben ging durch ihren Körper.

Er biss sie sanft in die Unterlippe und ließ sogleich die Zunge darübergleiten, um den Schmerz zu lindern. »Na, erinnerst du dich? Weißt du noch, wie schön es zwischen uns war, Angel?«, fragte er mit vor Erregung rauer Stimme.

Oh ja, sie erinnerte sich nur zu gut an die Freuden, die er ihr beschert hatte. Bei dem Gedanken daran pulsierte ihre Pussy noch heftiger.

»Ich hab dich nicht gehört. Ich will von dir wissen, ob du dich erinnerst.« Wieder zog er leicht an ihren Haaren.

»Mhm. Und ob ich mich erinnere.«

»Und es war verflucht heiß, hab ich recht?« Er rieb seinen harten Schaft an ihrer Körpermitte. »So etwas hast du davor noch nie erlebt, stimmt's?«

Sie nickte. »Und danach auch nicht mehr.« Sie hatte seither mit keinem anderen geschlafen. Er stöhnte, als hätte er begriffen, was sie ihm damit sagen wollte.

Der Laut weckte eine tiefe Begierde in ihr, und das Verlangen verdrängte jeden vernünftigen Gedanken. Sie vergrub die Finger im Stoff seines Hemdes und zog ihn näher, um ihn zu küssen, über seine Lippen zu lecken und an seiner Zunge zu saugen. Er schmeckte leicht nach dem Bier, das er getrunken hatte – und sehr intensiv nach dem Mann, den sie begehrte.

Eine Hitzewelle ging durch ihren Körper, und sie schmolz förmlich dahin bei den forschen Vorstößen seiner Zunge. Das hatte ihr gefehlt. Er hatte ihr gefehlt.

Unerbittlich rieb er den Unterleib an ihrem, beschrieb kreisförmige Bewegungen, die dafür sorgten, dass ihr Slip schon ganz nass war. Schon spürte sie einen explosiven Orgasmus nahen. Lange konnte es nicht mehr dauern. Sein unverwechselbarer Geschmack, sein männlicher Duft und seine muskulöse Brust – all das erinnerte sie nur zu deutlich an ihre weiblichen Bedürfnisse.

Wieder presste er sich an sie, rieb seinen harten Schaft an ihrer Klitoris, und sie stöhnte auf angesichts der elektrisierenden Empfindungen, die dabei durch ihren Körper gingen.

Gleich, gleich … Wenn er sie nur noch einmal seine pralle Erektion spüren ließ, dann …

Doch da trat er plötzlich einen Schritt zurück. Sie riss die Augen auf und musterte ihn mit einer Mischung aus Frust und Verwunderung. »Du spielst Spielchen mit mir?«, fragte sie und berührte ihre kribbelnden Lippen.

Seine Pupillen weiteten sich. »Nein, tu ich nicht, Angel. Nicht mehr. Aber wie gesagt, ich werde nicht aufgeben, und das meine ich todernst.«

»Und warum dann die plötzliche Zurückhaltung?«, wollte sie wissen, die Hände in die Hüften gestemmt.

Er grinste. »Ob du's glaubst oder nicht, ich versuche mich wie ein anständiger Junge zu benehmen, auch wenn mir das verdammt schwerfällt. Vor diesem Kuss hast du dich kategorisch geweigert, noch einmal etwas mit mir anzufangen. Also gebe ich dir ein wenig Zeit, damit du dich mit dem Gedanken anfreunden kannst, dass du dich sehr wohl noch einmal mit mir einlassen wirst – und zwar aus freien Stücken. Aber ich will, dass du die Entscheidung erst triffst, wenn du wieder klar denken kannst. Im Moment würdest du alles tun, um mit mir in die Kiste zu steigen.«

Sie atmete hörbar aus. »Erst machst du mich heiß, und dann lässt du mich einfach hängen«, brummte sie, weil sie nicht bereit war, auf seine Forderung einzugehen.

»Hey, du bist nicht die Einzige, die unbefriedigt nach Hause geht«, erinnnerte er sie mit gepresster Stimme, und erst jetzt wurde ihr bewusst, dass auch er unter seinem Manöver litt.

Sie schloss die Augen und schnaubte entnervt.

Wieder legte er ihr eine Hand in den Nacken, überraschend sanft diesmal. Seine Finger fühlten sich warm an.

Ihre Lider öffneten sich flatternd, als seine Lippen über ihren Mund strichen. »Das mit uns ist noch nicht vorbei.«

Tja, da hatte er wohl recht. Leider.

In dieser Nacht schlief Madison ausgesprochen schlecht. Immer wieder ging ihr durch den Kopf, was Alex gesagt hatte, immer wieder dachte sie an den heißen Kuss. Kein Wunder also, dass sie sich die halbe Nacht unruhig im Bett herumwälzte. Und als sie schließlich doch einschlief, hatte sie heiße erotische Träume. Ihr Körper verzehrte sich nach der Erfüllung, die Alex ihr vorenthalten hatte. Mehrmals erwachte sie schweißgebadet, die Nippel hart und fest, der Slip feucht vor Erregung, und obwohl sie es sich vor dem Schlafengehen mit dem Vibrator selbst besorgt hatte, fühlte sie sich nach wie vor unbefriedigt und frustriert. Und genau das war sein Ziel gewesen.

Er wollte, dass sie ihn wollte. Oder zumindest, dass sie zugab, dass sie ihn wollte. Was auch der Fall war … dieser verdammte Kerl!

Sie wusste, dass er ein aufmerksamer Liebhaber sein würde. Er kannte sich mit dem weiblichen Körper aus, und Befriedigung war sein ultimatives Ziel. Ihre Befriedigung war ihm sogar noch wichtiger gewesen als seine eigene. Sie zitterte bei der Erinnerung an seine großen, talentierten Hände, die ihren Körper bearbeiteten. Könnte sie es schaffen, ihm zu widerstehen, wenn er seinen sinnlichen Angriff und die absichtliche Zurückhaltung aufrechterhielt?

Wollte sie das überhaupt?

Sie schüttelte den Kopf und wusste, dass sie mehr Zeit bräuchte, als sie hatte, um darüber nachzudenken, und zog sich dann weiter an für ihre Verabredung zum Kaffeetrinken mit Riley.

Madison erreichte Starbucks um elf Uhr. Sie hatte ihre Freundin schon zu lange nicht mehr gesehen und war froh, als Riley ein Treffen für dieses Wochenende vorschlug. Rileys Erscheinen an ihrem Arbeitsplatz war sporadisch geworden, und Madison machte sich bereits Sorgen um ihre Freundin. Sie fand Riley im hinteren Teil des Cafés, wo sie mit zwei Tassen vor sich auf dem Tisch auf sie wartete.

Madison ging direkt auf sie zu. »Hallo Fremde, wie geht's dir?«

Riley stand auf und umarmte Madison. »Mir geht's gut. Und dir?«

»Mir geht's auch gut.« Unglaublich geil, aber gut. Die Situation zwischen ihr und Alex war nichts, was sie am Frühstückstisch zur Sprache bringen wollte.

Sie setzten sich auf die Stühle, und Madison nahm einen langen Schluck von ihrer Vanilla Latte mit fettarmer Milch. »Danke für's Bestellen. Das hier ist köstlich.«

Sie blickte hinüber, um festzustellen, dass aus Rileys großer Tasse ein Teebeutel hing. »Wo ist der Chai Latte, den du sonst so liebst?«

Riley wedelte mit der Hand vor ihrem Gesicht herum. »Sag nicht diese Worte. Oh mein Gott.« Sie schloss die Augen und atmete tief durch.

Madison kniff die Augen zusammen. »Was ist los? Ist alles okay bei dir?«

Riley atmete tief durch. »Ich bin schwanger.« Trotz ihrer Blässe leuchteten ihre Augen vor Aufregung.

Madison schnappte vor lauter Freude nach Luft. »Was? Das ist ja unglaublich!« Sie sprang von ihrem Stuhl auf, kam um den Tisch herum und nahm ihre Freundin, der wirklich richtig schlecht zu sein schien, fest in die Arme.

Riley erwiderte ihre Umarmung.

»Kein Wunder, dass du seltener ins Büro kommst.« Sie setzten sich wieder zurück auf ihre Plätze. »Gut, dass dich der Boss so sehr liebt«, kicherte Madison, bevor sie dann ernüchtert die viel zu blasse Riley fragte: »Ist die Übelkeit denn so schlimm?«

Riley verzog das Gesicht. »Ich wache auf und denke, dass ich sterben oder nie wieder mit dem Kotzen aufhören werde. An manchen Tagen kann ich verstehen, dass Kate Middleton im Krankenhaus endete.« Sie legte eine Hand auf ihren Bauch. »Das Gute ist, dass der Arzt sagt, dass es damit fast vorbei ist. Wenn ich Glück habe.«

»Wie weit bist du?«, erkundigte sich Madison.

»In der zwölften Woche. Hoffentlich werde ich mich ab der vierzehnten wieder wie ein menschliches Wesen fühlen. Ich will die Erfahrung wirklich genießen, aber Mensch … keiner warnt dich vor so was!«

Madison schaute in Rileys abgespanntes Gesicht. Jetzt, da sie genauer hinsah, war es offensichtlich, dass ihre normalerweise kurvige Freundin etwas abgenommen hatte. Und Rileys Figur war zum Niederknien.

»Das tut mir leid. Ich hoffe, dir geht's bald wieder besser – lieber früher als später, aber ich bin sicher, dass du wieder auf die Beine kommen wirst!«

Riley bekam ein Lächeln zustande. »Das hoffe ich allerdings auch.«

»Wie geht's Ian mit dem Ganzen hier?«

Riley grinste. »Mr. Controllfreak leidet jetzt sogar noch mehr unter seinem Kontrollwahn. Es geht nicht in seinen Dickschädel, dass es nichts gibt, was er tun könnte, damit es mir besser geht. Aber letztendlich ist er schon sehr aufgeregt, was das Baby betrifft.« Sie tätschelte ihren Bauch. »Und mir geht's genauso.«

Madison freute sich für ihre Freundin. »Ich bin wirklich sehr glücklich für euch beide.«

»Danke. So, genug von mir. Was ist mit dir? Wie ist der neue Job?«

Da sie bereits die Diskussion gehabt hatten, dass Riley Madison damit überrumpelt hatte, dass Alex ebenfalls in derselben Firma arbeitete, ließ sie das nun auf sich beruhen. Nichts war dadurch gewonnen, alte Geschichten wieder aufzuwärmen.

»Nun, ich liebe die Herausforderung, etwas Neues zu machen. Und ich habe nächste Woche mein erstes Meeting mit einigen Spielern, somit werde ich wieder mit anderen Menschen zusammenarbeiten, was ich bislang vermisst habe. Es ist also alles super!« Sogar Madison selbst hörte den erzwungenen Tonfall in ihrer Stimme, aber was sollte sie auch sagen? Sie war im Zwiespalt mit sich selbst und wollte immer noch den Mann haben, den Riley ihr bei dem neuen Job vor die Nase gesetzt hatte.

»Wie ist es, mit Alex zu arbeiten?«, fragte Riley – scharfsinnig wie immer.

»Ich nehme an, es ist zu viel verlangt, seinen Namen nicht zu erwähnen?«

Riley grinste. »So viel Glück hast du nicht.«

»Du bist gemein«, murmelte Madison.

»Dafür sind gute Freunde da, um auch unangenehme Fragen zu stellen. Also ... macht er sich an dich ran?«

Madison schloss die Augen und stöhnte. Natürlich versuchte er es. Es hatte auch nichts geholfen, dass sie nun eine andere Seite von ihm kennengelernt hatte – in der letzten Nacht. Eine weichere, großmütigere Seite. Und er hatte sich *entschuldigt*.

»Huhu!« Riley wedelte mit ihrer Hand vor Madisons Gesicht herum.

Sie blinzelte und konzentrierte sich auf ihr Umfeld.

»Okay, ich habe meine Antwort schon. Die Schamesröte auf deinem Gesicht und der unkonzentrierte Blick in deinen Augen verraten mir alles, was ich wissen muss.« Riley klatschte in ihre Hände und quiekte vor Freude. »Also stehen die Dinge gut?«

Madison schluckte mühsam. »Ich würde die Dinge nicht als gut bezeichnen. Er scheint sich verändert zu haben, aber ich kann mir nicht vorstellen, ihm wieder vertrauen zu können.« Sie bemerkte den Blick auf Rileys Gesicht und fuhr fort, denn sie wollte als Erste zu Wort kommen. »Schau mal, ich habe das erste Mal nichts mit ihm angefangen, was mehr als eine Affäre bedeutet hätte. Ich kannte seine Vorgeschichte, aber es gab Momente, in denen es mir nach ... nach mehr aussah. Und auch, wenn er nicht bereit war ... auf was für eine Art und Weise hat er die Sache bitte beendet?!« Sie schüttelte den Kopf. »Das hätte ich so nie erwartet, und es hat verdammt wehgetan!«

Sie legte ihre Hand über ihren Bauch und erinnerte sich an den Schmerz. Da gab es irgendetwas von Natur aus Herzzerreißendes an dem Gefühl, sitzen gelassen zu werden. Es stellte etwas mit Madison an, von dem sie nicht wusste, wie sie darüber hinwegkommen sollte.

Wie könnte sie auch? Jedes Mal wenn sie so etwas spürte, fühlte sie sich in die Vergangenheit zurückversetzt. Ihr Vater hatte sie damals wegen neuer Schulkleidung mit in das Einkaufszentrum genommen, ohnehin schon ein seltenes Ereignis, weil er sich neue Sachen kaum leisten konnte. Dann hatte er sie dort zurückgelassen, und sie hatte nie wieder etwas von ihm gehört.

Bei der Erinnerung fühlte sie einen Kloß in ihrer Kehle, und sie verfluchte Alex dafür, dass er diesen furchtbaren Moment in ihrem Leben wieder so deutlich in ihr Gedächtnis zurückbrachte. So hatte sie sich auch gefühlt, als er sie wie ein Stück Dreck weggeschickt hatte, nachdem sie zum Krankenhaus gekommen war, um ihn zu sehen. Hätte er sie bald darauf angerufen, dann hätte sie sein Verhalten seinem eigenen Schmerz und seiner Enttäuschung über die Ereignisse in seinem Leben zugeschrieben und ihm verziehen. Aber das hatte er nicht getan.

»Hey!« Riley legte ihre Hand auf Madisons. »Ich beabsichtige nicht, das herunterzuspielen, was Alex getan hat. Ich werde dir auch nicht sagen, dass er kein Arschloch gewesen ist, weil er genau das war. Ich werde dich auch nicht darum bitten, ihm eine zweite Chance zu geben, weil nur du allein entscheiden kannst, ob er das wert ist. Was ich sagen werde, ist, dass auch ich eine Veränderung an ihm bemerkt habe.«

»Wirklich?« Madison hasste die Hoffnung in ihrer Stimme.

Sie hasste es, dass ihre Gefühle für Alex immer noch so stark waren, dass sie sie wieder hoffen ließen. »Ich dachte damals, dass ich Kleinigkeiten während unserer kurzen Beziehung bemerkt hätte, die darauf hindeuteten, dass er sich mir gegenüber anders verhielt. Aber hinterher begriff ich, dass das nur Wunschvorstellungen waren. Ganz typisch für eine Frau, die einen Kerl ändern wollte, den man jedoch nicht ändern kann«, sagte sie voller Empörung.

»Es sei denn, dass die karrierebeendende Verletzung das vollbracht hat, was du damals nicht an ihm ändern konntest«, meinte Riley vorsichtig. »Was ist, wenn die Dinge, die du bemerkt hast, echt *waren,* und jetzt versteht er, was er hatte – und verloren hat?«

Riley wartete geduldig und ruhig, bis Madison ihre Worte verdaut hatte. »Du sagst, dass er sich *vielleicht* verändert hat. Und *vielleicht* ist es von Dauer.«

»Ich sage, dass du es so lange nicht erfahren wirst, bis du dich nicht der Möglichkeit öffnest, vielleicht wieder verletzt zu werden«, meinte sie schulterzuckend.

»Warum sollte ich das tun?«, fragte Madison.

»Weil, wenn du vertraust und es funktioniert, der Gewinn viel mehr wert ist als der mögliche Schmerz.« Riley lächelte und tätschelte ihren immer noch flachen, aber schwangeren Bauch.

Madison schüttelte den Kopf, nicht in der Lage sich auszumalen, jemals wieder so verletzt zu werden. Sex? Ja, sie war in Versuchung nachzugeben und wieder mit

Alex zu schlafen, aber ihm vertrauen – oder irgendeinem anderen – von ganzem Herzen? Das würde nicht passieren.

Aber wie auch immer, sie musste sich der Tatsache stellen, dass bei ihr und Alex das letzte Wort noch nicht gesprochen war.

Madison versuchte, ihre Pflegemutter mindestens einmal in der Woche zu besuchen, und so kam sie kurz nachdem sie die gerichtlichen Schriftsätze von Eric erhalten hatte, bei ihr vorbei. Glücklicherweise hatten Eric und sie sehr unterschiedliche Zeitpläne, und so traf sie selten zufällig mit ihm zusammen. Der Besuch diese Woche war kein einfacher gewesen. Der im selben Haus wohnende Gesundheitsvorsorgeberater stimmte dem zu, dass es an der Zeit sei, Franny in ein Pflegeheim zu bringen. Ein Ort, an dem zu jeder Stunde irgendjemand ein Auge auf sie haben würde.

Als sie einmal bei klarem Verstand war, hatte Franny dem zugestimmt und bereits ein bestimmtes Pflegeheim ausgesucht. Sie hatten auf einen freien Platz gewartet, und jetzt gab es einen. Obwohl es bei Franny noch Tage gab, an denen sie manchmal wusste, wo sie sich befand, lebte sie die meiste Zeit über in der Vergangenheit. Madison begann manchmal ein Gespräch, nur damit Franny den roten Faden aufnehmen konnte, auch wenn sie dann zu jemand anderem sprach – jemandem aus ihrer Kindheit oder aus der Anfangszeit ihrer Ehe.

Die Krankheit zermürbte die ältere Frau Stück für Stück, und sie in ein Pflegeheim zu bringen fühlte sich an wie eine weitere Stufe des Verlustes. Zusätzlich zum Tod von Madisons Pflegevater wirkten Frannys Erinnerungslücken wie ein weiterer Schicksalsschlag. Aber sie umzusiedeln war das Beste, das man tun konnte. Natürlich kämpfte Eric auch dagegen an. Er wollte nicht, dass seine Mutter, wie er sagte, *weggesperrt* wurde.

Was diesen Punkt betraf, wollte Madison daran glauben, dass Eric als Sohn Angst hatte, für seine Mutter die falsche Entscheidung zu treffen. Er befürchtete, dass sie aufwachen würde und in einem seltenen Moment bei klarem Verstand plötzlich in einer fremden Umgebung zu sich käme. Madison hatte mehr Angst, dass sie in irgendeiner Nacht das Haus abfackeln könnte, während die Hilfskraft noch schlief, oder dass sie verschwinden würde, wenn es gerade keiner mitbekäme.

Eine Woche, nachdem Madison die Vorladung bekommen hatte, traf sie sich mit dem von Alex empfohlenen Anwalt. Er hatte sofort einen Termin mit ihr vereinbart, und sie war Alex dafür dankbar, dass er für sie seine Beziehungen spielen ließ.

Nicht lange, nachdem sie sich bei der Empfangskraft angemeldet hatte, kam ein großer, dunkelhaariger Mann in die Halle, um sie zu begrüßen.

»Ms. Evans?«

Sie stand auf, um den Anwalt zu begrüßen. Jonathan Ridgeway war ein gutaussehender Mann mit Augen voller Wärme und einem aufrichtigen Lächeln. Madison fühlte sich augenblicklich in seiner Anwesenheit wohl. Sie wusste, dass diese ganze Tortur nicht einfach werden würde, und sie war froh darüber, dass dieser Anwalt sie nicht nervös machte.

»Hallo«, sagte sie und reichte ihm ihre Hand, die er kurz schüttelte.

»Ich freue mich, Sie kennenzulernen, Ms. Evans. Aber ich bevorzuge es, auf Formalitäten zu verzichten. Ist es in Ordnung, wenn ich Madison zu Ihnen sage?«, fragte er.

Sie nickte. »Natürlich.«

»Dann nennen Sie mich bitte Jon. Haben Sie die Unterlagen mitgebracht?«

Sie kramte die Dokumente aus ihrer Tasche und reichte sie ihm. »Ich habe auch die Handlungsvollmacht und Betreuungsverfügung dabei. Weitere Kopien hat der Anwalt meiner Mutter.«

Jon nahm die Papiere und machte eine Geste, sie solle sich setzen.

Sie sank auf den Stuhl auf der anderen Seite seines Schreibtisches. Sie war nervös, als sie darauf wartete, dass er ihre Unterlagen durchlas, und rutschte auf ihrem Sitz hin und her, während sie seine Diplome und Fotografien wilder Tiere im Zimmer betrachtete.

Jemand klopfte an die Tür, und das Geräusch beim Öffnen ließ Madison sich auf ihrem Platz herumdrehen.

»Hab ich irgendwas verpasst?«, erkundigte sich Alex, der hereinkam, als ob man ihn bereits erwarten würde, bevor er die Tür hinter sich schloss.

»Was machst du denn hier?«, fragte sie, erstaunt darüber ihn zu sehen.

»Guten Morgen, Angel.«

Ein Schauer überkam sie bei dem Kosenamen, der Klang rollte über genau dieselben Lippen, die sie erst vor Kurzem geküsst hatte. Die sexuelle Spannung, während sie zusammenarbeiteten, zu ignorieren war beinahe unmöglich, und sie fühlte es jetzt wieder – das fast unmerkliche Beben in ihrer Magengrube und das überwältigende Gefühl des Verlangens, das sie immer verspürte, wenn sich Alex in ihrer Nähe aufhielt.

Er blickte zu seinem Freund hinüber. »Jon, danke, dass du dir Zeit für uns genommen hast.«

»Alex? Warum bist du hier?«, fragte sie erneut.

Der Anwalt stellte sich hin. »Sollte ich euch beiden ein wenig Zeit allein geben?«

»Ja«, erwiderte sie.

»Nein«, konterte Alex, bevor er sie mit einem entschlossenen Blick strafte. »Ich habe gesagt, dass wir das hier gemeinsam durchstehen, erinnerst du dich? *Wir*! Ich bin hier. Ich wäre früher gekommen, aber ich bin in einen Stau geraten.« Er setzte sich auf den Stuhl neben ihr.

»Gibt es ein Problem?«, fragte Jon sie.

Madison schluckte schwer. »Nein, es ist in Ordnung.« Sie wollte keine Szene machen, also ließ sie Alex bleiben.

Aber wenn er davon ausging, dass er nur, weil er den Anwalt bezahlte, auch ein Recht darauf hatte, an ihrer Privatsphäre Anteil zu nehmen, dann würde sie ihm später einmal gehörig den Marsch blasen.

Jon schaute erneut auf die Dokumente, die sie ihm gegeben hatte, und Madison richtete ihre Aufmerksamkeit auf Alex. Er trug sein Haar immer noch lang, aber es stand ihm. Er hatte ein durchgeknöpftes Shirt und ein Jackett an, und es wirkte, als ob es eigens für seinen breiten Körper geschneidert worden wäre. Gerade erst in der letzten Nacht hatte sie von seinen Tattoos darunter geträumt, die seinen gebräunten Körper zierten.

Madisons Mund wurde ganz trocken. Er hatte sich rasiert, und seine glatten Wangen weckten in ihr den Drang, ihre Lippen auf seine warme Haut zu pressen und seinen Duft einzuatmen. Sie konnte bereits sein Eau de Cologne riechen, und der Geruch stellte Dinge mit ihr an, die während des Tages, wenn sie noch im Besitz ihrer Kleidung war, verboten sein sollten.

Er begegnete ihrem Blick, ertappte sie dabei, wie sie ihn anstarrte, und seine Lippen verzogen sich zu einem sexy Grinsen.

Bevor sie noch reagieren konnte, begann Jon zu sprechen und unterbrach damit die Stille. »Ich nehme an, dass Sie darum kämpfen wollen, dass Sie die Ihnen zugewiesenen Rechte behalten?«

Sie zwang sich dazu, den Anwalt anzusehen, und nickte. »Es ist komplizierter, als es aussieht. Das Haus meiner Pflegemutter liegt auf einem Grundstück, das von Land umgeben ist, das der Stadt gehört. Es ist seit Generationen in Familienbesitz und ist als eine private Residenz registriert worden, aber Franny – das ist meine Pflegemutter – ist an Alzheimer erkrankt, und sie sagte eigens zu mir, dass, wenn sie irgendwann nicht mehr in der Lage sein sollte, eigene Entscheidungen zu treffen, sie in ein Pflegeheim gehen will. Und sie will das Haus verkaufen und das Land der Stadt vermachen, sodass diese daraus dann eine Freizeiteinrichtung für bedürftige Kinder machen kann.«

»Warum hat sie sich nicht selbst darum gekümmert, als sie dazu noch in der Lage war?«, erkundigte sich Jon.

Ein Frage, die Sinn machte. »Weil sie immer mit Wohltätigkeitsveranstaltungen und anderen Dingen beschäftigt war, und sie kam einfach nie dazu, als sie noch bei klarem Verstand war. Kein Anwalt würde sagen, dass sie jetzt bei klarem Verstand ist und würde ihren Willen ändern lassen. Offenbar hat Eric, mein Pflegebruder, den Plan, das Grundstück zu verkaufen, auf dem das Haus steht. Ein Unternehmen will es zu einem exklusiven Ferienort in Stadtrandlage machen.«

Jon machte sich Notizen, während sie sprach. Alex, der neben ihr saß, hörte aufmerksam zu.

»Fahren Sie fort«, sagte Jon.

»Eric behauptet, er möchte etwas für die Schönheit des Landes tun, aber das ist nicht so! Als Teenager hatte er Drogenprobleme und hing immer mit den falschen Leuten ab – reiche Leute, Partys mit Kokain.« Sie schüttelte den Kopf voller Abscheu. »Wie dem auch sei, Eric braucht das Geld, das er durch den Ferienort bekommen würde. Er hat von seinen Großeltern geerbt, aber er neigt dazu, das Geld aus dem Fenster zu werfen, und er mag Pläne, die ihn schnell vermögend machen. Was mich betrifft, habe ich keinerlei finanzielle Interessen. Es geht mir nur darum, Frannys Wünsche zu erfüllen. Das ist alles.« Sie verdrehte ihre Hände in ihrem Schoß, bis Alex sie ergriff und sie mit seiner Berührung zu beruhigen versuchte.

Dummerweise erregte seine Berührung sie aber auch, und sie wand sich unbehaglich auf ihrem Platz.

Jon räusperte sich. »Okay, laut diesem Schreiben hier beschuldigt er Sie, unzulässigen Einfluss auf seine Mutter auszuüben. Wie kommt's?«

Wieder einmal übermannte sie die Wut über diese unfaire Anschuldigung. »Ich hab keine Ahnung, was in seinem Kopf vor sich geht. Alles, was ich weiß, ist, dass ich mehr Zeit mit Franny verbringe als er. Ich bin mir sicher, dass er behaupten wird, dass ich sie dazu genötigt hätte, mich zu ihrer Bevollmächtigten zu machen. Aber das ist einfach nicht wahr!« Allein schon bei dem Gedanken daran regte sie sich auf.

Alex drückte ihre Hand – als wollte er ihr in Erinnerung rufen, dass er bei ihr war. Zuverlässig und an ihrer Seite.

Sie zwang sich dazu, ruhig auszuatmen. »Eric hat mir schon immer die Luft zum Atmen missgönnt – von der Minute an, als ich in ihr Haus kam.«

Jon blickte auf die Papiere. »Wann hat sie die Diagnose bekommen?«

»Ungefähr vor einem Jahr. Ihr Ehemann war ihr Bevollmächtigter und hatte die Betreuungsvollmacht vor mir.«

»Sie änderte das nach seinem Tod?«

Madison nickte.

»Nachdem sie bereits die Diagnose bekommen hatte«, stellte Jon grimmig fest.

»Ja.«

Jon atmete hörbar aus. »Wann hat Ihr Pflegebruder das herausbekommen?«

»Als Franny darüber zu sprechen begann, in eine Pflegeeinrichtung zu gehen.«

Jon machte sich Notizen und fragte dann: »Waren Sie ihr einziges Pflegekind?«

Madison schüttelte den Kopf. »Es gab andere in der Vergangenheit, aber ich war die Einzige, die dort blieb. Andere wechselten schnell wieder die Familie.«

»Hmmm. Ich werde einen Detektiv beauftragen, um zu recherchieren. Vielleicht können wir etwas in Erfahrung bringen, das ihn so verschreckt, dass das hier schnell ein Ende hat. Lassen Sie mich sehen, was ich herausbekommen kann. Ist das in Ordnung für Sie?«

Das wäre dann noch mehr Geld, das sie Alex schulden würde, wenn sie zustimmen würde. »Hmm …«

»Tu, was du auch immer tun musst«, sagte Alex.

Jon schaute sie an, wartete auf ihr Einverständnis, und sie nickte – gleichzeitig sowohl voller Vertrauen als auch dankbar.

Der Anwalt erhob sich von seinem Platz, und sowohl sie als auch Alex taten das Gleiche. »Ich nehme die Sachen hier mit«, sagte Jon. »Außerdem brauche ich von Ihnen eine Liste – die Sie mir dann zuschicken können – über Leute, die etwas von Ihrer Beziehung zu Ihren Pflegeeltern mitbekommen haben, als Sie dort lebten, mögliche Zeugen für uns und Franny.«

»Das werde ich tun. Danke.«

Jon lächelte sie an. »Tun Sie Ihr Bestes, und machen Sie sich keine Sorgen, okay?«

Sie nickte. »Danke. Franny war sehr gut zu mir. Ich will wirklich nur in ihrem Sinne handeln.«

Ein paar Minuten später standen sie draußen in der Halle bei den Aufzügen. Madison entschied sich, Alex keine Vorwürfe zu machen, weil er einfach hier aufgetaucht war. Wie konnte sie auch sauer sein, wenn er sich so fürsorglich verhielt? Sie war dafür dankbar, jemanden an ihrer Seite zu haben, auch wenn sie sich immer wieder ermahnen musste, sich nicht daran zu gewöhnen.

»Bist du bereit zur Arbeit zurückzugehen?«, fragte sie, als sich die Aufzugtür öffnete und sie hineintraten.

Die großen Türen schlossen sich.

»Eigentlich denke ich, dass wir uns heute krankmelden sollten.«

»Was?«

»Schwänzen. Wir sollten uns freinehmen und etwas tun, das Spaß macht.«

Sie hob eine Augenbraue und dachte über seine Worte nach. »Was zum Beispiel?« Sie konnte selbst nicht glauben, dass sie ihn das gerade gefragt hatte. Warum sagte sie nicht einfach »nein« dazu, sich freizunehmen und Zeit mit ihm zu verbringen?

»Irgendwohin, wo du deine Probleme vergessen und relaxen kannst.«

»Aber wir haben noch einiges an Arbeit zu erledigen.« Und außerdem konnte sie sich nicht vorstellen, sich freizunehmen – mit ihm zusammen. Sie würde nur in Versuchung geraten, ihren Begierden nachzugeben. Mit ihrer Willenskraft war es schnell vorbei, wenn er sie auch nur berührte.

»Schau mal, in ein paar Wochen gehen wir auf eine Geschäftsreise, wo viel Arbeit auf uns wartet. Da können wir uns doch heute einen freien Tag gönnen. Außerdem bin ich mit dem Boss verwandt.« Verspielt stupste er sie mit dem Finger an ihre Nase.

»Wenn ich daran erinnern dürfte, ist deine Beziehung zu ihm nicht gerade die solideste. Bist du sicher, dass du sein Temperament herausfordern willst?«

Alex zuckte mit den Schultern. »Immerhin habe ich auch einen guten Draht zu seiner Ehefrau.«

Madison rollte mit den Augen. »Ganz schön clever, deine Freundschaft mit Riley auszunutzen, um das zu bekommen, was du willst.«

»Was auch immer ganz gut funktioniert, Angel. Also, bist du dabei?«

Sie zögerte, musste jedoch zugeben, dass der Gedanke sie reizte. Nicht nur, was die Zeit mit ihm betraf, sondern auch einen Tag der Freiheit zu genießen. Sie schwänzte niemals, nahm ihren Job immer ernst. Geld verdienen war schon immer ihre oberste Priorität gewesen.

»Du und ich, die Sonne, der Pool …«, fuhr er verführerisch mit seiner Aufzählung von Verlockungen fort. »Ich werde dir sogar einen dieser fruchtigen Drinks mit Schirmchen drin spendieren. Komm schon, was sagst du?« Er stieß mit seiner Hüfte an ihre.

Seine verspielte Berührung sendete einen elektrischen Schock durch ihren Körper hindurch. Sie konnte es nicht leugnen, dass sie diese schelmische Seite an ihm mochte, und nach einem Morgen in einem Anwaltsbüro war sie in Versuchung, sich selbst zu erlauben loszulassen.

Die Fahrstuhltüren öffneten sich bei der Lobby, und der strahlende Sonnenschein, der durch die Glastüren schien, wirkte mehr als verlockend, als sie hinaustraten.

Sie spürte seinen fragenden Blick auf sich ruhen. Alles, wonach er gefragt hatte, war lediglich ein freier Tag, um Spaß zu haben.

Sie musste nicht mehr lange überlegen. »Okay. Wir können gehen.«

»Wirklich?« Er griff nach ihren Schultern und drehte sie zu sich um, sodass sie ihm ins Gesicht blickte.

Seine Augen leuchteten vor Zufriedenheit über ihre Zustimmung, und sie wollte, dass das Funkeln dort auch blieb.

Sie nickte. »Lass uns gehen, bevor ich's mir noch anders überlege.«

Ian hatte vor seiner Heirat mit Riley gut gelebt und war mittlerweile aus der Innenstadt Miamis weggezogen. Bei seinem damaligen Apartment, das er nach wie vor besaß, handelte es sich um einen Ausläufer vom Ritz, eine Eigentumswohnung mit allen Annehmlichkeiten eines Hotels. Der perfekte Ort für Alex, um Madison dorthin für einen freien Tag zu entführen – einen, den sie gemeinsam verbringen könnten. Wenn er darüber nachdachte, fand er die Idee brillant.

Jetzt, da er Madison dabei beobachtete, wie sie sich aus einem seidenen Top schälte, um ihren Bikini darunter zu entblößen, fragte er sich allerdings, ob er diese Idee auch wirklich genau durchdacht hatte. Lavendelfarbene Rüschen bedeckten ihre Brüste, und ein dazu passendes Unterteil verbarg kaum alles andere. Sein Mund wurde trocken bei dem Anblick. Die Vorstellung, an den Bändchen zu ziehen und diesen fantastischen Körper seinem hungrigen Blick zu offenbaren, ließ sich nicht abstellen. So diskret wie nur möglich rückte er seinen Penis in der Badehose zurecht.

Es war ein Wochentag. Die meisten Leute waren auf der Arbeit, und von einem anderen Paar am Ende des Pools abgesehen, waren sie die Einzigen dort. Allein mit Gedanken, die er nicht in Betracht ziehen konnte bei einer Frau, die sich ihm gegenüber immer noch zurückhaltend verhielt.

»Ich wusste nicht, dass Ian sein Apartment behalten hat, nachdem er und Riley in ihr neues Haus gezogen sind«, sagte Madison. »Es war nett von ihnen, dass sie uns hier sein lassen. Und das auch noch an einem normalen Arbeitstag.«

»Ich hab eben gute Beziehungen, Angel«, erinnerte er sie.

»Irgendetwas sagt mir, dass du nur Riley um Erlaubnis gebeten hast.«

Er grinste. »Ich weiß schon, an wen ich mich wende, ich bin ja nicht dumm.«

Sie brach in ein Lachen aus – das erste spontane Lachen, seitdem er sie in Ians Konferenzraum wiedergesehen hatte, und er sog den fröhlichen Ton förmlich ein. Verdammt, sie machte es ihm nicht leicht.

Zuvor hatte er sie nach Hause gefahren, damit sie ihr Auto dortlassen und ihre Kleidung wechseln konnte, bevor sie dann zu seiner Wohnung fuhren, damit er seine Sachen holen konnte. Er hatte Riley angerufen, um sie um Erlaubnis zu bitten, während Madison ihren Kram zusammenpackte. Dann waren sie hierhergekommen. Dank der Autofahrt wusste er jetzt, dass sie nach Pfirsichen und Creme roch, und seitdem war sein Schwanz in Alarmbereitschaft.

Er hoffte, dass sie zu verführen die Lösung für dieses völlig einnehmende Bedürfnis war, weil er nicht wusste, was ihn sonst zufriedenstellen könnte. Genauso wenig wusste er, wie lange es noch dauerte, bis er sein Ziel erreichen würde. Bei dem Gedanken, wieder in ihre feuchte Hitze zu gleiten, wurde sein Penis steif, sogar noch mehr als zuvor. Er hob sein Knie, um davon abzulenken.

Sie legte sich in einen Clubsessel, klemmte ihre Haare nach oben und entblößte dabei ihren schlanken Hals. Nur zu gerne hätte er seine Zunge an ihrer glatten Haut hinabgleiten lassen.

Beruhig dich, Arschloch, rief er sich selbst zur Räson. Wenn es um Madison ging, hatte er viel zu beweisen. Also würde er warten und hier zu ihren Bedingungen sein.

So lange, wie es eben brauchte.

4

Nach einer Stunde unter der brennend heißen Sonne, in der sie Alex in seiner Badehose und sein gebräuntes, vor Schweiß glitzerndes Six-Pack mit diesen Tattoos, die appetitlich genug aussahen, um über sie zu lecken, beobachtet hatte, war Madison bereit, jeder sinnlichen Begierde nachzugeben, die ihr durch den Kopf ging. Sie brauchte einen Moment für sich, stand auf und ging in das Umkleidehäuschen hinter ihnen. Dort kramte sie in ihrer Tasche nach einer Flasche Sonnencreme und setzte sich in den Liegestuhl, um sich einzureiben. Mit ihrem Gesicht und ihren Armen war sie bereits fertig, als sich ein Schatten im Eingang abzeichnete.

»Brauchst du Hilfe?« Alex kam in das Umkleidehäuschen und nahm den Rest des kleinen Raumes ein sowie das, was noch an Sauerstoff übrig war.

»Ich schaff's schon alleine.«

Er setzte sich neben sie. »Aber wo bleibt denn da der Spaß dabei?«

Er nahm ihr die Flasche ab und schüttete eine großzügige Menge der Creme in seine große Hand. Sie wollte vorschlagen, dass sie gemeinsam zurück nach draußen gehen könnten, aber auch dort waren sie fast allein, und außerdem brauchte sie eine Pause von der intensiven Hitze der Sonne.

»Leg dich zurück«, forderte er sie auf.

Sie verspannte sich, weil sie spürte, dass dies ein Wendepunkt werden würde. Wenn seine Hände sie berühren würden, wäre sie geliefert. Aber es war ihre Entscheidung, und sie musste sich überlegen, ob sie ihm genug vertraute, um ihn wieder in ihr Leben zu lassen.

Sie dachte über Rileys Worte nach. *Du wirst es so lange nicht erfahren, bis du dich nicht der Möglichkeit öffnest, vielleicht wieder verletzt zu werden.* Als sie Alex im Anwaltsbüro gesehen hatte, so Anteil nehmend und interessiert, hatte sie den Impuls gespürt, es noch einmal versuchen zu wollen. Doch sollte sie diesen Drang wohl besser ignorieren. Und ihr Bedürfnis, wieder mit ihm zu schlafen? Sie könnte überwältigenden Sex haben und alle tieferen Wünsche, die ihn betrafen, unterdrücken. Nun, dafür war sie bereit. Zugegebenermaßen war sie keine Expertin in Sachen »Sex ohne Gefühle«, aber ihr blieb nichts anderes übrig. Sie erinnerte sich nur zu gut an den Schmerz, wenn ihr das Herz gebrochen und sie verlassen wurde. Also würde sie dieses Mal ihr Herz schützen und selbst diejenige sein, die als Erste gehen würde.

Sie lehnte sich gegen die Stuhllehne und streckte sich komplett aus. Er griff mit seinen großen Händen nach ihrem Fuß und begann die nach Kokosnuss duftende Creme in ihre Haut einzumassieren. Oh ja, sie war ja sowas von bereit. Sie neigte ihren Kopf zurück und stöhnte, denn seine sinnliche Massage fühlte sich so unglaublich gut an.

Hier ging es nicht nur darum, sie mit Sonnencreme einzucremen, hier ging es um mehr – und sie beide wussten es. Er presste seinen Daumen tief in ihren Fußrücken, der darunter gelitten hatte, dass sie die ganze Woche über High Heels getragen hatte. Sie seufzte vor Lust, als er zuerst einen Fuß bearbeitete, danach den anderen. Seine talentierten Hände glitten ihre Waden hinauf und pressten sich in Muskeln, die sie auf dem Laufband im Fitnessstudio überstrapaziert hatte. Er löste den Druck, der immer ein Teil von ihr war, und sie genoss das entspannende Gefühl. Irgendwie schaffte sie es dennoch, ihm gegenüber eine leidenschaftslose Distanz zu wahren, als er ihren Unterschenkel bearbeitete, massierend von ihren Zehen bis zu ihren Waden und bis hoch über das Knie. Aber schon bald darauf verloren seine Hände das fettige Gefühl, und nun glitten seine aufgerauten Finger über ihre Haut und begannen langsam ihre Schenkel hinaufzuwandern.

Ohne die Sonnenmilch fühlten sich seine trockenen Finger leicht rau an, und seine Berührungen riefen ein Ziehen in ihrer Leibesmitte hervor, bei dem sie unwillkürlich aufstöhnte.

»Du hast ja keine Ahnung, welche Wirkung solche Laute auf mich haben«, murmelte er mit heiserer Stimme.

Genau das wollte sie: Erregung. Lust. Auf beiden Seiten.

Und sie konnte nicht anders, als sich ihm und seinen sanften, verführerischen Liebkosungen hinzugeben.

»Weitermachen«, befahl sie ihm, als wäre er ein Hotelangestellter.

»Aye, Käpt'n«, murmelte er und begann ihre Oberschenkel zu massieren. Er spreizte die Finger, sodass die Kuppen nur Zentimeter von ihrem Bikinihöschen entfernt waren.

Sie hielt den Atem an, konnte es kaum erwarten, dass er ihre bereits feuchte Scham berührte. Doch dann hielt er unvermittelt inne und bohrte die Fingerspitzen in ihr Fleisch. Er liebte es, ein kleines bisschen grob zu sein, ihr zu zeigen, wie erregend sich Berührungen an der Grenze zum Schmerz anfühlen konnten. Bei der Erinnerung daran wurden ihre Nippel hart.

Schon war ihr Höschen feucht, und das Ziehen zwischen ihren Schenkeln wurde noch stärker.

»Angel«, murmelte er. Es klang wie ein Befehl, und Madison öffnete unwillkürlich die Augen.

»Lass mich eines klarstellen«, sagte er in einem Tonfall, den sie so unfassbar sexy fand, dass sie innerlich dahinschmolz. »Jetzt geht es nur um dich. Ich erwarte nichts von dir. Nicht einmal, dass du mir wieder vertraust.«

Sie hatte weder eine Unterhaltung noch irgendwelche Diskussionen erwartet, und ihr stand auch nicht der Sinn danach. Sie wollte nicht nachdenken. Sie wollte schnellen, heißen Sex, und sie ging nicht davon aus, dass es schwer sein würde, ihn dazu zu überreden – schließlich war das genau sein Ding.

»Schluss mit dem Gelaber. Weitermachen«, befahl sie, um einen verspielten Tonfall bemüht.

»Erst wirst du mir zuhören. Wie gesagt, jetzt geht es erst einmal nur um dich.« Er strich mit dem Daumen einmal flüchtig über ihr Geschlecht und verharrte an der Stelle, wo sich unter dem Stoff des Bikinihöschens ihre empfindliche Knospe befand. »Und alles andere lassen wir einfach auf uns zukommen.«

Damit ließ er sie erneut seinen Daumen spüren, genau dort, wo sie es brauchte, und sie drückte den Rücken durch und wölbte ihm den Unterleib entgegen.

»Haben wir uns verstanden?«, fragte er.

»Ich kann nicht denken, wenn du mich berührst.«

Er lachte leise, und der Laut steigerte ihre Erregung nur noch zusätzlich. »Wie gesagt, lass alles einfach auf dich zukommen. Sonst verlange ich nichts von dir. Gib uns eine Chance.«

»Es gibt kein ›uns‹. Du willst doch gar keine Beziehung«, erinnerte sie ihn.

Er runzelte die Stirn und schob frustriert das Kinn nach vorn. »Baby, das zwischen uns ist definitiv …«

»Bloß Sex.« Es wunderte Madison, dass sie überhaupt ein Wort herausbrachte, und erst recht, dass sie in der Lage war, sich an ihren Vorsatz zu halten. Sie hatte nicht vor, sich noch einmal von ihm das Herz brechen zu lassen.

Seine geschockte Miene war ein Anblick für Götter. Wenn sie doch nur ein Foto davon machen könnte, als Erinnerung daran, dass sie nun endlich die Oberhand gewonnen hatte!

»So stellst du dir das also vor?«, fragte er und bohrte ihr erneut die Finger in die Oberschenkel.

Sie fragte sich, ob hinterher die Abdrücke zu sehen sein würden. Es wäre nicht das erste Mal, dass sie von einem Schäferstündchen mit ihm nach Hause kam und feststellen musste, dass er Spuren an ihrem Körper hinterlassen hatte. Nicht dass er auf Sadomaso-Sex stand; er sorgte bloß ganz gern dafür, dass sie auch am nächsten Tag noch an ihn dachte.

»Die Spielregeln hast du doch selbst aufgestellt.« Sie hatte sich nur dummerweise nicht daran gehalten. »Sex ja, Beziehung nein«, wiederholte sie, was er ihr gesagt hatte, als sie das erste Mal miteinander geschlafen hatten.

Er musterte sie mit einem erstaunten Blick, dann schüttelte er den Kopf. »Ich hoffe, du hast dir das auch gut überlegt.« Mit einem leisen Knurren zog er ihr die Bikinihose aus und stellte ihre Beine rechts und links vom Liegestuhl ab. Da lag sie nun, mit weit gespreizten Beinen, und spürte, wie ihre Pussy vor Verlangen pulsierte.

Alex ließ zielstrebig die Hände an ihrem Bauch entlang nach unten gleiten bis zu ihren Schamlippen. »Wow, du bist ja schon richtig feucht«, stellte er hörbar erfreut fest.

Er beugte den Kopf, und sie hielt gespannt den Atem an, konnte es kaum erwarten, seinen Mund auf ihrem Geschlecht zu spüren. Stattdessen widmete er sich erst einmal ihrem Bauch, küsste, saugte und leckte ihn, sodass ihre Haut kribbelte und ihre Liebessäfte in Strömen flossen. Seine sanften Liebkosungen bildeten einen krassen Gegensatz zu dem rauen Verhalten, das er zuweilen an den Tag legte. Sie wusste, welches Ziel er damit verfolgte – er wollte sie auf die Folter spannen, wollte sich weiden an ihrer frustrierten Ungeduld.

Sie umklammerte mit beiden Händen die Armlehnen der Liege, während seine Zungenspitze vom Bauchnabel abwärts wanderte bis zu ihrem Geschlecht.

»Na, irgendwelche Wünsche, Angel?« Er hob den Kopf und sah ihr in die Augen. Ein sexy Grinsen umspielte seine Lippen.

Sie starrte ihn wortlos an.

»Nein? Gut, dann mache ich in dem Tempo weiter. Je länger das Vorspiel dauert, desto besser für mich.«

Wieder strich er mit dem Daumen über ihre äußeren Liebeslippen und blickte sie dabei unverwandt an. Sie schnappte nach Luft, als er den Kopf beugte und sie zu lecken begann. Seine geschickte Zunge glitt über ihre Schamlippen, mal rechts, mal links, doch kein einziges Mal über ihre Klitoris, obwohl ihr doch genau das die größte Lust bereitet hätte.

Madison wand sich unter ihm, hob das Becken an, und er verpasste ihr einen sanften Klaps auf den Oberschenkel. »Halt still.«

»Kann ich nicht.« Seine Zunge verschaffte ihr die herrlichsten Empfindungen, und ihre Nerven waren zum Zerreißen gespannt, bereit für die Explosion. Doch statt endlich an ihrer Lustknospe zu saugen, fuhr er bloß fort, sie zu lecken, zu kosten und zu necken. Madison warf den Kopf in den Nacken und stöhnte, ungeachtet der Tatsache, dass sie sich in einem Umkleidehäuschen am Pool befanden. Es roch nach Sonnencreme und Sex, und ihr war, als würde die Luft um sie herum vibrieren vor Verlangen.

Er schob einen Zeigefinger in sie, immer noch ohne die pulsierende Stelle zu berühren, die förmlich danach schrie, beachtet zu werden.

»Oh Gott.« Sein Finger glitt tiefer, doch ihre Begierde konnte er nicht stillen.

Dann gesellte sich ein weiterer Finger hinzu, drang ein Mal, zwei Mal, ein drittes Mal in sie ein, zog sich wieder zurück ...

»Bitte, Alex.« Na, toll. Jetzt bettelte sie schon!

»Was, Angel?«

»Mehr. Fester. Schneller.« Ihre Beine zitterten, ihre Schenkel bebten, ihr Leib zuckte, doch er ließ sich immer noch Zeit, tat sich genüsslich an ihrer Pussy gütlich und besorgte es ihr mit den Fingern.

»Oh, Mann, nun mach schon, Alex. Bring mich zum Orgasmus!«

Und da endlich wurde ihr Flehen erhört. Alex presste die Lippen auf ihren Kitzler und begann so kräftig daran zu saugen, dass sie die Sterne sah und auf der Stelle kam, so heftig, dass vor ihren Lidern Feuerwerke explodierten. Immer wieder schlugen die Wellen der Lust über ihr zusammen, während sie den Rücken durchdrückte und Alex die Hüften in kreisförmigen Bewegungen entgegenschob, bis sie schließlich nach einer gefühlten Ewigkeit erschöpft auf den Liegestuhl zurücksank.

Ein paar Minuten lang vergaß sie alles um sich herum, und als sie wieder einigermaßen bei Sinnen war, stellte sie erstaunt fest, dass Alex nicht nackt vor ihr stand, wie sie es eigentlich erwartet hatte. Bei dem Gedanken daran zog sich ihre Pussy erneut zusammen. Doch er kauerte noch immer vor ihr und starrte sie mit zufriedener Miene an. Sein Blick war verschleiert vor Lust, seine Lippen waren feucht von ihrem Liebessaft.

»Das war verflucht heiß.«

Sie musterte ihn mit schmalen Augen. »Willst du nicht … Ich meine … Na ja, ich dachte, wir würden …«

»Wie gesagt, jetzt geht es erst einmal nur um dich.« Er setzte sich neben sie, und Madisons Blick blieb an der riesigen Beule in seiner Badehose hängen.

»Aber …«

Er legte ihr den Zeigefinger auf die Lippen. »Ich werde dir beweisen, dass ich zu meinem Wort stehe. Du kannst mir glauben, wenn ich dir sage, was ich will. Und ich will, dass du mir vertraust. Ich will mehr als bloß Sex.«

Ihr Herz pochte heftig, und sie schüttelte den Kopf. »Nein. Ich kann das nicht mehr. Das zwischen uns ist nur Sex, Alex, mehr nicht.« Bei der Lüge krampfte sich ihr Herz in der Brust schmerzhaft zusammen.

Er wusste nicht, was es bedeutete, eine Beziehung zu haben. Für jemanden da zu sein und nicht einfach zu gehen, wenn man sich langweilte, die Nase voll oder einfach mal Lust auf etwas anderes hatte.

Aber sie wusste, wie es sich anfühlte, wenn man verlassen wurde. Sie hatte es erlebt – viel zu oft, um noch mitzuzählen.

Sie biss sich auf die Unterlippe und hielt den Atem an, als er ihr mit dem Daumen über den Mund strich.

»Das werden wir ja sehen«, sagte er mit einem finsteren Blick.

Sie leckte über die Kuppe seines Daumens, dann schüttelte sie den Kopf. »Hat eigentlich schon mal jemand ›nein‹ zu dir gesagt?«, fragte sie in der Hoffnung, damit von den Tränen abzulenken, die ihr der Frust und der Kummer in die Augen trieben, die Erkenntnis, dass einige ihrer sehnlichsten Wünsche niemals in Erfüllung gehen würden.

»Nicht wenn es mir wichtig war«, sagte er. Seine Aufrichtigkeit verblüffte sie. »Und du bist mir wichtig. Und noch etwas: Ich bin durchaus in der Lage, mich ins Zeug zu legen, wenn es etwas gibt, das ich haben will. Und jetzt verrate ich dir ein Geheimnis, Madison.« Er sah ihr geradewegs in die Augen. »Ich will dich.«

Nachdem er Madison vor ihrem Wohnblock abgesetzt hatte, fuhr Alex nach Hause, um zu duschen und sich einen runterzuholen. Ihm blieb nichts anderes übrig. Er war nach dem Nachmittag mit Madison maßlos erregt. Endlich hatte er sie wieder anfassen dürfen, und es war gut, wenn nicht sogar noch besser gewesen, als er es in Erinnerung hatte. Wenn sie sich erst einmal fallen ließ, äußerte sie direkt ihre Bedürfnisse, und diese Barrieren, die sie sonst gerne aufrecht hielt, existierten dann so gut wie gar nicht mehr. Aber sie traute ihm immer noch nicht über den Weg, und verdammt … wenn er doch nur wüsste, welche Richtung er als Nächstes einschlagen sollte.

Er musste heute noch etwas unternehmen, also rief er Jon an, um mit ihm zu Abend zu essen. Der Anwalt war einer der wenigen Freunde, die ihm nach seiner Verletzung geblieben waren. Alex mochte für eine Weile ein fieser Hurensohn gewesen sein, aber echte Freunde ließen einen auch dann nicht sitzen. Einige von seinen anderen Kumpels lebten in Tampa, wenn sie nicht gerade unterwegs waren, und die meisten seiner Kindheitsfreunde hatten sich nur in guten Zeiten bei ihm blicken lassen. Als dann der immer freundliche Alex mit samt seiner Karriere und einem gewissen Status verschwunden war, hauten sie ebenfalls ab. Er und Jon waren seit ihrer Kindheit befreundet und gingen später gemeinsam auf die University of Florida. Sie hatten eine enge Verbindung.

Sie planten, sich in ihrem Lieblings-Steakhaus zu treffen und sich dort ihre Plätze an der Bar zu nehmen, wo sie für gewöhnlich saßen. Alex kam dort als Erster an. Nick, der Besitzer und Barkeeper, machte immer die Plätze für sie frei, wenn sie vorher anriefen. Obwohl Alex nun kürzer trat, gab es Vergünstigungen, bei denen er nichts dagegen einzuwenden hatte, diese auch in Anspruch zu nehmen, und dies hier war eine davon.

Er saß auf einem Barhocker, während er auf Jon wartete, und schaute gerade Baseball, als er seinen Namen hörte. Er drehte sich um und sah Ian, der auf ihn zumarschierte.

»Hey! Was machst du denn hier?«, fragte Alex überrascht, seinen Halbbruder hier in der Innenstadt zu sehen, denn sein neues Haus lag außerhalb der Stadt.

»Riley hat sich nach einem Steak gesehnt, also hab ich ihr gesagt, dass ich es auf meinem Nachhauseweg besorgen werde. Was ist mit dir? Bist du hier auf einen Drink?«

»Und Abendessen. Ich warte auf einen Freund.«

»Madison?«, grinste Ian.

Arschloch. »Nein. Ich hab sie vorhin zu Hause abgesetzt.«

Ian schnappte sich den Barhocker neben ihm und machte es sich bequem. »Genießt du deinen freien Tag?«, erkundigte er sich.

»Ja, das haben wir tatsächlich getan.«

»Ich hab gehört, dass ihr beide eine Geschäftsreise nach New York City machen werdet.«

Alex nickte. Wenn er etwas Geschäftliches mit Ian besprach, fühlte er sich sicher. »Dort gibt es ein paar Lehrbeauftragte, die sie interviewen will, und ich werde den Giants-Coach aufsuchen, um abzuklopfen, wie viel Interesse besteht.«

Ian nickte.

»Ich denke auch, dass ich mich mit Gabe treffen werde.« Ihr Großvater, der Vater ihres Vaters, hatte einen Bruder, der Gabes Vater war. Die beiden älteren Männer waren in der Hotelbranche, und Gabes Vater hatte Miami verlassen, um sein Geschäft in Manhattan aufzubauen.

Die Familiensituation war für viele Jahre nach der

Enthüllung bezüglich Robert Dares anderer Familie schwierig gewesen. Aber die Verwandten hatten Alex' Mutter und den Kindern dennoch die Hand gereicht und sie willkommen geheißen, und Alex hatte seitdem eine enge Beziehung mit Gabe.

»Ich hab gehört, dass er darüber nachdenkt, einen anderen Club zu eröffnen«, sagte Ian.

Alex nickte. »Gabe liebt die Herausforderung.«

Ian lehnte einen Ellenbogen auf die Theke hinter ihm. »Wo wir gerade über Madison reden ...«

»Haben wir nicht.« Alex blickte finster.

»Machst du an dieser Front irgendwelche Fortschritte?«, fragte Ian, Alex' Kommentar ignorierend.

Da das süffisante Grinsen nicht aus seinem Gesicht wich, war sich Alex nicht sicher, wie er die Bemerkung einschätzen sollte. »Was machen wir hier eigentlich? Diskutieren wir etwa über mein Liebesleben? Als ob dich das auch nur im Geringsten interessieren würde!«

Ian zuckte mit den Schultern. »Vielleicht tut es das ja.«

Das brachte Alex zum Nachdenken, er hob sein Bier, um einen Schluck zu nehmen und um seinen Halbbruder abzuschätzen. Schließlich entschied er sich dazu, ihn beim Wort zu nehmen. »In mancherlei Hinsicht ja.«

Ian nickte und gab dem Barkeeper mit der Hand ein Zeichen. »Maccallan on the rocks.«

»Setz es auf meine Rechnung«, rief Alex dem Barkeeper zu.

Ian hob eine Augenbraue, nickte dann aber. »Danke.«

»Kein Problem.«

»Riley macht sich um Madison Sorgen«, sagte Ian.

Aaah. Jetzt machte das Verhör mehr Sinn. »Ich werde ihr nicht wieder wehtun.«

»Gut, weil sie offenbar eine harte Kindheit hatte. Ich glaube, deshalb haben sie und Riley sich auch so schnell angefreundet.«

Alex murmelte eine verhaltene Antwort, weil er vor Ian nicht zugeben wollte, dass er über die Frau, die er gern hatte, weniger wusste, als ihm lieb war. Er war vorher solch ein egozentrisches Arschloch gewesen. Alex schüttelte seinen Kopf voller Abscheu.

»Was ist?«, fragte Ian.

Alex beabsichtigte nicht, dies weiter auszuführen. »Du hast vermutlich recht. Die Kindheit von beiden war beschissen. Rileys Vater war ein prügelndes Arschloch, und Madison ist in Pflegefamilien groß geworden.«

Der Barkeeper stellte Ians Drink auf die Theke und ging dann diskret wieder weg.

Ian hob sein Glas. »Es ist schon schlimm, von einem Elternteil verlassen zu werden – egal auf welche Art und Weise, aber wer zum Teufel bringt sein Kind in ein Einkaufszentrum und verschwindet dann auf Nimmerwiedersehen?« Er schüttelte seinen Kopf und nahm einen ordentlichen Schluck von seinem Getränk.

Alex verschluckte sich an seinem Bier.

Ians Augen wurden groß. »Ach, herrje! Du wusstest das gar nicht?«

Alex atmete einmal tief durch. »Nein. Ich kann nicht von mir behaupten, dass ich ihr das letzte Mal, als wir was miteinander hatten, viele Möglichkeiten gegeben hätte, sich mir anzuvertrauen.« Sein Versagen laut auszusprechen und zuzugeben war unangenehm, aber irgendwie, in diesem Moment, fühlte es sich richtig an.

Alex liebte seine jüngeren Geschwister, aber sie standen einander näher als ihm. Hauptsächlich, weil der Football seine gesamte Zeit in Anspruch genommen hatte. Er wusste, dass das auch erklärte, warum er damals mit Ian ein inniges Verhältnis anvisiert hatte, denn in ihm hoffte er, einen Bruder zu haben, mit dem er etwas gemeinsam hatte. Er musste die Situation zu seiner Schwester und seinem Bruder ändern. Genauso wie sich gerade auch die Dinge zwischen ihm und Ian änderten.

Ian gab ihm einen Klaps auf den Rücken. »Gib den Dingen Zeit. Es ist nicht so einfach, sich zu ändern. Frag Riley. Verdammt noch mal, frag mich. Wir waren beide verschlossen, bevor wir zueinander gefunden haben.«

Alex rollte seine verspannten Schultern. »Madison will keine Zeit zum Kennenlernen, sie will nur Sex«, murmelte er, während er seine Bierflasche anstarrte.

Ian brach in Gelächter aus.

»Was ist daran so witzig?«

»Wenn du dich nur selbst hören könntest! Du beschwerst dich darüber, dass Madison nur Sex will – als sei das eine schlechte Sache«, erwiderte Ian, immer noch leise vor sich hinlachend.

Alex blickte finster. »Dieses Mal ist es andersherum. Ich will mehr.«

»Und sie lässt dich dafür ackern?«

Alex schüttelte seinen Kopf. »Sie spielt nicht solche Spielchen.« Und das war das Problem. Madison meinte das ernst, was sie sagte. Er hatte sie verletzt, und sie hatte sich zurückgezogen, nicht mehr gewillt, ihm eine weitere Chance zu geben.

Zumindest wusste er jetzt mehr darüber, wie sie tickte. »Ihr Vater hat sie wirklich in einem Einkaufszentrum sitzen gelassen?«, fragte er, sein Magen war völlig aufgewühlt bei der Vorstellung daran.

Ein kleines, blondes Mädchen, weinend, das nach seinem Vater suchte an einem monströsen, riesigen Ort, in dem es nur so von fremden Menschen wimmelte. Ihm lief ein kalter Schauer über den Rücken.

»Ian Dare?« Ein Kellner kam auf Ian zu, mit seiner eingepackten Bestellung in der Hand.

»Danke«, sagte Ian und nahm die Tüte in Empfang.

»Sie können vorne bezahlen.«

Ian nickte und drehte sich dann wieder Alex zu. »Ich habe schon genug gesagt. Ich vermute, ich sollte dich einfach mit dem hier zurücklassen, was Riley mir erzählt hat. Wenn du wirklich an Madison interessiert bist, musst du geduldig sein, denn es braucht Zeit.«

Alex tippte sich an den Kopf als Zeichen seiner Dankbarkeit. »Hey. Danke!«

Ian schenkte ihm ein grimmiges Lächeln.

Eine merkwürdige Stille folgte. »Ich nehme an, ich sollte meiner Frau jetzt mal ihr Essen bringen.«

»Herzlichen Glückwunsch. Sorry, dass ich es nicht

schon früher gesagt habe. Ich schätze, der Egozentriker in mir ist mal wieder durchgekommen. Aber ich arbeite daran.«

Ian grinste. »Ich hab gehört, dass das einen Teil deines Charmes ausmacht.«

»Arschloch«, murmelte Alex.

Mit einem Lachen ging Ian weg, ließ Alex allein mit seinem neuen, beunruhigenden Wissen über Madison.

Madison erreichte das Haus ihrer Pflegemutter früh am Sonntagmorgen, sie wollte ihr beim Umzug in das Pflegeheim, das nur wenige Meilen entfernt lag, helfen. Dabei hatte sie die Dokumente, aus denen hervorging, dass sie die Erlaubnis dafür hatte, Franny mitzunehmen – für den Fall, dass Eric auftauchen sollte und einen Streit provozierte. Sie hoffte, dass er das nicht tun würde, weil Unruhe und Lärm seine Mutter nur durcheinanderbrachten. Andererseits wäre es gut für Franny, ihren Sohn an ihrer Seite zu haben, wenn sie an einen völlig neuen Ort kam.

Madison entschied sich dazu, einige Zeit mit Franny zu verbringen und erst einmal zu sehen, was diese heute für einen Tag hatte, bevor sie sie zum Auto bringen wollte. Inzwischen würde die Hilfskraft den Wagen beladen.

»Franny?« Madison ging in die Küche.

Ihre Pflegemutter saß angezogen am Tisch und starrte aus dem Fenster. Sie drehte sich um und schaute Madison an. »Gracie, warum hast du so lange gebraucht, um hierher zu kommen?«

Madison seufzte. Gracie war Frannys Schwester, die vor fünf Jahren gestorben war. »Ich bin in einen kleinen Stau geraten«, erklärte sie, denn sie wusste, dass es einfacher war, Franny ausgeglichen und ruhig zu halten, als sie mit Dingen durcheinanderzubringen, an die sie sich sowieso nicht erinnern konnte.

»Wir werden dich heute zu deinem neuen Zuhause bringen.«

Franny antwortete nicht.

Madison setzte sich neben sie auf einen Stuhl. Frannys Haar, braun mit einigen grauen Strähnen, war gebürstet und ihre Kleidung von der Hilfskraft ausgewählt worden. Madison machte sich Sorgen, dass Franny Linda vermissen könnte, wenn sie im Heim war, bevor sie sich dann aber selbst sagte, dass Franny sich vermutlich bald sowieso nicht mehr an Linda erinnern würde.

»Die Wände dort sind hellblau, so wie dein jetziges Zimmer. Du sagtest, dass das einer der Gründe war, warum du diesen Platz ausgewählt hast.«

»Ich liebe Blau. Das ist meine Lieblingsfarbe. Das war auch Daniels Lieblingsfarbe«, sagte Franny, und Madison realisierte, dass ihre Pflegemutter wieder bei klarem Verstand war.

»Alles, was du stets um dich herum hattest, die Bilder, die Erinnerungen – die kommen alle mit.«

Franny tätschelte Madisons Hand. »Du bist so gut zu mir.«

Die junge Frau schluckte schwer. »Du bist auch immer gut zu mir gewesen.« Sie lächelte.

»Sind wir fertig? Ich will keine Minute mehr länger hierbleiben und mir wünschen, nicht gehen zu müssen«, sagte Franny.

Madison stand auf und reichte ihr die Hand. Franny legte ihre kleinere, wettergegerbte Hand in Madisons, und sie gingen gemeinsam raus zum Auto.

Eric tauchte nicht auf, was die Last des Umzugs komplett auf Madisons Schultern legte. Aber Linda hatte bereits Frannys wichtigste Besitztümer und Dinge des täglichen Bedarfs zusammengepackt, und als Madison ihre Pflegemutter erst einmal zum Wagen gebracht hatte, verlief die Fahrt problemlos.

Frannys Ankunft im Pflegeheim erfolgte dann allerdings nicht mehr so reibungslos. Als sie erst einmal die neue Umgebung betreten hatten, wurde sie streitsüchtig und aggressiv. Diese Situationen kamen nicht allzu oft vor, aber die Hilfskraft zu Hause hatte berichtet, dass es in letzter Zeit häufiger passierte. Das hatte sie dazu veranlasst, den Umzug lieber früher als später durchzuführen. Madison hoffte, dass die ältere Dame sich leichter an die neuen Pfleger gewöhnen würde, sobald sie erst einmal ihr altes Heim verlassen hatte.

Nach einem Treffen mit dem Leiter kehrte sie zu Frannys Zimmer zurück, um dort ihre Pflegemutter vorzufinden, die ihre neue Krankenschwester, die ihr das Abendessen auf einem Tablett gebracht hatte, beschimpfte und anschrie.

»Franny, das ist Sharon, erinnerst du dich? Du hast sie bei unserer Ankunft getroffen.«

»Hau ab!«, schrie Franny.

Madison kam näher. »Hör mal …«

»Es ist deine Schuld, dass ich hier bin! Ich hasse dich!«, schrie Franny, griff nach dem Tablett mit dem Essen darauf und schleuderte es in Madisons Richtung.

Diese duckte sich, und die Krankenschwester ergriff ihren Arm und führte sie dann aus dem Zimmer.

Zitternd, verletzt und erschüttert lehnte sich Madison gegen die Wand im Flur.

»Tut mir leid«, sagte Sharon, eine Krankenschwester mittleren Alters. »Sowas passiert häufig während des Umstellungsprozesses. Geben Sie ihr ein wenig Zeit, und sie wird sich schon eingewöhnen.«

Madison schluckte mühsam. »Ich hoffe es. Bitte rufen Sie mich an, wenn Sie mich brauchen.«

Madison verließ das Pflegeheim, Kummer umgab sie wie ein dichter Schleier. Sie stieg in ihr Auto und startete den Motor, lehnte dann aber zuerst noch ihren Kopf auf das Lenkrad, bevor sie schließlich losfuhr.

Wenn sie klug wäre, würde sie nach Hause fahren und direkt ins Bett gehen. Aber sie brauchte jetzt eine Schulter, an der sie sich ausweinen konnte. Riley war schwanger, und ihr ging es schlecht, außerdem war sie beschäftigt mit ihrem neuen Ehemann und ihrem Leben.

Madison hatte sich zwar selbst geschworen, dass sie sich nicht auf Alex verlassen würde, aber seine Schulter war die einzige, die sie wollte.

Und er war die einzige Person in ihrem Leben, von der sie sich vorstellen konnte, sich an sie zu wenden.

5

Alex erreichte das Fitnessstudio im obersten Stockwerk seines Gebäudes. Vielleicht konnte er nicht mehr länger Football spielen, aber er weigerte sich, körperlich abzubauen. Ian gestattete ihm den Zutritt zum Fitnessstudio im Stadion, aber mit den Thunder-Spielern zu trainieren fühlte sich immer noch so an, als wäre er von Gegnern umzingelt. Natürlich half es ihm in seinem neuen Job weiter, dass er das, was er den Leuten vermittelte, auch selbst praktizierte, aber er hielt sich in erster Linie für sich selbst fit. Er beendete sein Workout und wischte sich mit einem Handtuch den Schweiß vom Gesicht.

Nachdem er seine Sachen zusammengepackt hatte, warf er einen Blick auf sein Telefon und sah eine Nummer, die er nicht kannte. Der Anrufer, wer es auch immer gewesen sein mochte, hatte ihm eine Nachricht hinterlassen. Er drückte auf den Knopf des Aufzuges und hörte seine Mailbox ab.

»Hi, Alex. Hier ist Rachel Bradley.« Seine Exfreundin aus Collegezeiten. Diejenige, von der er geglaubt hatte, sie zu lieben, bevor sie ihm das Herz gebrochen hatte. »Ich weiß, dass es schon ein Weilchen her ist, aber ich habe etwas mit dir zu besprechen. Ich denke, dass es dir deine Zeit wert sein sollte, mich zurückzurufen.« Er beendete die Ansage, ohne auf noch mehr zu warten. Erinnerungen an die Zeiten mit Rachel kamen zu ihm zurück.

Sie hatten sich schon früh während ihrer Studienzeit an der University of Florida getroffen und waren vier Jahre lang ein Paar gewesen. Er hatte geglaubt, dass sie eine gemeinsame Zukunft hätten. Aber sie hatte niemals die Absicht gehabt, einen Football-Spieler zu heiraten oder ein Leben zu führen, das lange Abwesenheiten aus der Stadt und weibliche Fans, die in Scharen zu ihm strömten, beinhaltete. Natürlich wäre es ganz nett gewesen, wenn sie ihm das zu irgendeinem Zeitpunkt während ihrer gemeinsamen Zeit einmal gesagt hätte, spätestens dann, als er selbst einmal die Zukunft zur Sprache brachte. Aber sie hatte das nicht getan. Stattdessen hatte sie sich nach ihrem Abschluss von ihm getrennt.

Die Rachel, an die er sich erinnerte, war kein böses Mädchen gewesen. Sie hatte andere Menschen nicht zu ihrem eigenen Vorteil benutzt, sondern einfach nur nie den Mut aufgebracht, ihm zu sagen, dass er mehr wollte als sie. Und er hatte sich wie ein Idiot gefühlt, dass er jemandem sein Herz geschenkt hatte, der es gar nicht wollte.

Er schüttelte den Kopf und war nicht einmal neugierig, warum sie sich jetzt plötzlich bei ihm meldete. Sie hatte bereits genug Schaden angerichtet und ihm die eine nachhaltige Lektion erteilt, die er seitdem immer im Hinterkopf gehabt hatte. Sie hatte die Voraussetzung dafür geschaffen, dass er nach ihr niemals wieder eine ernsthafte Beziehung führte. Seit Rachel war er kein einziges Mal in Versuchung geraten, jemanden an sich heranzulassen.

Bis Madison kam.

Er schüttelte den Kopf und wusste, dass über die Vergangenheit nachzudenken ihn lediglich in einen Status der Frustration versetzen würde. Er war erwachsen genug, hatte genügend Frauen kennengelernt, um darauf zu vertrauen, dass Madison nicht der Typ war, der seine Gefühle vor ihm verbergen würde. Sie sagte, was sie meinte, und meinte, was sie sagte. Er verstand, wer sie war und warum das so war. Er kam aus seiner Komfortzone, um ihr nachzulaufen, obwohl er wusste, wie sehr sie versuchte, ihm zu widerstehen. Nachrichten von Rachel, die ihn nur verwirrten, konnte er nicht gebrauchen, also löschte er den Anruf.

Er nahm den Aufzug zu seinem Apartment und war überrascht, als er Madison an seiner Tür lehnen sah.

»Madison?«

Mit Augen voller Tränen schaute sie ihn an.

»Hey.« Er öffnete seine Arme, und sie trat in seine Umarmung.

Er wusste nicht, was sie dazu veranlasst hatte hierherzukommen, und hasste es, sie so durcheinander zu sehen, aber die Tatsache, dass sie zu ihm gekommen war, öffnete ihm eine Welt der Hoffnung, die er zuvor noch nicht gefühlt hatte. Er war verschwitzt, aber sie schien das nicht weiter zu stören, als sie sich ganz eng an ihn schmiegte und ihren Kopf an seine Brust legte.

Sein Herz schmerzte, als er sie festhielt, was ihm zeigte, dass seine Gefühle für sie immer nur noch stärker wurden. Dass er dies aushalten und nicht wegrennen wollte, sagte sehr viel über die Veränderungen aus, die die verdammte Verletzung mit sich gebracht hatte. Er umarmte sie innig und ließ sie das herauslassen, was sie in sich weggesperrt hatte, bis schließlich auch ihr leises Schniefen nachließ.

»Komm herein«, sagte er und ließ sie in seine Wohnung.

Sie nickte. »Es tut mir leid, dass ich hier einfach so aufkreuze und dann auf diese Weise zusammenbreche.«

»Kein Problem.« Er schloss die Tür hinter ihnen und warf seine Schlüssel auf die nächste Ablage.

Sie folgte ihm in die Küche, wo er eine kalte Flasche Vitaminsaft aus dem Kühlschrank holte. »Eistee?«, fragte er und zeigte auf die Marke, die sie mochte.

Sie nickte, und er schenkte ihr ein Glas davon ein.

»Willst du darüber reden?«, fragte er.

»Ich habe heute Franny ins Pflegeheim gebracht. Ich habe ihrer Hilfskraft beim Umzug aus dem Haus, in dem sie die meiste Zeit ihres Lebens verbracht hat, geholfen. Franny hat aber den Ort, obwohl sie ihn sich selbst ausgesucht hat, nicht wiedererkannt.« Sie wischte sich über ihre feuchten Augen.

»Sie war wütend und gemein, was in letzter Zeit häufiger vorkommt. Der Arzt sagt, dass das ein Teil ihrer Krankheit ist, aber …« Sie machte eine Pause, offensichtlich riss sie sich zusammen. »Ich weiß nicht, was schlimmer ist. Wenn sie mich überhaupt nicht wiedererkennt oder wenn sie mit Sachen um sich wirft und sagt, dass sie mich hasst.«

Ach herrje. Er griff nach ihrer Hand. »Das tut mir leid.«

Sie zwang sich zu einem Lächeln. »Ja. Mir auch.«

»Hat dein Pflegebruder denn mitgeholfen?«, fragte er dann.

Sie schüttelte den Kopf. »Er hat mir eine liebenswürdige Nachricht hinterlassen, die ich bekommen habe, während ich hier auf dich gewartet hab. Er meinte, da es meine Entscheidung war, sollte ich auch allein damit klarkommen und mit den Konsequenzen leben. Der Bastard.«

»So ein Verhalten sollte dir bei Gericht weiterhelfen.«

»Ich hoffe es … Ich weiß einfach nicht mehr weiter.«

Sie sah so fertig aus, dass er nicht wusste, was er tun könnte, damit es ihr wieder besser ging.

»Ich weiß es zu schätzen, dass du mir zuhörst, aber ich sollte jetzt besser gehen. Du willst wahrscheinlich duschen, und ich bin dir nur im Weg.« Sie stand auf.

Schnell sprang er auf, fest entschlossen, sie hierzubehalten. »Hast du schon zu Abend gegessen?«, fragte er.

Sie schüttelte den Kopf.

»Mittagessen?«, fragte er weiter, weil sie ja damit beschäftigt gewesen war, sich um ihre Pflegemutter zu kümmern und nicht um sich selbst.

»Nein.«

Er runzelte die Stirn, aber es überraschte ihn nicht. »Damit ist es entschieden. Ich werde uns etwas zu essen bestellen und dann duschen. Okay?«

Madison nickte. »Das wäre toll«, sagte sie sanft.

»Mach's dir gemütlich. Ich werde mich beeilen.«

Sie setzte sich auf die überdimensionale Couch – den einen Gegenstand, den er zusammen mit dem großen Fernseher aus seinem alten Haus mitgenommen hatte. »Die Fernbedienung liegt auf dem Tisch«, meinte er noch, bevor er ins Schlafzimmer ging.

Er duschte schnell, denn er wollte schleunigst wieder bei ihr sein. Madison war hier, und er realisierte, dass sie gerade sehr verletzbar war. Ein Wendepunkt, sofern es jemals einen geben sollte. Er würde es nicht ausnutzen, aber er wollte für sie da sein und ihr verdammt noch mal klarmachen, dass sie nicht mehr länger alleine war.

Madison rieb sich ihre nackten Arme und kuschelte sich tiefer in die weichen Velourskissen auf Alex' Couch. Sie schaltete den Fernseher nicht an, weil dies die erste Minute war, die sie an diesem ganzen Tag für sich hatte, und sie wollte einfach nur *sein*. Und die Tatsache genießen, dass sie – zumindest in diesem Moment – nicht ganz allein auf sich gestellt mit dem Leben fertigwerden musste. Es fühlte sich so gut an, nicht ganz allein zu sein, dachte sie, schloss ihre Augen und ließ sich fallen.

Sie hatte keine Ahnung, wie viel Zeit vergangen war, als sich das Sofa plötzlich neben ihr senkte.

»Hey«, sagte Alex mit dieser sexy, tiefen Stimme.

Sie schaute zu ihm auf und lächelte. »Hey.«

Er trug eine Trainingshose aus Nylon, kein Shirt, und er roch so gut, dass sie am liebsten unter seine Haut gekrabbelt wäre. Heute hatte sie keine Kraft mehr, um gegen seine Anziehungskraft anzukämpfen. Sie wollte es einfach nicht.

»Fühlst du dich ein bisschen besser?«, fragte er, während er mit einem Finger über ihre Wange strich.

»Ja.«

»Ich bin froh, dass du zu mir gekommen bist.«

Sie lächelte. »Ich bin froh, dass ich einen Ort hatte, wo ich hingehen konnte.«

»Madison …«

Die Türklingel ertönte und unterbrach ihn. »Das ist das Essen. Ich werde es holen«, sagte er.

Wenige Minuten später saßen sie an seinem Tisch und aßen Emilios Pasta. Zu ihrer eigenen Überraschung fühlte sie sich nicht nur besser, sondern war auch richtig hungrig.

Sie wollte sich nicht auf ihr eigenes Leben und ihre Probleme konzentrieren, und er schien das zu verstehen. Sie sprachen über die Arbeit und Rileys Schwangerschaft und lachten darüber, dass Ian am Rennen war, um ihre Schwangerschaftsgelüste zu befriedigen.

»Läuft es zwischen dir und Ian wirklich besser?«, erkundigte sie sich und hoffte, dass es ihm nichts ausmachte, über seine Beziehung zu seinem Bruder zu reden.

In der Vergangenheit hatte er von Fragen über sich selbst immer abgelenkt, was dazu geführt hatte, dass sie das Gleiche tat. Sie wusste, dass es seine Art war, eine Distanz zwischen ihnen aufrechtzuerhalten, und nach den wenigen Malen, die er etwas Intimes verraten hatte, hatte er sofort wieder seine Mauern um sich errichtet. Sie dachte nicht wirklich, dass sie dieses Mal weit kommen würde, aber sie wollte es einfach wissen und entschied sich deshalb, trotzdem zu fragen. Davon abgesehen war es besser, die Aufmerksamkeit auf seine Familie zu lenken, als auf das Nichtvorhandensein ihrer eigenen.

»Als ich ihn neulich abends im Restaurant getroffen habe, schien er … interessierter an meinem Leben zu sein. Natürlich wäre es möglich, dass er nur auf meine Kosten ein paar Lacher haben wollte. Ich bin mir da nie so ganz sicher.«

Bei seiner Vermutung musste sie kichern. »Von dem, was ich bislang mitbekommen habe, ist Ian ein Mann weniger Worte. Bei denen, die er benutzt, neigt er dazu, sie auch so zu meinen. Wenn er etwas fragt, ist er auch interessiert.«

Er hob eine Augenbraue. »Glaubst du das?« Er hielt inne, um nachzudenken. »Du hast wahrscheinlich recht. Ich bin jedenfalls an ihm interessiert. Das war ich schon immer. Ich vermute, dass das auch der Grund war, warum es mir so viel ausgemacht hat, dass er damals nicht genauso fühlte. Aber ich verstehe mittlerweile, warum das so war.«

Sie hatten ihr Essen beendet, und sie schob ihren Teller beiseite. Es interessierte sie mehr, was er ihr offenbarte, als aufzuräumen. Alex vertraute sich ihr tatsächlich an, und sie war bei jedem Wort wie hypnotisiert.

»Die Sache ist die, dass es mir als Kind nicht schlecht ging«, fuhr Alex fort. »Ich meine damit, dass ich nicht dumm war, denn ich wusste, dass zwischen meiner Mutter und meinem Vater irgendetwas falschlief. Er lebte zwar bei uns, aber meine Eltern waren nicht verheiratet, und wir trugen nicht seinen Nachnamen. Das ist unüblich – egal, welche Maßstäbe man setzt.«

»Wusstest du, warum sie nicht verheiratet waren?«

Er schüttelte den Kopf. »Als ich älter wurde, musste ich nur ein paar Mal auf die Computertastatur tippen, um alles herauszubekommen, was ich wissen musste – über Robert Dare, den Hotel-Magnaten.«

»Autsch«, sagte Madison sanft.

Er zuckte mit den Schultern, offenbar nicht allzu mitgenommen bei der Erinnerung. »Es war merkwürdig. Es tat nicht so weh, wie man denken könnte. Ich vermute, weil ich wusste, dass wir einen Vater hatten, der immer für uns da war.«

»Hast du ihn damit konfrontiert?«, fragte sie.

Er nickte. »Eines Nachts stürmte ich in ihr Schlafzimmer und verlangte nach Antworten. Da stellte sich heraus, dass Mom die ganze Zeit über von der anderen Familie wusste. Er erklärte, wie kompliziert alles sei und ich mehr verstehen würde, wenn ich älter wäre, aber im Grunde hatte er Ians Mutter nur aus reiner Zweckmäßigkeit geheiratet.« Er schüttelte den Kopf. »Dennoch war es deutlich mehr als das, allein schon weil sie gemeinsame Kinder hatten, aber damals machte ich mir nicht besonders viele Gedanken darüber. Ich meine, ich war erst fünfzehn, als ich das alles herausbekam.«

»Dann wurde Sienna krank?«, fragte Madison, die diese heiklen Details bereits von Riley wusste.

»Leukämie.« Er zitterte sichtbar. »Meine kleine Schwester – todkrank. Wir dachten, dass wir sie verlieren würden. Meine Mutter bereitete uns eigentlich darauf vor, sie benutzte diese Worte. Und ein Blick auf Sienna in dem Krankenhaus genügte, bei den wenigen Malen, als wir sie besuchen durften … es war offensichtlich, warum sie solch eine Angst hatten.« Seine Stimme klang schroff und betroffen.

Unfähig sich selbst zu stoppen, erhob sie sich und ging zu ihm hinüber, sie wollte ihm eine tröstende Umarmung geben. Er zog sie auf seinen Schoß, offensichtlich wollte er diese innige Nähe. Nach dem Tag, den sie gehabt hatte, brauchte sie das Gleiche.

»Was ist dann passiert?«, erkundigte sie sich.

»Dad hatte keine andere Wahl, als zu seiner Ehefrau zu gehen – Ians Mutter – und sie darum zu bitten, das Knochenmark seiner anderen Kinder testen zu lassen.«

»Wow! Das ist ja wie in einer Seifenoper.«

»Trotzdem verstörend real. Ich glaube, das war der Punkt, als es jedem bewusst wurde. Dad hatte noch eine andere Frau und Familie, und, wie sich herausstellte, wussten sie alle nichts von meiner Mutter und seinen anderen Kindern. Es hat uns alle gelehrt, dass mein Vater ganz eindeutig ein egoistischer Hurensohn ist!«

Sie legte ihren Kopf auf seine Brust und hörte sein heftig pochendes Herz.

»Ich hab gelogen. Als ich das gesagt habe über meinen Vater und uns, also dass wir nicht denselben Nachnamen hatten und mich das nicht gestört hat. Das hat es getan. Ich hasste es nur darüber nachzudenken, warum wir anders waren. Was es bedeuten könnte.«

»Ich hab es niemals gemocht, über meine Eltern nachzudenken«, murmelte Madison.

»Gibt es irgendetwas, über das du jetzt sprechen möchtest?«, fragte er.

Sie schüttelte den Kopf.

»Also bin ich es heute Abend, der einen Seelenstriptease machen muss?«

Sie grinste, weil sie wusste, dass er es gerade nicht sehen konnte. »Es wird höchste Zeit, meinst du nicht?«

Sein leises Lachen wirkte wie ein Widerhall in ihrem Körper, aber sie hatte keinen Zweifel daran, dass auch sie bald an der Reihe sein würde, das Gleiche zu tun.

»Na ja, einerseits war ich dankbar dafür, einen Vater zu haben, der da war. Andererseits … Kinder können grausam sein.«

»Sie haben sich über dich lustig gemacht?«, fragte sie und war seinetwegen entsetzt. Obwohl es sie nicht überraschte. Sie hatte die gleichen Erfahrungen gemacht und ihren Teil abbekommen, als man sich über sie lustig gemacht hatte wegen ihrer gebrauchten Klamotten und ihren Fake-Familien.

»Sie haben uns nur einmal als Bastarde beschimpft. Da war ich schon groß genug, um mich zu behaupten, und das Gleiche galt für Jason. Keiner hat uns mehr geärgert, nachdem wir uns das erste Mal durchgesetzt hatten. Es fiel mir leicht, meine Position zu verteidigen. Als Kind vertraute ich darauf, was man mir erzählte, also dass meine Eltern nicht an die Institution der Ehe glaubten.« Träge streichelte er ihr Haar, und sie seufzte vor Wohlbehagen.

»Und jetzt?«, erkundigte sie sich, immer noch einfühlsam.

»Als ich älter wurde, erkannte ich den Schaden, den mein Vater angerichtet hatte. Ian traf es noch härter als mich.«

»Laut dem, was Riley mir erzählt hat, vergötterte Ian euren Vater. Seine Desillusionierung war das Härteste.«

Alex nickte. »All die Zeit, die Dad mit uns verbrachte, dachten Ian und seine vier Geschwister, dass er auf Geschäftsreisen wäre. Es machte Sinn, da er Hotels im ganzen Land besaß, und sie waren daran gewöhnt, dass er ständig unterwegs war. Dann tauchte er plötzlich auf, um Knochenmark zu erbitten – für ein Kind, von dem sie absolut nichts wussten, nur um herauszufinden, dass es da noch eine andere Frau und zwei weitere Kinder gibt.«

War es ein Wunder, dass aus Alex ein Mensch geworden war, der, was Beziehungen betraf, verbittert und wütend war?, grübelte Madison. »Dennoch, trotz allem erlaubte es Ians Mutter, dass ihre Kinder getestet wurden. Das ist schon ziemlich erstaunlich!«

»Da stimme ich dir zu. Und als Zuckerglasur auf einem ohnehin schon beschissenen Kuchen entschied sich Dad dazu – weil jetzt ja sowieso alle Bescheid wussten –, dass es nun an der Zeit wäre, offiziell um eine Scheidung zu bitten. Er heiratete meine Mutter, sobald die Scheidung durch war.« Alex stöhnte. »Das ist wie dieser ganze Mist, den du auf Reality TV siehst. Und es ist kein Wunder, dass Ian uns das übel genommen hat. Er übernahm dann nämlich die Aufgabe, seine Mutter und seine Geschwister zusammenzuhalten, und wir bekamen den Vater, den wir sowieso schon immer gehabt hatten, nebst seinem Namen.«

»Nichts davon ist deine Schuld«, versicherte ihm Madison.

»Vielleicht nicht, aber ich war zu dickköpfig, um das zu begreifen. Ich dachte, dass ich einen Spitzenbruder bekommen hätte, der auf die University of Florida ging, um Football zu spielen. Ich wollte in seine Fußstapfen treten. Und so sein wie er.«

»Und er wollte nichts mit dir zu tun haben …«

»Und ab da an ging es mit uns beiden beziehungstechnisch den Bach runter«, erzählte Alex. Er gab dies alles zum ersten Mal zu, nicht nur einem anderen Menschen gegenüber, sondern auch vor sich selbst.

»Das hat bestimmt wehgetan«, sagte Madison und hob ihren Kopf, um ihn anzusehen. Sie schaute ihm in seine tiefen, dunklen Augen, sein attraktives Gesicht zeigte all seine Verwirrung und den Schmerz, den er bislang für sich behalten hatte.

Dass er sich ihr jetzt anvertraute, ließ die ständig präsente Einschnürung in ihrer Brust weniger werden.

»Ja. Und wie du weißt, reagiere ich nicht besonders gut, wenn ich verletzt werde – physisch oder psychisch.« Er glitt mit seinem Daumen über ihre Unterlippe.

Sie leckte seinen Finger, der salzig schmeckte, und tat ihr Bestes, um bei diesem intimen Kontakt nicht aufzustöhnen.

Er räusperte sich. »Wie auch immer, so begann dann jedenfalls meine Rivalität mit Ian.«

»Und da musste dann erst Riley kommen, um das zu beenden«, folgerte sie, und er nickte. »Darf ich dich etwas fragen?« Sie sah ihn nicht an, als sie sprach.

Er legte seinen Kopf schief und grinste. »Warum nicht? Wo ich doch gerade in Antwortlaune zu sein scheine.«

Sie vermied es, ihn direkt anzublicken. »Hast du ... oder hattest du Gefühle für Riley, die über Freundschaft hinausgingen? Ist das vielleicht auch der Grund, warum du ihr das Leben so schwergemacht hast, als sie Ian kennenlernte? Weil du sie für dich selbst haben wolltest?«

Sie stellte die eine Frage, die sie immer verfolgt hatte, auch wenn sie wusste, dass, zumindest was Riley betraf, da niemals mehr als schwesterliche Gefühle für Alex gewesen waren.

Er hob ihr Kinn, zwang sie dazu, ihn anzusehen und sowohl ihm als auch ihrer Frage ins Gesicht zu blicken, was nur allzu aufschlussreich war.

»Nein, ich bin nicht auf diese Weise an Riley interessiert. Aber um ganz ehrlich zu sein, kann ich nicht behaupten, dass ich nicht doch einmal versucht hätte, sie herumzukriegen.«

Madisons Magen drehte sich bei diesem Eingeständnis um, aber sie hatte gefragt, also musste sie die Antwort auch akzeptieren.

»Was soll ich sagen? Ich bin ein Mann, und wir Männer haben eben unsere idiotischen Momente.« Er lachte leise, offenbar versuchte er den Moment aufzulockern.

Madison lachte nicht mit ihm.

Er nahm ihr Gesicht in seine Hände. »Da ist nichts zwischen mir und Riley, außer einer lebenslangen Freundschaft. Sie ist wie meine Schwester. Ich habe sie einmal, als wir noch jung waren, in einer schlimmen Situation gerettet, und das hat uns noch enger zusammengeschweißt, aber das ist alles. Es gibt nur eine Frau, an der ich im Moment interessiert bin«, sagte er, sein Ton klang schroff.

Er ließ die Hand sinken und küsste sie. Er musste sich nicht sonderlich ins Zeug legen, bis sie die Lippen öffnete. Ihre seelische Abwehr war geschwächt, und sie begehrte ihn – und das schon seit einer gefühlten Ewigkeit. Selbst als er aus ihrem Leben verschwand und sie ihn hätte hassen sollen, hatte sie ihn begehrt. Und jetzt war er wieder da. Sie öffnete die Lippen und gewährte ihm bereitwillig Einlass.

Alex wurde bewusst, dass er, indem er Madisons Fragen beantwortet hatte, selbst einiges in Erfahrung gebracht hatte, und er kam zu dem Schluss, dass sie nun bereit war, es noch einmal mit ihm zu versuchen. Natürlich konnten sie nicht einfach wieder da anfangen, wo sie aufgehört hatten. Es war ein Neustart – schon deshalb, weil sein Verlangen nach ihr nicht nur körperlicher, sondern auch emotionaler Natur war. Das war neu für ihn. Und noch neuer war, dass er nicht davor Reißaus nahm, sondern dazu stand.

»Komm mit«, befahl er und stand auf.

Madison erhob sich, und er nahm ihre Hand und zog sie zur Couch. Sie streckte sich darauf aus, machte sich schmal, damit er sich neben sie legen konnte. Alex sah ihr in die Augen und schob ihr zärtlich eine Haarsträhne hinter das Ohr.

Sie schmiegte sich an ihn, und er vergrub die Finger in ihrem Haar und neigte ihren Kopf ein wenig nach hinten. Während er mit der Zungenspitze ihre Lippen kitzelte, ließ er eine Hand an ihrem Körper entlang nach unten gleiten, und ehe sie es sich versah, hatte er ihr auch schon die Bluse ausgezogen. Er hielt ihre Handgelenke über dem Kopf fest und presste den Unterleib an sie, sodass sie zwischen ihm und der Couch eingeklemmt war und seine vor Erregung schmerzende Erektion zwischen ihren Oberschenkeln zu liegen kam, genau da, wo er sie hatte haben wollen.

»Ich will dich vögeln, Angel«, murmelte er, und seiner rauen Stimme war deutlich anzuhören, wie sehr er sie begehrte. »Ich will so tief in dir sein, dass ich nicht mehr weiß, wo ich aufhöre und du anfängst.«

»Nur zu«, entgegnete sie. Ihr Blick war verschleiert vor Lust.

Ihre zustimmenden Worte ließen ihn schaudern. Er küsste sie erneut, erst auf den Mund, dann arbeitete er sich mit Zähnen und Lippen an ihrem Hals enlang nach unten bis zum Schlüsselbein. Im Nu wand sie sich unter ihm, willig und weich. Er fuhr fort, schob ihren BH nach unten und nahm die bereits erigierte Brustwarze in den Mund, um kräftig daran zu saugen.

Stöhnend versuchte sie, ihre Hände aus seinem Griff zu befreien, doch er umklammerte sie nur noch fester. Sie warf das Becken hoch, und die gequälten Laute, die sie von sich gab, verrieten ihm, wie sehr sie ihn brauchte. Doch es wäre zu einfach, wenn er gleich in sie eindrang. Das würde ihr den Orgasmus verschaffen, nach dem sie sich sehnte, aber es würde ihr nicht vor Augen führen, dass sie *ihn* brauchte.

Also beschloss er, noch eine Weile ihre Brüste zu verwöhnen. Er zog ihr den Spitzen-BH aus, damit er die weichen Hügel mit beiden Händen massieren konnte, während er mit Zunge und Zähnen ihre Brustwarzen stimulierte. Kaum hatte er ihre Arme losgelassen, umklammerte sie seinen Kopf, vergrub die Finger in seinem Haar und zog daran. »Hör auf!«, flehte sie, nur um gleich darauf »Mach weiter« zu stöhnen, als wüsste sie vor Verlangen selbst nicht, was sie wollte. Und genau das war seine Absicht gewesen.

Ihr Busen war äußerst sensibel, und er liebte es, daran zu lecken und zu saugen, wohl wissend, dass in ihren Adern dieselbe Lust pulsierte wie in seinen.

»Alex, bitte!« Sie bewegte das Becken nun kreisförmig, was sich auch für sein bestes Stück höchst erregend anfühlte.

»Sag mir, was du willst«, befahl er – mit zusammengepressten Zähnen, denn es fiel ihm nicht leicht, sich zurückzuhalten.

Sie starrte ihn an, mit diesen blauen Augen, die er im Schlaf gesehen hatte, die ihm in seinen schlimmsten Albträumen Halt gegeben hatten. Erst jetzt wurde ihm bewusst, wie viel Trost ihm die Erinnerung an sie gespendet hatte.

Doch schon bald würde sie für ihn mehr sein als nur eine Erinnerung, dachte er und machte sich bereit, in mehrfacher Hinsicht von ihr Besitz zu ergreifen.

6

Madison bebte vor Verlangen, gerade so, als hätte die Lust jede Zelle ihres Körpers erfasst. Ihre Brustwarzen waren bis zum Äußersten erregt dank seiner quälenden Liebkosungen, die gar nicht enden wollten. Jedes Lecken, Knabbern und Saugen konnte sie bis tief in die Leibesmitte spüren. Sie zog an seinem seidigen Haar, bettelte wortlos darum, er möge endlich in sie eindringen, und sprach es, da ihr Flehen nicht erhört wurde, schließlich auch ganz ungeniert aus. Doch er kümmerte sich nicht darum, sondern machte weiter, bis sie das Verlangen schon fast körperlich schmerzte.

Als er schließlich von ihrem Busen abließ und sich ein wenig aufrichtete, ließ sie den Blick über seinen prächtigen Oberkörper, den zahlreiche Tätowierungen zierten, wandern. »Als Jugendlicher fand ich so was cool«, hatte er irgendwann offen zugegeben. Fasziniert verfolgte sie das Spiel seines Bizeps. Noch nie war ihr seine Kraft und Durchtrainiertheit so deutlich bewusst gewesen wie jetzt.

Er kippte das Becken nach vorn und rieb, durch den Stoff ihrer Kleidung hindurch, seine harte Erektion an ihrer Klitoris.

Sie sehnte sich danach, mit ihm zu schlafen, doch er zierte sich. Aber was steckte dahinter? Warum stürzte er sich nicht wie sonst einfach auf sie?

Tja, gute Frage.

»Was willst du, Angel?«, fragte er erneut. »Sag es mir.« In seiner heiseren Stimme spiegelte sich das Verlangen wider, das sie beide empfanden.

»Dich«, hauchte sie atemlos. »Ich will dich.«

Er rollte sich von ihr herunter und erhob sich, um die Jogginghose auszuziehen, und Madison strampelte ebenfalls die Shorts und ihren Slip ab. Kaum war sie nackt, hob er sie hoch und marschierte los.

»Huch!« Sie schlang die Arme um seinen Hals und kuschelte sich an ihn. »Wo willst du denn hin?«

»Ich bringe dich ins Bett.«

»Klingt vielversprechend.« Sie küsste ihn auf die Wange und knabberte dann an seinem Ohrläppchen, bis er sie auf dem großen Doppelbett abgelegt hatte.

»So, hier haben wir mehr Platz«, stellte er grinsend fest.

Dann war er auch schon wieder über ihr, griff nach seiner prallen Erektion und strich damit über ihre Pussy.

»Na, fühlt sich das gut an?«, fragte er, als sie aufstöhnte.

»Und wie!« Wellen der Erregung gingen durch ihren Körper. Sie hob das Becken an, brauchte mehr Reibung, wollte mehr von ihm spüren.

Sogleich verstärkte er den Druck, um ihre Erregung noch zusätzlich zu steigern. Er hatte es nicht vergessen. Er erinnerte sich haargenau daran, was er tun musste, um sie zum Orgasmus zu bringen. Immer wieder rieb er seinen harten Schwanz über ihr Geschlecht, bis der Höhepunkt, auf den sie so lange hatte warten müssen, plötzlich in greifbare Nähe rückte.

»Oh ja, Alex«, keuchte sie, unversehens auf dem Gipfel der Lust angelangt, und noch während sie kam, drang er endlich, endlich in sie ein.

»Ganz recht, Angel, ich bin's«, knurrte er.

Sie war feucht und glitschig und nahm ihn bereitwillig in sich auf. Er füllte die schmerzende Leere, und zugleich weckte er, als er in sie hineinglitt, eine Fülle von Gefühlen, die ihr Angst einjagten. Er zog sich aus ihr zurück und stieß sogleich erneut zu, so tief, bis sein Schwanz bis zum Ansatz in ihr vergraben war. Dann hielt er inne, und sie spannte ihre inneren Muskeln und umschloss ihn noch fester.

»Du fühlst dich so gut an! So heiß und so feucht …« Er schob das Becken nach vorn, und sie reagierte mit einem lustvollen Seufzen. »Ich will, dass du noch einmal kommst, und dass du diesmal dabei meinen Namen schreist.«

Sie drückte den Rücken durch, um ihn noch tiefer in sich aufzunehmen. »Mach schnell, bitte.«

Er sah ihr tief in die Augen. »Aber gern.« Damit begann er kräftig in sie zu stoßen, genau wie sie es sich schon die ganze Zeit ersehnt hatte.

»Ja, ja, ja!«, keuchte sie bei jedem seiner entschlossenen Stöße und spürte, wie sie sich bereits wieder dem Höhepunkt näherte. Mit jeder Bewegung, jeder Kollision ihrer Hüften wuchs ihre Erregung.

»Oh, Aleeeeex«, stöhnte sie.

»Ja, Angel. Gleich ist es wieder so weit.«

»Ja …« Ein Zittern hatte ihren gesamten Körper erfasst. Sie packte ihn an den Schultern, vergrub die Fingernägel tief in seinem Fleisch und drückte den Rücken durch.

Er machte weiter, und sobald er wieder in sie glitt, zitterte sie noch heftiger und explodierte. »Alex! Ja! Ja! Ja!«, schrie sie, und da kam auch er und pumpte sein heißes Sperma in sie.

Dann brach er nach Atem ringend über ihr zusammen. Sein Körper war warm und schwer und brachte ihr zu Bewusstsein, was sie getan hatte. Doch sie bereute es nicht. Dafür war es viel zu schön gewesen. Es wäre dumm gewesen, den tollen Sex mit ihm und die phänomenalen Orgasmen, die er ihr verschaffte, nicht zu genießen, dachte sie mit einem zufriedenen Seufzen.

Alex richtete sich auf, einen Ellbogen aufgestützt, und betrachtete sie mit einem eindringlichen Blick, den sie, wenn sie nicht gerade einen so intimen Moment miteinander erlebt hätten, wohl beunruhigend gefunden hätte.

»Bist du okay?«, fragte er.

»Mir ging's noch nie besser«, antwortete sie. »Das war großartig!«

Sein sexy Grinsen zeigte ihr, dass er derselben Meinung war.

»Also, wann können wir es wiederholen?« Sein bloßer Anblick genügte, dass sie sich wieder in seine Arme kuscheln wollte.

»Das Wichtigste zuerst.« Er räusperte sich. »Wir haben uns nicht geschützt. Ich hätte ein Kondom benutzen sollen, aber …«

Sie atmete tief durch. »Ich nehme immer noch die Pille.« Aber sie waren wirklich leichtsinnig gewesen, und sie wusste das.

Erleichtert atmete er auf. »Okay. Und ich bin seit dir mit keiner anderen mehr zusammen gewesen.«

Was, wenn sie ihm Glauben schenken durfte, bedeutete, dass er es ernst mit ihr meinte. Sie schüttelte den Gedanken schnell wieder ab, nicht gewillt, dorthin zurückzukehren. Das hier war Spaß, und sie beabsichtigte, es zu genießen. So oft, wie sie konnte.

»Du bist so still.«

»Ich denk nur nach.«

»Ich meine es ernst. Ich hab dir gesagt, dass ich mich verändert habe. Der Schlag auf den Kopf hat mir sozusagen die Augen geöffnet.« Er nahm ihr Gesicht in beide Hände. »Mal ganz davon abgesehen, dass ich dich einfach nicht aus meinem Kopf bekommen konnte.«

Sie schluckte mühsam, seine Worte erzielten offenbar ihre Wirkung. »Wirklich?«

Er lehnte sich ganz nah über sie und streifte mit seinen Lippen über ihre. »Ja. Willst du es jetzt immer noch einmal mit mir machen?«

Sie lachte und setzte sich rittlings auf ihn. Kein Smalltalk, nur Spaß im Bett.

Damit konnte sie leben.

Er legte die Hände auf ihren nackten Hintern und grinste. »Die Gummis sind in der Nachttischschublade.

Schnapp dir eins, und leg los.« Seine Pupillen waren geweitet vor Erregung.

Sie kramte die Kondome aus der Schublade und rollte gewissenhaft eines davon über seinem seidig glatten, prallen Schaft ab. Dann ging sie erneut über ihm in Stellung, nahm ihn gemächlich, Zentimeter für Zentimeter in sich auf und begann, sich zu bewegen, wie er es ihr befohlen hatte.

Alex musste sich förmlich zwingen, die Augen zu öffnen. Er wollte ihr Mienenspiel verfolgen, wollte nicht nur spüren, wie ihn ihr heißes, feuchtes Geschlecht umschloss. Sie fühlte sich sogar noch besser an als in seiner Erinnerung. Spätestens jetzt wurde ihm klar, warum er es nicht über sich gebracht hatte, irgendwelche anderen Frauen anzurufen – keine hatte sich je so himmlisch angefühlt wie sie. Und nun, da er sich nicht mehr gegen seine Gefühle wehrte, war er schier überwältigt von all den Sinneseindrücken, die auf ihn einstürmten.

Der Drang, sie auf den Rücken zu rollen und sie wild und leidenschaftlich zu nehmen, war schier übermächtig, und es kostete ihn all seine Kraft, dagegen anzukämpfen. Doch sie dankte es ihm, indem sie ihn mit ihrem Körper molk, und ihrem beseelten Gesichtsausdruck nach zu urteilen, genoss sie jede Sekunde. Und er genoss es, ihr dabei zuzusehen, wie sie ihn ritt, den Kopf schief gelegt, die Lippen geöffnet, dazu ihr Haar, das sich über ihren Rücken ergoss …

Er legte die Hände auf ihre Oberschenkel, und sie öffnete die Augen und sah ihn an. Ihre Pupillen waren geweitet.

»Umdrehen?«, schlug sie vor, und er grinste.

»Gern.«

Er zog sich aus ihr zurück, stand auf und bugsierte sie an die Bettkante.

»Ähm, so hatte ich das zwar nicht gemeint, aber okay«, murmelte sie – und riss die Augen auf, als er ihre Beine anhob und diese sich über die Schultern legte.

»Ich will noch tiefer in deine heiße Pussy eindringen, Angel.«

Ehe sie noch etwas darauf entgegnen konnte, war er auch schon wieder in ihr und begann sich zu bewegen.

Sie stöhnte, und er lachte und glitt in sie hinein und wieder heraus, immer wieder, bis sie sich unter ihm wand. »Das wirst du mir büßen.«

»Das will ich hoffen.«

Sie musterte ihn mit schmalen Augen, doch er kam nicht mehr dazu, sie weiter zu necken, denn sie hob das Becken noch etwas weiter an, um ihn noch tiefer in sich aufzunehmen.

Er warf den Kopf in den Nacken, schob die Hüften nach vorn und rammte seinen Schwanz ein paar Mal tief in sie, so heftig, dass seine Hoden an ihr Gesäß klatschten.

Sie stöhnte auf und spannte erneut die Scheidenmuskeln an, parierte keuchend jeden seiner Stöße und rieb dabei das Schambein an seinem. Schließlich schob er eine Hand zwischen ihre Schenkel, um ihre Klitoris zu massieren, und sie explodierte auf der Stelle, und da ließ auch er sich gehen und verlor sich in ihr.

Lange Zeit, nachdem Madison gegangen war, lag er noch wach und ließ die Nacht in seinem Kopf Revue passieren. Eine Sache war klar. Diese Frau hatte Besitz von ihm genommen, und sie hatte verdammt nochmal keinen blassen Schimmer davon.

Eine weitere Arbeitswoche ist fast vorbei, dachte Madison. Eine weitere Woche der pausenlosen Aufmerksamkeit von Alex. Er holte Kaffee, brachte ihr Mittagessen, begleitete sie zu ihrem Auto und verhielt sich in jeder Hinsicht wie der aufmerksamste Mann, den es jemals gegeben hatte. Ihre neue Beziehung mit ihm half ihr dabei, die Situation zwischen ihr und ihrem Pflegebruder zu vergessen, bis zu ihrem nächsten Treffen mit dem Anwalt und der bevorstehenden Anhörung.

In der Zwischenzeit hielt sie auch die Arbeit auf Trab.

Sie blickte hinüber zu Alex. Der hatte seine Füße auf den Tisch gelegt und beendete gerade sein Telefongespräch, als sein Blick ihrem begegnete. »Was ist los, Angel?«

»Ich muss jetzt zu dem Treffen mit dem Chef des PR-Teams, das Ian vorgeschlagen hat. Bist du sicher, dass du mich nicht begleiten willst?«

»Ich werde den PR-Kram dir überlassen. Ich treffe meine Schwester zum Abendessen. Bist du denn sicher, dass du deine Pläne nicht absagen und uns begleiten willst?«

Sie lachte. »Das ist meine Arbeit, Alex. Und sie muss immer an erster Stelle stehen.«

»Du weißt, was man über Leute sagt, die immer nur arbeiten und sich kein Vergnügen gönnen?«, meinte er in dem Versuch, sie zu necken.

Sie rollte mit den Augen, als sie sich ihre Tasche aus der Schublade angelte. »Immerhin hast du zumindest reichlich *Vergnügen.*« Er hatte sie dazu überredet, den gestrigen Abend gemeinsam zu verbringen, was bedeutete, dass sie sich in der vergangenen Nacht miteinander *vergnügt* hatten und dann noch einmal am Morgen unter der Dusche.

»Na, und mir sind bisher auch keine Beschwerden zu Ohren gekommen.« Er schwang seine Füße auf den Boden, stand auf und kam zu ihr herüber. Entschlossenheit und Verlangen standen auf seinem ausdrucksstarken Gesicht geschrieben.

»Oh, oh. Ich muss gehen. Wir haben morgen früh mit dem PR-Team und allen Abteilungschefs ein Meeting. Ich will wissen, was sie uns präsentieren werden, denn ich will keine bösen Überraschungen erleben.«

Er stützte einen Arm auf ihre Rückenlehne und hob ihren Kopf zu seinem hoch. »Werde ich dich nach deinem Termin heute Abend noch sehen?«

»Wenn du Glück hast.«

Er presste seine Lippen auf ihre, bevor er begann, sich einen Pfad in Richtung der süßen Stelle hinter ihrem Ohr zu lecken. »Was muss ich tun, um glücklich zu werden?«

Ihre Nippel zogen sich zu festen Knospen zusammen, und sie wand sich auf ihrem Sitz. »Sei brav.« Sie ergriff die Armlehnen ihres Stuhls.

»Ich bin immer brav.«

Das war er. Und so, so gut.

Er legte eine Hand auf ihren Schenkel, und umgehend schob er seine Hand weiter unter ihren Rock.

»Alex, nein. Ich habe ein Meeting.«

»Und ich will, dass du dabei die ganze Zeit an mich denkst.« Er strich mit seinen Fingerspitzen über ihr Höschen, zielsicher fand er ihren Kitzler, und sie unterdrückte ein Aufstöhnen.

»Mission erfüllt«, murmelte sie und wusste, dass sie die ganze Zeit über feucht wäre und sich nach Alex verzehren würde. »Aber wir werden das nicht hier tun.«

Zu ihrer Überraschung zog er sofort seine Hand heraus und setzte sich zurück an den Tisch. »Wenn du darauf bestehst.« Ein neckendes Funkeln leuchtete in seinen Augen auf.

Er wusste, dass er sie entflammt hatte und sie jetzt brennen ließ. »Komm danach zu mir«, sagte er.

»Wir werden sehen, zu welcher Zeit ich da rauskomme.« Sie wollte keine leeren Versprechungen machen, ganz egal wie sehr sie sich auch danach verzehrte, wieder mit ihm zusammen zu sein. Eigentlich sollte sie diese Nacht nach Hause gehen, ab und zu alleine in ihrem Bett schlafen und sich nicht daran gewöhnen, wie gut es sich anfühlte, mit ihm zusammen zu sein.

»Wo werdet ihr zu Abend essen?«, fragte er.

Sie sah auf, ihr Blick fiel auf den V-Ausschnitt seines zugeknöpften Hemdes, wo seine Brust, die förmlich danach schrie, abgeleckt zu werden, zum Vorschein kam, und sie seufzte tief.

»Emilio's«, antwortete sie. Als Derek Fine, der Chef der PR-Firma sie gefragt hatte, wo sie sich mit ihm treffen wollte, war ihr der Name des Restaurants, das in der Nähe von Alex' Apartment lag, sogleich herausgerutscht.

Er grinste. »Na ja, wie es der Zufall so will, treffe ich meine Schwester dort ebenfalls. Also, keine Ausflüchte mehr.«

Sie schüttelte ihren Kopf und lachte darüber, wie leicht sie es ihm doch gemacht hatte. Natürlich fragte sie sich, ob das nicht auch die ganze Zeit über schon insgeheim ihre Absicht gewesen war. »Ich nehme an, dass du dann auch bald da sein wirst?«

Seine Antwort war ein langer, inniger Kuss. Einer, dem sie nicht widerstehen konnte, und sie spielte mit ihren Fingern in seinem seidigen Haar und küsste ihn zurück.

Das Klingeln des Handys unterbrach diesen Moment, und er trat zurück, Bedauern lag auf seinem Gesicht.

»Nimm schon ab«, sagte sie. »Ich muss sowieso los.«

Er ging rüber und schnappte sich sein Telefon vom Tisch. Er blickte kurz auf die Nummer, und sein Gesichtsausdruck wurde mit einem Mal geradezu kühl, bevor er eine Taste drückte und das Handy in seine Gesäßtasche schob.

»Wer war das?«, fragte sie.

Seine Augen nahmen einen verschlossenen Blick an. »Niemand Wichtiges.«

Was das genaue Gegenteil bedeutete, denn sonst hätte sich seine Laune nicht so schlagartig geändert.

Sie gab zu, neugierig zu sein, aber sie würde nicht herumschnüffeln. Außerdem hatte sie ein Geschäftsessen und musste sich so langsam auf die Socken machen.

»Bis später«, murmelte sie.

»Ja.« Er starrte aus dem Fenster und sah an ihr vorbei.

Plötzlich war er distanziert und abgelenkt, was ihren Verdacht bestätigte, dass *niemand Wichtiges* ganz eindeutig irgendjemand von Bedeutung war. Und Alex behielt für sich, um wen es sich dabei handelte.

Alex starrte noch lange, nachdem Madison gegangen war, an die triste Zimmerdecke des Büros. Dies war jetzt schon das dritte Mal, dass Rachel angerufen hatte. Was zum Teufel wollte sie nach all diesen Jahren noch? Gegen seinen Willen musste er sich das immer wieder fragen. Obwohl er sich die ganze Zeit über einredete, dass es ihm egal war, konnte er doch nicht leugnen, dass ihre Anrufe und die dazugehörenden, wiederkehrenden Erinnerungen ihn aufgewühlt zurückließen.

Er hatte gerade seinen Wagen erreicht, als seine Schwester anrief, um ihm mitzuteilen, dass ein Professor ihnen noch einen Last-Minute-Aufsatz aufgegeben hatte und sie ihre Verabredung absagen müsste.

Obwohl Alex seine Familie lange vernachlässigt hatte, brachten ihn sein neuer Job, die neue Frau an seiner Seite und das Gefühl, zum ersten Mal seit Jahren etwas Wichtiges zu machen, dazu, auch andere Bereiche in seinem Leben in Ordnung bringen zu wollen. Also war er mit Sienna in Kontakt getreten, aber er verstand ihre Gründe, weshalb sie umdisponieren musste.

In Wirklichkeit war er erleichtert, denn er brauchte Zeit, um mit dem Ärger und dem Frust zurechtzukommen, die durch Rachels Anrufe verursacht worden waren. Die Frau, von der er einst naiverweise gedacht hatte, sie zu heiraten, hatte ihn nach der Graduierung einfach fallen gelassen. Aber er hatte es verdammt nochmal auch ohne sie weit gebracht! Rachel war eine ferne Erinnerung. Aber der Schmerz über die Zurückweisung war es nicht.

Ablehnung und das Gefühl, nicht gut genug zu sein, waren nichts Neues für ihn gewesen, als Rachel ihn sitzen ließ. Da gab es auch noch Ian, den Halbbruder, der nichts mit ihm zu tun hatte haben wollen. Alex erfuhr von Ian, als er fünfzehn Jahre alt war. Er hatte ihn gegoogelt, alles studiert, was sie gemeinsam hatten und ihn zu seinem Idol gemacht; er wollte genauso sein wie Ian. Er wollte einen großen Bruder, der ihn verstand. Aber Ian wollte verdammt nochmal nichts mit ihm zu tun haben – weder als sie Kinder waren noch als Erwachsene. Erst, als Ian Riley haben wollte, die mit Alex als Teil ihrer selbst konstruierten »Familie« in sein Leben getreten war – erst da erklärte er sich bereit, Alex kennenzulernen.

Er allein war es ihm nicht wert gewesen. Das war die tiefer liegende Botschaft. Ein Gefühl, das Rachel verstärkt hatte, als sie ihn verließ. Und das ihm erneut den Boden unter den Füßen weggezogen hatte, als seine Verletzung ihn ein für alle Mal aus seiner Footballkarriere warf.

Obwohl es bereits eine Weile her war, dass er in Selbstmitleid geschwelgt hatte, brachten Rachels Anrufe die unliebsamen Erinnerungen wieder zurück, und er verspürte das Verlangen nach einem Drink und etwas Zeit für sich allein.

Am nächsten Morgen kam Madison gerade rechtzeitig in die Firma, um direkt zum Meeting zu gehen. Sie wollte nicht ins Büro und sich mit Alex auseinandersetzen, wenn sie sich eigentlich auf die PR-Kampagne konzentrieren musste, die sie vorstellen sollte. Diese war außergewöhnlich und traf die Sache genau ins Schwarze und war ihrer Meinung nach brillant. Sie hoffte, dass jeder, der etwas damit zu tun hatte, das Konzept mögen würde. Ganz besonders Alex.

Hätte sie ihn letzte Nacht gesehen, dann hätte sie ihm das Konzept vorgelegt. Wenn er angerufen und sein Nichterscheinen im Restaurant erklärt hätte, dann hätte sie ihm gesagt, dass sie reden müssten. Stattdessen hatte er, nachdem er sie dazu überredet hatte, die Nacht bei ihm zu verbringen, seine Pläne plötzlich geändert und war untergetaucht. Seine Stimmungsschwankung nach dem unbeantworteten Telefonanruf und die Funkstille danach versetzten sie in Unsicherheit, und sie entschied sich, ihm nicht als Erste die Hand zu reichen.

Sie ging in den Konferenzraum. Sie trug das Kostüm, in dem sie sich am stärksten fühlte und das am bequemsten war. Die Cremefarbe betonte ihre leicht gebräunte Haut, und mit dem kurzen Jäckchen, das passend ihre Brüste bedeckte, fühlte sie sich sowohl feminin als auch sexy.

»Madison!«

Sie drehte sich um, als sie die Stimme von Riley hörte, die ihren Namen rief. »Hi!« Sie umarmte ihre Freundin, dann machte sie einen Schritt zurück, um sie aufmerksam zu betrachten. »Du siehst fantastisch aus. So viel besser als das letzte Mal, als ich dich gesehen habe.«

Riley grinste. »Das kommt daher, weil mir nicht mehr die ganze Zeit schlecht ist. Deshalb bin ich nicht mehr so grün um die Kiemen. Und es hat mit den Schwangerschaftsgelüsten angefangen, ganz zu schweigen davon, dass ich für zwei esse.« Sie lachte. »Meine Kurven sind zurück und sogar noch ein bisschen ausgeprägter.«

»Aber du bist fröhlich, und ich bin so glücklich darüber.«

»Das bin ich wirklich. Bist du es denn?«

Bevor Madison noch antworten konnte, kam Ian in den Raum, und die Atmosphäre änderte sich schlagartig. Der Geräuschpegel der sich unterhaltenden Leute verstummte. Ian strahlte eine gewisse Wurde aus, die man respektieren musste, so viel war sicher.

Nur seine Frau rollte mit den Augen und starrte Madison intensiv an. »Ich warte noch auf eine Antwort.«

»Mir geht's gut.« Sie umklammerte die Ordner in ihrer Hand etwas fester. »Ich sollte mich hinsetzen«, murmelte sie.

Alex war noch nicht anwesend, und sie wählte einen Stuhl direkt neben Derek Fine, dem Chef der Fine-PR-Firma, mit dem sie vergangene Nacht gemeinsam zu Abend gegessen hatte. Riley setzte sich neben sie, offenbar beabsichtigte sie, ihr Verhör fortzuführen.

Der Raum begann sich langsam zu füllen. Als Letzter kam Alex herein. Er trug schwarze, lange Hosen und ein weißes zugeknöpftes Hemd. Im Gegensatz zu Ian mochte er keine Krawatten, aber er sah dennoch durch und durch professionell aus, außer dass er so wirkte, als hätte er nicht geschlafen – seine Augen waren blutunterlaufen und sein Mund fest zusammengekniffen. Irgendetwas stimmte nicht. Madison wusste nur nicht, was es sein könnte. Und ihr Bauch sagte ihr, dass die Dinge sogar noch dramatischer werden würden.

»Madison, bist du bereit anzufangen?«, fragte Ian vom Kopf des Tisches her.

Sie nickte. Mit vor sich gefalteten Händen begann sie zu sprechen: »Zusätzlich zu dem Programm, das wir beabsichtigen ins Leben zu rufen, hat Ian davon gesprochen, diese Kampagne landesweit einzuführen. Mit der richtigen Perspektive können wir die Spieler schützen und mehr Sicherheitsvorkehrungen einsetzen, als es bislang gibt. Wir können auch alle Teams dazu ermutigen, in allen Kontaktsportarten ihre Spieler für die Zukunft auszubilden. Um dieses Bestreben voranzubringen, hat die Fine-PR-Firma eine Präsentation für uns, die wir in Erwägung ziehen sollten. Ich habe mir das Konzept angesehen, und es ist mutig und ausgefallen«, sagte sie, Alex' Blick nicht beachtend, obwohl sie seine Konzentration auf sie fast körperlich spürte.

Was immer auch seine schlechte Laune letzte Nacht ausgelöst haben mochte, sie musste jetzt ihr Bestes geben. Ihr Privatleben müsste warten.

Alex beobachtete Madison voller Stolz, als sie die Leute im Raum ansprach. Sie verhielt sich professionell und erweckte jedermanns Aufmerksamkeit. Und er war solch ein Arschloch, dass er sie letzte Nacht zugunsten von Whiskey und dem darauffolgenden Kater an diesem Morgen hatte links liegen gelassen.

Zum gestrigen Zeitpunkt hatte er geglaubt, dass er seine Gründe dafür hätte, um Zeit für sich allein zu brauchen. Diesen Morgen hatte er seine egoistischen Aktionen bereits bereut. Er war sich dessen sehr wohl bewusst, dass Madison immer noch darauf wartete, dass er es auf irgendeine Weise vermasselte. Und das hatte er. Aber so was von!

Sie würde ihn mit Sicherheit nicht ansehen. Nicht dass er sie dafür verurteilte ... Er war extra früh genug in die Arbeit gekommen, um mit ihr in ihrem gemeinsamen Büro zu reden, und es wäre ihm niemals in den Sinn gekommen, dass sie ihm aus dem Weg und stattdessen direkt zum Konferenzraum gehen würde. Er musste ihr zugutehalten, dass sie in allem, was sie tat, beeindruckend war, und als sie die Leute darüber informierte, was als Nächstes anstand, konnte er seinen Blick nicht mehr von ihr losreißen.

Das cremefarbene Kostüm mit dem tiefen V-Ausschnitt des dazu passenden kurzen Jäckchens lenkte seine Aufmerksamkeit auf ihre vollen Brüste. Obwohl sie gut bedeckt waren, wusste er ganz genau, wie die Hügel darunter aussahen, wie sich ihre Nippel kräuselten, wenn sie erregt war. Ihre blauen Augen leuchteten vor Leidenschaft, als sie sprach. Weil er selbst schon in den Genuss dieses Feuers gekommen war, erregte ihr Anblick nun seine niederen Instinkte, er verspürte ein Kribbeln und wollte sie am liebsten in ihr privates Büro schleppen und um Gnade winseln. Auf seinen Knien, und dann mit den Händen unter ihren Rock gleiten und sie um Vergebung anflehen in der Art und Weise, von der er wusste, dass sie nicht widerstehen könnte.

»Und somit möchte ich Ihnen Derek Fine vorstellen«, sagte Madison, was einen Applaus zur Folge hatte und Alex' Aufmerksamkeit auf angemessenere Themen lenkte. Aber das konnte seinen Körper nicht davon abhalten, voller Verlangen zu pulsieren.

Der Mann, den sie vorgestellt hatte, erhob sich und ging in den vorderen Teil des Raumes. Einer seiner Kollegen dimmte das Licht, und Fine gestikulierte in Richtung der Wand, auf der nun eine PowerPoint-Präsentation eingeblendet wurde. Mit trockenem Mund und dröhnendem Kopf wusste Alex, dass er dem Ganzen bei Weitem nicht genug Aufmerksamkeit schenkte, wie er gesollt hätte, aber er würde einfach später alles nachholen. Er hielt sich eine Hand vor den Mund, um ein Gähnen zu verdecken, und versuchte sich noch mehr zu konzentrieren.

»Die Idee ist, das Hauptaugenmerk und die Aufmerksamkeit auf das Problem zu richten, und wer wäre dafür besser geeignet als der Mann, der diese Bemühung mit einführt? Wir schlagen eine nationale Kampagne in Sportstadien, an Bushaltestellen und in Fernsehspots vor. Wie zum Beispiel diesen hier.«

Alex starrte geschockt auf das eingeblendete Bild an der Wand. Er sah seinen auf dem Boden liegenden Körper – nur wenige Sekunden nach dem karrierebeendenden Schlag. Jedes nachfolgende Bild, im Takt zu dem Geräusch des Klickens der Kamera, zeigte die Abfolge von dem, was als Nächstes passiert war: von Coaches, die sich über ihn beugten, über Sanitäter, die kamen, bis hin zu der ultimativen Demütigung – sein Körper auf der Trage, mit einem Hals-Stabilisator, als er vom Feld weggetragen wurde. Die Wörter SCHÜTZEN, AUSBILDEN und ERFOLG HABEN blitzten darunter auf. Der Spot endete mit Alex in Anzug und Krawatte, vor dem Hintergrund des Thunder Domes.

»Was zur Hölle ...?« Er drehte seinen Kopf weg von der Präsentation zu Madison, die sich dankbarerweise entschieden hatte, in seine Richtung zu blicken.

Unbeirrt starrte sie zurück. »Es ist brillant, Alex – eine Tragödie mit Triumph zu überwinden. Du würdest allen Spielern zeigen, was möglich ist.«

»Auf gar keinen Fall! Ich hab das hier als einen ›Hinter-den-Kulissen-Job‹ betrachtet. Ich werde nicht der gottverdammte Poster-Boy für die Kampagne sein, sodass der Rest der Liga mich als Schwächling betrachten kann.«

»Das ist auch nicht der Plan«, sagte Madison geduldig.

So als ob er wirklich der freakige Idiot wäre, den man gerade auf der Leinwand gezeigt hatte. »Ich habe ›NEIN‹ gesagt. Das werde ich nicht akzeptieren!« Er erhob sich, die leichten Kopfschmerzen, die er schon den ganzen Morgen über gespürt hatte, entwickelten sich plötzlich zu ihrer vollen Blüte. »Ich hätte vorher gefragt werden sollen, bevor diese Scheiße hier präsentiert wird«, murmelte er und machte sich in Richtung Tür auf.

»Alex …« Ian stand auf, um ihm den Weg zu versperren.

»Geh zur Seite!«, stieß Alex warnend hervor.

Ian begegnete seinem Blick. Er musste irgendetwas in Alex' Gesichtsausdruck gelesen haben, was ihn von der Tür wegtreten ließ. »Diese Diskussion ist noch nicht beendet«, meinte Ian leise.

»Zur Hölle, das ist sie bestimmt nicht!« Alex stürmte aus dem Raum und ging in sein Büro, um sich seine Autoschlüssel zu schnappen und verdammt nochmal endlich hier rauszukommen!

Madison schaute völlig geschockt dabei zu, wie Alex aus dem Raum rannte. Sie war davon ausgegangen, dass er sich wahrscheinlich erst mal dagegen sperren würde. Einwände erheben würde. Widerstand zeigen, bis sie ihm erklärten, warum das hier eine so gute Idee war. Stattdessen war er ohne Diskussion abgehauen.

Sie drehte sich zum Tisch um und begegnete Ians Blick.

»Ri? Willst du mit ihm reden?« Ian ging vermutlich davon aus, dass seine Frau als Alex' engste Freundin die beste Wahl war, um mit ihm in seinem aufgebrachten Zustand zu verhandeln.

Das werde ich nicht zulassen, dachte Madison, und sprang von ihrem Platz auf.

»Ich werde gehen!« Wenn irgendjemand mit ihm reden würde, dann sie. Sie hatten mehr miteinander zu klären als nur die Angelegenheit mit der PR-Kampagne ... und sie fühlte, dass dies im Moment ihr Territorium war.

Riley nickte ihr zu, ein schwaches Grinsen lag auf ihrem Gesicht.

»Kümmerst du dich um Derek Fine?«, fragte Madison und beachtete ihre Freundin dabei nicht, sondern sprach stattdessen Ian direkt an.

Er nickte. »Ich mag den Vorschlag von denen, aber ich verstehe, was Alex' Problem ist«, sagte Ian, was sie erstaunte.

Sie kniff ihre Augen zusammen. »Ich dachte, er könnte überrascht sein, müsste vielleicht überredet werden, aber so eine Wut habe ich nicht erwartet.« Sie zitterte immer noch bei dem bloßen Gedanken an seine Reaktion.

»Du hast ihn nicht gesehen, nachdem ihm gesagt wurde, dass er nicht mehr spielen kann«, mischte Riley sich ein. »Ich meine, ich weiß, dass du das hast, aber nicht die negativen Auswirkungen danach.« Riley berührte Madisons Schulter. »Geh und sprich mit ihm! Er wird dir zuhören.«

Mit einem Nicken ging Madison hinaus.

Sie kam gerade rechtzeitig, um ihn vor der Bürotür auf dem Weg zur Halle abzufangen. Er hatte seine Autoschlüssel in der Hand. »Wir müssen reden«, sagte sie, bevor er als Erster sprechen konnte.

Er schüttelte den Kopf, jeder Muskel in seinem Körper war angespannt. »Nicht jetzt. Ich muss mich erst mal beruhigen.«

Jetzt war sie diejenige, in der Ärger aufstieg. »Ich dachte, das hättest du schon letzte Nacht getan!« Sie heftete ihren wütenden Blick auf ihn.

Sie erinnerte sich an das letzte Mal, als er verletzend und wütend gewesen war. Er hatte sie aus seinem Zimmer und aus seinem Leben geworfen, und sie hatte es zugelassen. Dieses Mal würde sie aktiv sein, und sie beabsichtigte, zu Wort zu kommen.

»Na schön.« Er drehte sich in die Richtung ihres gemeinsamen Büros und ging hinein. Dort trat er an das kleine Fenster und schaute hinaus, bevor er sich zu ihr umdrehte. »Ich war letzte Nacht ein Arschloch, und es tut mir leid.«

Sie war auf einen Streit vorbereitet gewesen. Stattdessen bekam sie eine Entschuldigung? »Was?«

»Du hast mich schon richtig verstanden.« Er schob die Hände in seine Taschen. »Ich wollte mit dir gleich heute Morgen sprechen, aber du warst nicht hier. Der Vorschlag hat mich dann wie aus heiterem Himmel getroffen.«

»Das wäre nicht passiert, wenn ich dich, wie vereinbart, letzte Nacht gesehen hätte oder wenn du angerufen hättest, um mir zu sagen, dass du eine Nacht für dich alleine brauchst!« Sie verschränkte ihre Arme vor ihrer Brust – Selbstschutz vom Allerfeinsten, dachte sie.

»Ich kapier das *jetzt*. Gestern aber brauchte ich Zeit für mich allein.«

Schmerz überflutete jede Zelle ihres Körpers. »Naja, es ist ja nicht so, als ob ich diejenige gewesen wäre, die dich praktisch dazu genötigt hätte, dass wir die Nacht miteinander verbringen. Das warst ganz allein du!« Es war wichtig für sie, dass er wusste, dass sie ihn nicht brauchte. Dass er derjenige gewesen war, der sich mehr gemeinsame Zeit gewünscht hatte. Sie würde niemals die Frau sein, die zu viel von ihm wollte. Oder von irgendeinem anderen.

»Ich weiß.«

»Na ja, es wäre nett gewesen, wenn du mich informiert hättest, dass du deine Meinung geändert hattest. Oder dass du Raum für dich brauchtest.« Sie hasste den Schmerz, der in ihrer Stimme mitschwang, aber sie konnte ihre Gefühle nicht länger verstecken.

»Ich brauchte keinen Abstand von dir, Angel!«

»Richtig. Das ist auch der Grund, warum du nicht angerufen hast!« Sie schüttelte den Kopf. »Ich war dort, erinnerst du dich? Du bekamst einen Anruf, deine Stimmung änderte sich schlagartig, und plötzlich war der sexy, neckende Alex durch irgendeine eiskalte Version ersetzt worden, die einfach hinausging. Du dachtest wohl, dass ich die Veränderung nicht bemerken würde? Oder es mir egal wäre, dass du unsere Pläne einfach links liegen gelassen hast?«

Er stieß einen frustrierten Atemzug aus. »Ich konnte nicht klar denken.« Er strich mit einer Hand durch seine Haare, ganz offensichtlich trug er gerade – in der Stille, die dann folgte – einen Streit mit sich selbst aus. »Der Anruf kam von einer Ex, die ich seit dem College weder gesehen noch gehört habe.«

Schockiert blickte sie zu ihm auf.

Da gab es eine Ex, die ihn völlig aus der Bahn warf. Das konnte nur eines heißen. »Sie bedeutet dir noch etwas.« Madison hörte ihre eigene Stimme wie aus weiter Ferne.

Er neigte seinen Kopf. »Ich dachte, dass sie das einmal tat. Es ist schon lange her. Seit dem College habe ich nicht mehr mit ihr gesprochen.«

»Das ist das erste Mal, dass ich etwas von ihr höre.«

Er schluckte mühsam. »Wir waren fast vier Jahre zusammen, und ich dachte, wir würden für immer zusammenbleiben – egal was mit meiner Karriere oder ihrer passiert.« Er schaute Madison nicht an, während er sprach. »Es stellte sich heraus, dass sie sich mit der Idee, so ein Leben wie ich zu führen, nie anfreunden konnte – die möglichen Vereinswechsel, die einen Umzug in eine andere Stadt hätten nach sich ziehen können, und vieles mehr. Sie wollte was anderes, und nach der Graduierung beendete sie unsere Beziehung.«

Madison ließ sich auf den nächstbesten Stuhl sinken, nicht in der Lage, völlig zu begreifen, was er ihr da gerade erzählte. Dass jemand ihn ihr weggenommen hatte, war jedoch eindeutig. Er war einst in einer festen Beziehung gewesen. Hatte geplant, sein Leben mit einer Frau zu verbringen. Und er war so am Boden zerstört gewesen, als es endete, dass er seitdem keine wirkliche Beziehung mehr eingegangen war.

»Was will sie?«, fragte Madison.

»Sie hinterließ mir Nachrichten, alle undurchsichtig. Sie hat nur gesagt, dass sie mit mir sprechen will, aber nicht über was.«

Madison nickte. »Ich verstehe.« Und das tat sie. Ein Anruf von dieser Frau genügte, um ihn ihr wegzureißen.

»Ich glaube nicht.« Er kam zu ihr herüber und stützte seine Hände auf den Armlehnen ihres Stuhls ab.

Er war zu nahe, roch zu gut und bewirkte dadurch, dass sie zu viel wollte.

»Von Rachel zu hören hat mich an düstere Zeiten erinnert.«

Sie schluckte mühsam. »So viel hab ich schon verstanden.«

»Aber nicht aus den Gründen, die du annimmst. Ich schmachte nicht irgendeiner verlorenen Liebe hinterher. Dass ich etwas von ihr gehört habe, erinnert mich daran, nicht gut genug für sie gewesen zu sein. Genauso wie ich auch nicht gut genug für Ian war, der nichts mit mir zu tun haben wollte. Und wie ich auch nicht mehr länger gut genug bin, um Football zu spielen.« Er schluckte mühsam. »Ich gab mich letzte Nacht meinem Selbstmitleid hin, und dabei habe ich dich verletzt. Ich hab Mist gebaut, und ich bereue es.«

Ihre Hand hob sich wie von selbst. Sie legte ihre Hände um seine glatt rasierten Wangen und betrachtete aufmerksam seinen aufrichtigen Gesichtsausdruck. Sie hatte seine Worte gehört, verstand, dass er ihr gerade seine Seele offenbart hatte, und ihr Herz wurde weicher, trotz ihrer Angst. Und sie hatte Angst. Jedes Mal wenn sie ihre Mauern um sich herum von Neuem aufbaute und er sie wieder einriss, bauten sie sich nur mühsam wieder auf. Der Sturz würde um so viel härter werden, wenn und falls er käme. Aber dieser egogesteuerte Mann hatte sich zweimal bei ihr entschuldigt, und sie konnte nicht leugnen, dass das eine Veränderung anzeigte.

»Ich bin auch nur ein Mensch, Angel.« Er stieß ein selbstkritisches Lachen hervor, sein Gesicht war nur wenige Zentimeter von ihrem entfernt.

»Ja. Ich hab's verstanden. Und ich bin auch einer!« Was bedeutete, dass sie verletzt werden konnte. Und das ganz leicht, wenn er bei ihr wieder einmal eine unerwartete 180-Grad-Wendung machte.

»Verzeihst du mir?« Seine Lippen waren so nah, dass sein Atem über ihren Mund strich.

»Ja«, murmelte sie, machtlos gegenüber *diesem* Alex.

»Danke.« Er kam näher und presste seinen Mund auf ihren.

Sie seufzte und saugte das verführerische Gleiten seiner Lippen auf, die Berührung ihrer Nasen, der Moment war viel inniger als der Reiz, der diesem Kuss innewohnte.

Als er sich zurücklehnte, pochte ihr Herz schnell

in ihrer Brust. »Ist wieder alles okay zwischen uns?«, fragte er.

Sie beruhigte ihn mit einem warmen Lächeln. »Es ist wieder alles okay«, versicherte sie ihm.

»Können wir vereinbaren, dass wir das, was heute im Büro passiert ist, nicht mit nach Hause nehmen?«

Sie schloss ihre Augen, erinnerte sich daran, dass sie noch über mehr zu diskutieren hätten, worüber sie möglicherweise verschiedener Meinung wären.

»Einverstanden«, sagte sie mit einem Seufzer. Auch wenn sie sich gewünscht hätte, dass der Moment ewig währen würde. Aber vor dem Hintergrund, dass sie auf der Arbeit waren, hatte er recht, sie zurück zum bevorstehenden Thema zu bringen.

»Gut. Weil es nämlich auf gar keinen Fall infrage kommt, dass ich der gottverdammte Poster-Boy für Schwächlinge werde.«

Sie schloss ihre Augen und betete für die richtigen Worte und die Stärke, ihn doch noch vom Gegenteil zu überzeugen.

7

Alex verkündete, über den PR-Plan gäbe es keine weiteren Diskussionen mehr, und Madison, Ian und Riley blieb nichts anderes übrig, als das zu respektieren, obwohl Madison immer noch hoffte, seine Meinung ändern zu können. Tief in ihrem Herzen glaubte sie, er könnte damit etwas Gutes tun und anderen Menschen helfen – nicht nur in ihrer Kampagne, um Football-spieler nach ihren Spielertagen zu schulen, sondern auch für Spieler im Highschool- und Collegealter, die seinem Beispiel folgen und somit das Risiko einer weiteren Verletzung vermeiden könnten.

Der Termin ihrer Dienstreise nach New York stand vor der Tür, und Madison freute sich darauf, Manhattan zu sehen. Olivia und Dylan, welche die Gruppenreise betreuten, würden ebenfalls Meetings in New York City mit dem Chef der Hotelkette haben, wo die Spieler übernachteten, und so flogen sie alle zusammen mit dem Firmenjet. Madison war nicht an solch einen gehobenen Stil gewöhnt, und obwohl sie sich selbst damit rühmte, nicht allzu beeindruckt von dieser Art Lifestyle zu sein, haute selbst sie dieser Luxus um.

Im hinteren Teil des kleinen Flugzeuges steckten Dylan und Olivia ihre Köpfe zusammen und berieten sich über irgendetwas, obwohl sie gelegentlich mehr zu streiten schienen, als zu arbeiten. Madison drehte sich weg, denn sie wollte die Privatsphäre der beiden respektieren und sich um ihre eigenen Angelegenheiten kümmern.

Alex schien mit seinen Gedanken ganz woanders zu sein, er schaute aus dem Fenster, also schloss Madison ihre Augen und hoffte, ein Nickerchen machen zu können. Alex hatte sie in der vergangenen Nacht lange wach gehalten, seine Hände überall an und in ihrem Körper, als ob er nicht genug von ihr bekommen könnte. Weiß der Himmel, ihr ging es ja nicht anders. Egal was in ihren privaten Leben passierte, zumindest sexuell passten sie perfekt zusammen. Nie zuvor hatte sie einen Mann gehabt, der sie wie ein offenes Buch lesen konnte oder sie so genau kannte.

Seit jener Nacht, die sie getrennt voneinander verbracht hatten, hatte er keine Mühen gescheut, der aufmerksame Liebhaber zu sein, der er bereits vor seinem Fehltritt gewesen war. Madison erwartete von sich selbst keine Perfektion, und so durfte auch der Mann in ihrem Leben Fehler machen, deshalb war sie nur zu glücklich darüber, ihm verzeihen zu können. Aber das bedeutete nicht, dass sie nicht extrem sensibilisiert wegen seiner Exfreundin gewesen wäre, die er einst zu seiner Ehefrau hatte machen wollen. Anscheinend war sie bereit zurückzukehren und Chaos und Verwüstung anzurichten.

Es war ganz offensichtlich, dass Alex, wenn er sich mit irgendetwas nicht auseinandersetzen wollte, die

Methode wählte, das Problem komplett zu ignorieren. Madison empfand das nicht als effektiven Weg, um mit seinem Leben zurechtzukommen, aber es war nicht ihre Sache, darüber zu urteilen. Sie mochte es nur einfach nicht, im Unklaren zu sein und auf die nächste Hiobsbotschaft zu warten.

Das Gefühl einer Hand auf ihrem Schenkel wühlte sie innerlich auf, und sie kam wieder zu sich, um festzustellen, dass sie eingeschlafen sein musste. Ihr Kopf ruhte auf Alex' Schulter.

Sie zwang sich dazu, ihre schweren Augenlider zu öffnen, und setzte sich auf, um den Schlaf aus ihren Augen zu bekommen.

»Hey, du Schlafmütze!«

Sie lachte. »Irgendjemand hat mich letzte Nacht einfach nicht schlafen lassen.«

»Ich habe nicht gehört, dass du dich beschwert hättest.«

»Und das wirst du auch nicht.« Sie grinste. Dann dachte sie daran, dass er mit seinen Gedanken ganz woanders gewesen war, bevor sie einschlief, und war mit einem Male wieder ernüchtert. »Ist alles okay? Du schienst vorhin so abwesend zu sein.«

Er nickte. »Mir geht gerade nur viel durch den Kopf.«

»Magst du es mir erzählen? Ich bin eine ziemlich gute Zuhörerin.«

Er lehnte sich in seinem Sitz zurück und stöhnte. »Wo soll ich anfangen? Mein Agent hat mir eine Nachricht hinterlassen. Er will wissen, wann ich anfangen werde über Dinge nachzudenken, die mir *so richtig gutes*

Geld einbringen können. Was er wirklich meint, sind Dinge, die ihn ebenfalls reich machen werden.« Sein Blick wurde düster.

»Was glaubt er, was für Arten von Geschäften dir offen stehen?«

»Nach meiner Verletzung sagte er mir, er könnte mir einen Job für Unterwäsche-Werbung verschaffen.« Er hielt eine Hand hoch.

»Okay, ich versteh schon, da geht's um keinen Powerdrink oder irgendeine Sportausstattung, aber ...«

»Es geht darum, mein Gesicht oder meinen Körper zu vermarkten, nicht meine Leistung. Es ist einfach nichts, das ich tun möchte.«

»Das ist verständlich. Und ich kann auch nicht gerade behaupten, dass ich diesen Körper mit ganz Amerika teilen möchte.« Madison ermunterte ihn mit einem sinnlichen Lächeln und griff hinüber, um seine Wange zu streicheln.

Alex hielt still. Er war sich dessen bewusst, dass dies das erste Mal war, dass sie sich ihm gegenüber besitzergreifend verhielt – in jeglicher Hinsicht. Das erste Mal, dass sie sich wohl dabei fühlte, ihm eine helfende Hand zu reichen, so als ob sie beide wirklich ein Paar waren. Und das mochte er.

Er ergriff ihr Handgelenk. »Das ist nichts, worüber du dir Sorgen machen müsstest.« Seine Stimme klang hart in seinen eigenen Ohren. Aber sie erweckte in ihm einfach ganz archaische Beschützerinstinkte.

»Ich bin froh, das zu hören.«

Er zog sie am Handgelenk zu sich heran und schlängelte seine Zunge ihren Puls entlang. Ihre Augen nahmen einen verschleierten Blick an, und ihre Pupillen weiteten sich. »Wenn ich mit meiner Hand in dein Höschen gleiten würde, wäre es dort dann feucht?«

Ihre Lippen öffneten sich, aber aus ihrem Mund kam kein Ton. »Ich deute das als ein ›Ja‹«, sagte er und fuhr mit seinen Lippen über ihren nackten Arm.

Ein Zittern wogte leicht durch sie hindurch, und ein Blick auf ihre Nippel verriet ihm, dass sie zu harten Spitzen geworden waren. Zu schade, dass er hier nichts dagegen tun konnte.

Er kam näher und küsste ihre Lippen. »Jetzt setz dich zurück und benimm dich, bevor unsere Reisebegleiter noch bemerken, dass du völlig überhitzt bist und nach mir hechelst«, meinte er grinsend.

Sie warf ihm einen frustrierten Blick zu und riss sich zusammen. Sie rutschte auf ihrem Platz hin und her, als sie ihn anblickte. »Du bist nicht fair«, murmelte sie.

»Hab nie behauptet, das zu sein.«

»Wo wir gerade über unsere Reisebegleiter sprechen. Hast du bemerkt, dass Olivia und Dylan da hinten recht nah zusammensitzen, seit wir gestartet sind?«, fragte sie.

Er war froh zu bemerken, dass ihre Stimme zitterte. Sie konnte den Effekt, den er auf sie ausübte, nicht so leicht abschütteln.

Er zuckte mit den Schultern. »Es erweckt immer den Anschein, als ob da was zwischen ihnen laufen würde, wovon aber niemand etwas weiß.«

»Hmm …«

»Hör mal zu, während wir in New York sind, werde ich meinen Cousin Gabe und seinen Zwillingsbruder, Decklan, treffen. Gabe besitzt exklusive Clubs in der Stadt, und ich habe mir gedacht, dass wir einen draufmachen könnten. Vielleicht auch zusammen mit Olivia und Dylan, wenn die beiden Interesse haben.« Er machte eine Bewegung mit dem Daumen in Richtung des hinteren Teils des Flugzeugs.

»Du willst mich deiner Familie vorstellen? Sei vorsichtig, ich könnte sonst noch einen falschen Eindruck bekommen«, neckte sie ihn. Aber dann, so als ob sie gerade realisierte, was sie da eben gesagt hatte, wurde ihr Gesicht bleich. »Ich hab's nicht so gemeint, wie es sich angehört hat«, murmelte sie und wandte sich von ihm ab, scheinbar war sie nicht in der Lage, ihm ins Gesicht zu blicken.

Er schüttelte den Kopf. Diese Frau glaubte immer noch nicht, dass er es ernst mit ihr meinte. Sie genau davon zu überzeugen, stand ganz oben auf seiner To-do-Liste. Deshalb zog er sich bei ihrem Scherz nicht zurück und ließ sein Handeln für sich sprechen.

Er griff nach ihrer Hand und legte sie auf seinen Schoß und behielt sie ganz nah bei sich für den Rest des Fluges.

Als Gruppe checkten sie in dem Hotel ein, das normalerweise die Thunder-Mannschaft beherbergte, wenn diese im Dreiländereck spielte. Dylan und Olivia blieben stehen, um den Manager zu begrüßen. Madison und Alex warteten derweil auf ihre Zimmerschlüssel.

Geplant war, dass die vier sich zu einem späten Abendessen treffen würden.

»Ich verstehe immer noch nicht, warum du ein eigenes Zimmer brauchst«, murmelte Alex Madison zu, als er die Schlüsselkarte in Empfang nahm.

»Weil das hier eine Geschäftsreise ist, die von meinem Arbeitgeber bezahlt wurde, und ich weigere mich, ihnen auch nur das kleinste Anzeichen von Unanständigkeit entgegenzubringen.«

»Bei dem ›ihnen‹, auf das du dich beziehst, handelt es sich um meinen Halbbruder, der mit einer Angestellten geschlafen hat, bevor er sie dann heiratete«, erinnerte Alex sie.

»Das ist nicht das Gleiche.« Sie wollte, dass ihre Arbeitskollegen sie respektierten. Sie wollte sich selbst respektieren. Sich mit Alex ein Zimmer zu teilen würde das nicht gewährleisten. »Und es steht hier jetzt auch nicht zur Debatte, darüber zu verhandeln.«

»Das heißt aber nicht, dass ich heute Nacht nicht in deinem Bett sein werde«, sagte er und drückte einen Kuss auf ihren Hals, bevor er ihre Hand ergriff.

Sie zitterte bei dem verführerischen Gefühl, das seine Lippen auf ihrer sensiblen Haut auslösten.

»Komm. Die Fahrstühle sind da drüben.« Er wartete nicht auf eine Antwort, was eine gute Sache war, weil sie sowieso nicht in der Lage gewesen wäre, ein verständliches Wort herauszubringen.

Als sie sich einer Vielzahl an Fahrstühlen näherten, hörte sie jemanden Alex' Namen rufen. Beide drehten sich um.

»Alex Dare?« Ein Junge im Rollstuhl kam auf sie zu, sein Vater beeilte sich, um mit seinem aufgeregten Sohn mitzuhalten.

»Hi!«, begrüßte Alex den Teenager und ging auf ihn zu.

»Ich bin ein riesiger Fan von Ihnen!«, sagte dieser überschwänglich.

»Wir kommen aus Tampa«, erzählte der Vater.

»Ja. Wir sind gerade in New York, wegen ein paar Arztterminen«, erklärte der Teenager mit offensichtlichem Widerwillen.

Der ältere Mann schaute wehmütig zu seinem Sohn hinunter, sagte jedoch kein Wort.

»Kann ich ein Autogramm bekommen?«, fragte der Junge.

Alex grinste. »Natürlich kannst du das!«

»Wartet mal. Ich hole Papier von der Rezeption«, bot Madison an, eilte zu dem Hotelpagen und kam kurz darauf mit einem Stift und Papier zurück.

»Wie heißt du?«, erkundigte sich Alex und kniete sich nieder, um auf gleicher Höhe mit dem Jungen zu sein.

»Jake. Jake Wilton.«

»Ich sag dir mal was, Jake. Ich werde das hier unterschreiben, mir aber auch deine Adresse notieren und dir ein Bild von mir mit Autogramm zuschicken und dazu noch ein paar Teamsouvenirs.«

»Das ist super!« Die Wangen des Jungen röteten sich, und er grinste.

Für die nächsten wenigen Minuten tauschten sie Informationen aus, und Alex unterschrieb den Zettel –

für seinen *Kumpel*, Jake. Madison hatte noch niemals diese Seite von Alex kennengelernt. Natürlich hatte sie ihn mit Fans gesehen, aber dieser Wortwechsel mit dem Teenager war anders. Alex war warmherzig, einfühlsam und so viel authentischer.

Sie fragte sich, ob er wohl jemals eigene Kinder haben wollte. Über dieses Thema hatte sie sich bisher kaum Gedanken gemacht, wenn auch nur aus dem Grund, dass sie niemals einen Mann gefunden hatte, mit dem sie sich das hätte vorstellen können ... Aber Alex, der sofort solch ein harmonisches Verhältnis zu dem Jungen aufgebaut hatte, ließ unerschlossene Gefühle in ihr hochkommen.

Sie blickte nieder. Die beiden hatten ihre braunhaarigen Schöpfe dicht zusammengesteckt, als sie eine private Unterhaltung führten, die sie nicht belauschen konnte.

»Er kann ganz toll mit Kindern umgehen«, meinte plötzlich der ältere Mann, der jetzt Madisons Aufmerksamkeit auf sich zog.

»Ja, das kann er wirklich!« Sie lächelte, ihr Herz pochte wie verrückt, und sie war sich nicht sicher, warum das gerade passierte. Sie wusste nur, dass irgendetwas an dieser Begegnung sie zutiefst berührte.

Alex richtete sich wieder zu seiner vollen Größe auf. »Du wirst dich daran erinnern, was ich gesagt habe?«, fragte er den Teenager.

»Ja, Sir.«

Alex lachte. »Hmmm, kein Grund so förmlich zu sein.«

Jake warf seinem Vater einen *Ich hab's dir doch gesagt*-Blick zu. »Ich wusste, dass du cool sein würdest«, sagte er zu Alex und schaute zu ihm auf, als wäre er sein ultimativer Held.

Zu Madisons Überraschung wurden Alex' Wangen rot.

»Es hat mich gefreut, dich kennenzulernen, Jake!« Alex schüttelte seine Hand, als wäre er ein Erwachsener, was den Teenager strahlen ließ, dann ging er zu dem Vater des Jungen rüber. »Sie haben einen starken, tapferen Sohn.«

Die Augen des anderen Mannes wurden feucht. »Danke. Dieser ... der heutige Tag bedeutet uns sehr viel. Er wird das hier nie vergessen, und das Gleiche gilt für mich.«

Alex schüttelte seinen Kopf, unsicher darüber, was er über die normale Fanbegrüßung hinaus denn eigentlich so Besonderes getan haben sollte, aber er lächelte trotzdem. »Ich werde ihn auch nicht vergessen.«

Und er meinte das auch so. Der Junge hinterließ einen bleibenden Eindruck bei ihm, und an dessen junges Gesicht und die Situation würde er sich noch lange erinnern. Gedankenverloren ging er mit Madison in Richtung Aufzug.

»Ist alles in Ordnung?«, erkundigte sie sich.

Er erwiderte ihren Blick. »Ich glaub schon. Es ist bloß, dass ... das Gleiche hätte mir auch passieren können.« Ein Autounfall hatte den Jungen in den Rollstuhl gebracht, und von da an hatte sich sein ganzes Leben auf einmal verändert.

»Wie das?«, fragte Madison.

»Wenn ich auf eine andere Weise getroffen worden oder gefallen wäre, könnte ich jetzt auch in einem Rollstuhl sitzen. All diese Zeit, in der ich in Selbstmitleid gebadet habe, so als ob nicht mehr Football zu spielen das Schlimmste wäre, das mir hätte passieren können, war mir nicht bewusst, dass es Menschen gibt wie Jake, die niemals diese Chance bekommen. Niemals die Chance haben, eine Menge Dinge zu machen, die ich als selbstverständlich hinnehme.«

Madison schob ihre kleinere Hand in seine, sagte aber nichts. Sie wusste, wann es besser war zu schweigen. Dankbar drückte er ihre Hand, und sie traten in den Fahrstuhl.

Madison setzte sich auf den Rand des riesigen Bettes in der großen Suite. Absolut unnötige Kosten, aber die anderen schienen daran gewöhnt zu sein, also hatte sie beim Check-in den Mund gehalten.

Sie wartete darauf, dass ihr Gepäck nach oben gebracht wurde, sodass sie ihre Sachen auspacken konnte, und sie hoffte, dass sie nicht allzu verknittert sein würden. Besonders das Kleid, das sie noch in letzter Minute in ihren Koffer geworfen hatte, nur für den Fall, dass sie in Manhattan abends ausgehen würden ... Das war eine gute Idee gewesen, denn allem Anschein nach würden sie ja den Nachtclub von Alex' Cousin besuchen.

Als sie es klopfen hörte, öffnete sie die Tür, denn sie wartete auf den Hotelpagen. Stattdessen stand Alex in der Türöffnung, einen Arm an den Türrahmen gestützt.

»Ich habe den Pagen erwartet.« Sie trat zur Seite, um ihn hereinzulassen.

»Enttäuscht?« Er sah noch genauso gedankenverloren aus wie vorhin, als sie in den Fahrstuhl gestiegen waren.

»Sei nicht albern. Was ist los?«

Er ging zum Bett, legte sich darauf und lehnte sich gegen die Kissen. »Ich kann einfach Jake nicht mehr aus meinem Kopf bekommen. Er ist noch so jung und muss den Rest seines Lebens im Rollstuhl verbringen, aber er lacht und lächelt trotzdem, so als ob alles auf der Welt in Ordnung wäre.«

Sie setzte sich auf das Bett und krabbelte zu ihm rüber. Dann kuschelte sie sich an seinen muskulösen Körper, und er schlang einen Arm um sie und zog sie an sich heran.

»Du hast ihm heute etwas ganz Besonderes gegeben, an das er sich immer erinnern kann. Er hat seinen Helden getroffen, und du hast ihn wie ein ganz normales Kind behandelt. Du hast dich ihm gegenüber ganz toll verhalten«, murmelte sie.

»Kinder sind so widerstandsfähig und finden sich schneller mit etwas ab. So viel besser als Erwachsene«, sagte er.

»Ja, das stimmt.« Sie hielt kurz inne und meinte dann: »Konzentriere dich auf Jakes Lächeln.« Sie wusste nicht, wie sie ihm sonst bei seiner Angst helfen konnte.

»Wie bist du nur so schlau geworden?« Er spielte mit ihrem Haar, fuhr mit seinen Fingern durch ihre Haarsträhnen und zwirbelte diese um seine Finger.

Sie seufzte. »Hab viel Übung darin, mich nicht auf die schlechten Dinge zu konzentrieren, nehme ich mal an«, erwiderte sie, und war selbst überrascht darüber, dass sie so ehrlich antwortete.

»Ich will mehr über diese schlechten Dinge erfahren. Mehr über dich und die Sachen, über die du nicht sprichst«, sagte er mit einer tiefen, beruhigenden Stimme.

Sie wusste, was er hören wollte. Es war eine Geschichte, die sie nur selten erzählte. Ein Mensch musste sich erst einmal ihr Vertrauen verdienen und ihr Herz gewinnen, bevor sie es überhaupt in Erwägung zog zuzugeben, dass keiner ihrer Eltern sie gewollt hatte. Es laut auszusprechen, machte sie verwundbar, und Madison ließ normalerweise andere Leute nicht so nah an sich heran. Sie hatte Alex das erste Mal, als sie zusammen waren, auf Distanz gehalten, obwohl sie wusste, wie tief sie sich in dieser kurzen Zeit schon mit ihm verbunden fühlte. Weil sie wusste, dass er kein Mann für immer war, und die Wahrheit rührte an dem größten Schmerz, den sie in ihrem Herzen trug.

Aber sie konnte sich, was diesen Mann betraf, nicht mehr länger zurückhalten. Sie wollte es auch nicht. Er hatte um ihr Vertrauen gebeten, und wenn sie beabsichtigte, es mit ihm zu versuchen, wie auch er es zu tun schien, musste sie ihn an sich heranlassen.

Sie seufzte. »Meine Mom hat mich und meinen Dad verlassen. Eines Morgens sagte sie, sie würde zur Arbeit gehen, und kehrte nie mehr zurück. Als mein Vater realisierte, dass irgendetwas nicht stimmte, fragte er an ihrer Arbeitsstelle nach und rief ihre Freunde an, aber keiner hatte etwas von ihr gehört.« Sie zuckte mit den Achseln. »Wir hatten keine anderen Verwandten, zumindest nicht, dass ich wüsste, also blieben nur noch ich und mein Vater zurück.«

Er begann ihr Haar lange zu streicheln, dieses Mal waren es tröstende Berührungen, er fühlte sich mit ihr verbunden, als sie sprach.

»Wie alt warst du da?«

»Zwölf, und es war schrecklich. Mein Vater arbeitete viele Stunden auf dem Bau und kam immer erst sehr spät nach Hause. Wenn ich heute zurückdenke, weiß ich, dass er noch in die Kneipe ging, bevor er nach Hause kam. Nach der Schule schloss ich mir die Haustür immer selbst auf, machte mir abends etwas zu essen, mit dem, was ich im Kühlschrank oder in der Vorratskammer gerade finden konnte, machte meine Hausaufgaben und ... weinte mich in den Schlaf.«

»Du Arme«, murmelte Alex.

Madison war froh darüber, dass er ihr Gesicht nicht sehen konnte, und dankbar für seine starken Arme, die er fest um sie geschlungen hatte. »Eines Tages sagte er, dass wir Klamotten einkaufen gehen würden. Ich war wirklich aufgeregt, weil wir erstens niemals neue Dinge kauften, und zweitens meine Kleidung allmählich immer enger wurde. Ich hatte begonnen mich zu entwickeln und … du weißt schon.«

Sie atmete tief durch, der Kloß in ihrem Hals war so groß, dass es schon schmerzte. »Man sollte denken, dass es mit der Zeit einfacher werden würde, es zu erzählen.« Sie vergrub ihr Gesicht an seiner Seite.

»Nimm dir Zeit, Angel.« Seine Stimme war warm und beruhigend, aber sie fühlte die Anspannung, die von ihm ausging.

Es war keine einfache Geschichte. Und es war auch nicht einfach, diese zu hören. Riley hatte geweint, und dabei kannte sie nur die Grundzüge.

Mein Vater ließ mich in einem Einkaufszentrum sitzen und verschwand auf Nimmerwiedersehen.

Das war die nüchterne, emotionslose Version. Und selbst damals wollte Madison ihr nach der Offenbarung nicht mehr ins Gesicht sehen, aber Riley hatte sich bereits in Madisons Leben geschlichen und dachte gar nicht daran, sie im Stich zu lassen. Sie, mehr als jeder andere, hatte sie gelehrt, was ein echter Freund wirklich war.

Sie hob ihren Kopf und holte tief Luft. »Wir sind also ins Einkaufszentrum gegangen. Mein Vater kaufte mir ein Wasser, und wir liefen eine kurze Weile in den Läden herum, und dann fragte er mich, ob ich nicht mal auf die Toilette müsste.« Ihr Körper zitterte, trotz Alex' sicherem Halt, der Tag kam in lebhaften Details zu ihr zurück. »Ich ging auf die Damentoilette, kam raus …« Sie schaffte es nicht, die Worte auszusprechen. Stattdessen kam ein tiefer Schluchzer heraus.

»Dieser Bastard!« Alex' Stimme klang gepresst, und der Zorn brodelte ganz offensichtlich unter der Oberfläche.

Er umarmte sie mit seinem gesamten Wesen, hielt sie ganz nah bei sich, aber der Zorn vibrierte in seinem großen, muskulösen Körper. Wut, weil man ihr das angetan hatte. Sie wusste es, ohne dass er es hätte aussprechen müssen, und der Gedanke daran, dass er sich um sie genug sorgte, um diese Art von Emotion zu spüren, ließ sie jegliche Selbstbeherrschung verlieren. Die schützenden Mauern, die sie immer von allem und jedem getrennt und distanziert gehalten hatten, begannen um sie herum zu bröckeln, und sie *fühlte* Dinge. Dinge, die sie nie wieder durchleben wollte.

»Es ist vorbei …«, raunte er in ihr Haar. »Du brauchst das nicht noch einmal für mich zu erleben.«

Normalerweise erlebte sie es überhaupt nicht. Erlaubte es sich nicht, sich an den intensiven und alles einschließenden Schmerz und Verlust jenes Tages zu erinnern und an jeden einzelnen Tag, der danach folgte. Aber jetzt war der Damm gebrochen, und die Erinnerungen fluteten zu ihr zurück zusammen mit großen, wogenden Schluchzern.

Sie war aus der Toilette des Einkaufszentrums getreten, hatte sich umgeschaut, und ihr Vater war nirgendwo zu finden gewesen. Sie war nicht in Panik geraten. Jedenfalls nicht gleich. Sie hatte alle Läden abgesucht, in denen sie gewesen waren. Die Geschäfte mit der Herrenbekleidung. Den Gastronomie-Bereich. Schließlich war sie zu den Toiletten zurückgekehrt, weil sie dachte, dass er vielleicht zurückgekommen wäre, um sie zu finden. Irgendein guter Samariter musste dann das Mädchen bemerkt haben, das auf dem Boden vor den Toiletten saß und bitterlich weinte, und rief daraufhin die Sicherheitsleute des Einkaufszentrums. Der Rest war wie verschwommen, so wie auch die darauf folgenden Jahre ihres Lebens, die sie in Pflegefamilien verbracht hatte.

Alex wusste nicht, wie lange sie schluchzte. So wie sie weinte, ging er davon aus, dass es schon eine Ewigkeit her sein musste, seitdem sie das letzte Mal ihren Gefühlen freien Lauf gelassen hatte. Dann aber wurden die schweren Schluchzer allmählich leiser. Noch lange, nachdem sie ruhiger geworden war, hielt Alex Madison in seinen Armen, sein Herz hämmerte wie wild in seiner Brust. Er hatte gewollt, dass sie ihm vertraute, aber er hatte nicht beabsichtigt, dabei diese Art von Kummer auszulösen. Brechreiz überfiel ihn, gepaart mit Schmerz, der bis in die Tiefen seiner Seele reichte.

Er streichelte ihr über das Haar, war sich jedes kleinsten Geräusches, das sie von sich gab, bewusst. Bald schon wurde ihr Atmen gleichmäßiger, und er betete zu Gott, dass sie eingeschlafen war. Ein traumloser Schlaf ohne Erinnerungen. Sie hatte es sich verdient.

Aber er konnte seine Gedanken nicht daran hindern, um die Geschichte, die sie ihm erzählt hatte, zu kreisen – die Dinge, die sie gesagt und diejenigen, die sie ausgelassen hatte. Über ihre Vergangenheit Bescheid zu wissen und es aus ihrem eigenen Mund gehört zu haben waren zwei sehr unterschiedliche Sachen. Mehr als alles andere verspürte er das Bedürfnis, ihre Eltern zur Strecke zu bringen und sie mit bloßen Händen umzubringen. Aber er begriff auch, dass sein Zorn Madison in keine Weise weiterhelfen würde, und er müsste sich selbst wieder unter Kontrolle bringen, bevor sie aufwachte.

Als er ein Klopfen an der Tür hörte, schlich er von ihr weg und nahm das Gepäck in Empfang; leise gab er dem Pagen ein Trinkgeld. Dann kletterte Alex zurück ins Bett und schlang seine Arme erneut um sie.

In der friedlichen Stille konnte er nicht anders, als auf sein eigenes Leben mit mehr Wertschätzung zu blicken, als er es jemals zuvor getan hatte. Seine Familie war zerrüttet, aber es war seine Familie. Sie waren *da*. Tagein und tagaus hatte er Menschen um sich gehabt, die ihn liebten und auf die er sich verlassen konnte. Er hatte etwas zu essen, ein Dach über dem Kopf, und wenngleich sein Vater auch ein Bastard allererster Ordnung war, war er dennoch immer sichergegangen, dass es Alex und seinen Geschwistern an nichts fehlte. Selbst Ian und seine Brüder und Schwestern waren nicht vernachlässigt worden.

Jedes Kind hatte ein Recht auf Sicherheit und Liebe, aber diese Frau, die hier in seinen Armen lag, hatte nie etwas Derartiges erlebt. Sie würde sein Mitleid nicht wollen, und genau genommen konnte er ihr das auch gar nicht geben. Nicht wenn er sie verdammt noch mal doch so sehr bewunderte. Sie hatte ihre Vergangenheit überwunden und war eine starke, unabhängige Frau geworden. Eine, für die er sorgen und der er alles geben wollte, woran es ihr in all diesen Jahren gefehlt hatte.

Heute war ein Tag gewesen, der ihm in vielen Bereichen die Augen geöffnet hatte – angefangen bei dem tapferen Teenager, den er getroffen hatte, bis hin zu der mutigen Frau, die er *liebte*.

Seine Gedanken kamen zu einem abrupten Ende bei dem Wort, das ihm gerade durch den Kopf gegangen war. Dennoch konnte er es nicht leugnen. Sechs Monate lang hatte er keine andere Frau angeschaut. In den letzten wenigen Wochen hatte er alles Erdenkliche getan, um Madison zu beweisen, dass er sich geändert hatte. Jetzt wollte er ihr die Sicherheit geben, die sie nie gehabt hatte, und wollte sie restlos besitzen. Wenn das keine Liebe war, dann wusste er nicht, was es sonst sein sollte.

Madison fühlte sich seltsam nach ihrem emotionalen Zusammenbruch, aber man musste es Alex zugutehalten, dass er sie jetzt auch nicht anders behandelte als vorher. Sie wachte auf und sah, dass der Hotelpage ihren Koffer gebracht hatte. Außer zu fragen, ob es ihr gut ginge, hatte Alex sie lediglich überschwänglich geküsst und sie dann zurückgelassen, um sich für das Abendessen und den Nachtclub danach fertigzumachen. Was sie betraf, war sie fest entschlossen, diese Episode hinter sich zu lassen und weiterzumachen – so wie sie es immer tat.

Nach dem Essen gingen sie rüber zum »Elite«, dem Club von Alex' Cousin. Olivia und Dylan verschwanden in Richtung Bar, während Alex nach seinem Cousin Ausschau hielt. Bei der Tanzfläche hielten er und Madison an.

Der Club war elegant, glamourös, luxuriös und noch alles Weitere, woran Madison bei einem New Yorker Szeneladen denken konnte. Schwarze Decke, goldene Verzierungen an der Wand, mit Leder überzogene Sitzpolster, und Open-Air-Terrassen mit Blick über die große Tanzfläche.

»Laut des Berichtes anlässlich der Eröffnung hat das Ganze drei Millionen Dollar gekostet.« Alex schüttelte den Kopf. »Tausend Dollar Eintritt für den VIP-Bereich, wenn man den Zeitungen glauben darf. Gabe redet ja nicht darüber.«

Madison blinzelte geschockt. »Einfach nur ... wow! Aber es ist umwerfend!«

»Mein Cousin hat einen guten Geschmack. Genauso wie seine Schwester Lucy. Sie hat dabei geholfen, diesen Ort zu entwerfen.«

Madison grinste und begegnete dabei seinem Blick. Seine dunklen Augen verschlangen sie förmlich, und sie tat genau dasselbe. Er sah so unglaublich attraktiv aus in der schwarzen Hose und dem weißen Hemd, das er an den Ärmeln aufgerollt hatte. Das etwas aufgeknöpfte Hemd enthüllte seine gebräunte Haut und verschaffte ihr einen verlockenden Blick auf seine wenigen Brusthaare.

Er schaute über ihre Schulter hinweg und lächelte breit. »Da ist Gabe!« Alex führte sie zu dem privaten, mit einem Seil abgesperrten Bereich, seine Hand fühlte sich heiß an und ruhte besitzergreifend auf ihrem Rücken – offen liegend dank des tiefen Ausschnitts ihres Kleides.

Der private Bereich erhob sich über der Tanzfläche und der Bar, und Alex pfiff gegen die Musik an.

Zu Madisons Überraschung hörte Gabe es trotzdem. Er erhob sich, befreite sich von den vielen Frauen, die überall an ihm dranhingen, und sie bemerkte, dass er von ihnen gelangweilt wirkte.

»Cousin!«, sagte Alex, als Gabe ein paar Schritte hinunterging und sich ihnen anschloss. »Von da oben hast du ja einen tollen Überblick über dein Königreich!«

Gabes Lippen zuckten zwar, entfalteten sich jedoch nicht zu einem vollen Grinsen. Darin konnte Madison deutliche Unterschiede zwischen Alex und Gabe erkennen. Gabe war mehr wie Ian – ernster und immer kontrolliert.

»Es wurde aber auch höchste Zeit, dass du dich mal in New York blicken lässt.« Gabe gab Alex einen Klaps auf den Rücken. »Es ist schön, dich zu sehen!«

»Dito. Und danke, dass du zu allen Spielen gekommen bist! Es war immer gut, jemanden aus der Familie da zu haben.«

»War mir ein Vergnügen.« Er wandte seinen eisgrauen Blick Madison zu. »Wer ist das?«

Sein Ton klang anerkennend.

»Madison Evans.« Alex schlang einen Arm um Madisons Hüfte in einer unnötigen, besitzergreifenden Geste, die sie aber eigentlich mochte. »Madison, das hier ist mein Cousin Gabe.«

Sie lächelte den Mann an. »Es ist nett, dich kennenzulernen, Gabe. Ich sehe sogar eine gewisse Ähnlichkeit bei euch beiden.« Sie streckte ihre Hand aus, und Alex zog sie noch enger an sich heran.

Gabe schmunzelte. »So ist das also!«

»So ist was?«, fragte Madison.

»Ich habe dich mit Frauen gesehen, Alex. Diese hier ist also tabu.«

Bevor Alex noch antworten konnte, kam Olivia herüber und schlang ihre Arme um ihn. »Hallo Cousin!«

Madison begriff, dass aufgrund der Tatsache, dass Olivia und Alex einen gemeinsamen Vater hatten, Gabe somit der Cousin von beiden war.

»Hallo Schönheit.« Gabe umarmte sie innig. In seinen Augen loderte ein Feuer, als er sie von oben bis unten musterte. »Lange nicht gesehen.«

»Zu lange. Es ist gut, dass uns das Geschäft nach New York verschlagen hat. Schön hast du's hier!« Sie machte mit ihrer Hand ausladende Bewegungen, um die Weite des Clubs zu demonstrieren.

Stolz funkelte in seinen Augen. »Ich mag es. Ihr seid heute Nacht alle meine Gäste, also genießt es! Ich werde später noch mal nach euch schauen.« Mit einem Kopfnicken drehte er sich um und ging weg.

Madison blinzelte. »Er ist ... interessant. Sehr Ianmäßig.«

Olivia, Ians Schwester, brach in Gelächter aus. »Gut gesagt! Ich wusste, dass ich dich mögen würde.« Sie hakte sich an Madisons freiem Arm unter und zog sie von Alex weg.

»Wo bringst du sie hin?«, rief ihr Alex mit einem düsteren Blick auf seinem attraktiven Gesicht hinterher.

»Auf einen Drink und Weiberkram. Wir werden euch, Gentlemen, bald wiedersehen.«

8

Kurze Zeit später fand Madison sich an einem kleinen, privaten Tisch mit Olivia wieder. Zwei Tequila Shots standen vor ihnen. Olivia arbeitete als Assistenzreisesekretärin für das Team. Bei Treffen auf hoher Ebene mit Ian war sie ebenfalls immer mit von der Partie, weil er ihren Rat schätzte und sie in allen Bereichen der Geschäfte, die das Team betrafen, schulte. Madison kannte sie nicht besonders gut, aber Riley sprach in den höchsten Tönen von ihr, was sie in Madisons Augen bereits genügend auszeichnete. Wenn sie mit ihr einen Drink nehmen und sich etwas mit ihr anfreunden wollte, brauchte sie solch eine Art von Sicherheit.

»Was verschafft mir die Ehre?«, fragte Madison und machte zwischen ihnen eine Geste.

»Ich möchte dich besser kennenlernen«, antwortete Olivia.

»Und eine Verschnaufpause von Dylan haben?«

Olivia lachte. »Jetzt weiß ich, warum Riley dich so mag.« Sie hob ihr Tequila-Glas. »Lecken, salzen, trinken und beißen! Bereit?«

»Ach du meine Güte, du magst das Zeug hier wirklich?« Madison zuckte mit den Schultern. Ein oder zwei würden sie schon nicht umbringen.

Madison leckte sich über die Hand, streute Salz darauf, trank die in der Kehle brennende Flüssigkeit und biss dann sofort in das Limettenachtel, um den Geschmack auszumerzen.

»Männer sind absolut schrecklich«, meinte Olivia, nachdem sie in die Limette gebissen hatte.

Madisons Augen wurden feucht, und sie holte tief Luft. »Das können sie sein, ja. Aber sie können auch …«, sie drehte ihren Kopf und entdeckte Alex, der gegen das glänzende, silberne Geländer lehnte und sie unverwandt anstarrte. »Heiß sein …« Sie drehte sich wieder um.

Olivia rümpfte die Nase. »Es sieht ganz danach aus, als ob dir mein Halbbruder den Kopf verdreht hätte.«

»So wie Dylan bei dir?«

Olivia machte eine Handbewegung zu einem weiteren Shot, und Madison trank weiter mit ihr. »Verdammte Männer, die zu viel wollen.«

Madison schüttelte den Kopf und lachte, aber der Klang schmerzte.

»Das habe ich bisher noch nicht erlebt.«

»Bisher vielleicht nicht, aber jetzt! Alex hat dich nicht mehr aus den Augen gelassen, seitdem ich dich von ihm weggezogen habe.«

Madisons Wangen wurden warm, aber Olivia hatte ja recht. »Die Dinge ändern sich gerade zwischen uns«, meinte Madison, plötzlich war ihr schwindelig von der Wirkung des Getränks.

»Alex und ich standen einander nahe, seitdem ich ein Kind war. Als Avery Sienna ihr Knochenmark gespendet hat, haben wir Kinder einander besser kennengelernt.«

»Mit Ausnahme von Ian.«

Olivia zuckte mit den Achseln. »Mein großer Bruder trug die Hauptlast für alle von uns. Aber Alex? Es ist schon lange her, dass ihn irgendjemand, von der Familie einmal abgesehen, so gesehen hat, wie er wirklich ist.«

»Ich tu das«, flüsterte Madison und dachte an den Mann, der sich vor dem Teenager im Rollstuhl niedergekniet hatte. Der Mann, der sie im Arm gehalten hatte, als sie ihm ihre Seele offenbarte, und der ihre schmerzhafte Kindheit wieder aufleben ließ. Der Mann, den sie in dieser Nacht wieder tief in sich spüren wollte.

»Ich weiß. Und ich bin froh darüber.«

»Was ist mit dir? Warum lässt du Dylan so nach deiner Pfeife …«

Olivia schnitt Madison mit einer Geste das Wort ab. »Ist es so offensichtlich?«

»Nein. Es war lediglich eine Vermutung basierend auf dem, was du gesagt hast. Beziehungsweise nicht gesagt hast. Er scheint ein anständiger Kerl zu sein.«

»Lass uns tanzen gehen.« Olivia zog Madison hoch.

»Es gibt immer eine Möglichkeit, einer Antwort aus dem Weg zu gehen«, murmelte Madison und dachte, dass Olivia noch verschlossener sein musste als sie.

Bevor sie die Tanzfläche betreten konnte, legten sich plötzlich zwei starke Hände um ihre Hüften, hoben sie hoch und trugen sie zu einem abgedunkelten Gang, bevor sie wieder hinuntergelassen wurde.

Sie drehte sich um und wusste bereits, dass Alex hinter ihr stand. »Was sollte das denn?«

Er hob ihr Kinn an und küsste ihre Lippen. »Ich hatte genug von euren Frauengesprächen.«

Sie grinste und schlang ihre Arme um seinen Hals. »Heißt das, dass du mich vermisst hast?«

»Immer«, antwortete er, und seine Stimme klang wie ein tiefes Rumpeln, als er sie heftig an sich zog. Ihr gesamter Körper vibrierte vor Verlangen.

»Wie lange müssen wir denn noch hierbleiben?«, fragte sie, weil es ja der Club seines Cousins war und sie nicht unhöflich sein wollte, indem sie vorschlug, dass sie *jetzt* schon gehen sollten. Aber sie konnte nicht mehr länger darauf warten, mit ihm allein zu sein.

»Wir müssen gar nichts. Gabe leiht uns seinen Fahrer. Wir können hier abhauen, wann immer wir es wollen.«

»Das klingt gut in meinen Ohren.« Sie verabschiedeten sich noch von Olivia und Dylan, bevor Alex sie aus der Tür führte.

Tatsächlich wartete draußen vor dem Nachtclub eine Limousine samt Fahrer auf sie. Kaum waren sie eingestiegen, schloss sich wie von Zauberhand die Glasscheibe, die sie von der Fahrerkabine trennte. Alex lümmelte sich auf die Sitzbank, einen Arm über die Rückenlehne drapiert. »Ich habe den Fahrer gebeten, ein bisschen rumzucruisen, ehe er uns ins Hotel bringt«, sagte er und sah Madison in die Augen.

»Und wir können hier hinten treiben, was wir wollen?«

Er nickte und fuhr mit dem Finger an ihrem Ausschnitt entlang – auf der einen Seite hinunter, auf der anderen wieder hoch. Prompt wurden ihre Brüste schwer und die Knospen hart, und zwischen ihren Beinen sammelte sich Feuchtigkeit. Die leise Musik, die aus den Lautsprechern drang – eine ihr unbekannte schöne Melodie –, unterstrich die erotische Atmosphäre noch zusätzlich.

Madison wusste genau, was sie tun wollte – etwas, das sie bisher noch nie getan hatte, weil es eine Intimität voraussetzte, wie sie sie bislang mit keinem Mann außer Alex erlebt hatte. Eine Intimität, die es zwischen ihnen schon mehrmals gegeben hatte – vor allem, seit sie wieder zusammen waren. Und das hier war wieder einer dieser Momente.

»Ich will es dir mit dem Mund besorgen«, murmelte sie und machte sich sogleich am obersten Knopf seiner dunklen Hose zu schaffen. Alex schnappte überrascht nach Luft, und in seinem Blick spiegelte sich die Lust.

»Bist du sicher, Angel?«, fragte er, ohne sie aus den Augen zu lassen. Schon bei der Vorstellung, dass sie seinen Schwanz gleich in ihre warme, feuchte Mundhöhle aufnehmen würde, bekam er einen Ständer.

»Ganz sicher.« Sie rutschte von der Bank, kauerte sich vor ihn hin und öffnete den Reißverschluss seiner Hose.

Er hob die Hüften an, und sie schob die Hose nach

unten – und die Unterhose gleich mit. Dann ging sie mit großen Augen und ernstem Blick zwischen seinen gespreizten Oberschenkeln in Stellung, griff nach seinem harten Schaft und betrachtete ihn eingehend von allen Seiten.

Alex legte den Kopf in den Nacken und konzentrierte sich ganz darauf, nicht auf der Stelle zu kommen, während sie die Hand ein paar Mal daran auf und ab gleiten ließ und mit dem Daumen den ersten Lusttropfen auf der Eichel verrieb.

Madison biss sich auf die Unterlippe, und der Drang, es ihr nachzutun – selbst an diesen vollen Lippen zu knabbern und dann sein bestes Stück in sie gleiten zu lassen, ganz egal ob in den Mund oder in ihre Pussy, wurde schier übermächtig. Er schob ihr das Becken entgegen, und sie umschloss ihn etwas fester.

»Ich will dich ja nicht hetzen, Süße, aber du solltest jetzt mal aktiv werden, sonst komme ich, bevor du richtig angefangen hast.«

Als sie den Kopf beugte und ihm probehalber über die Eichel leckte, ging eine Hitzewelle durch seinen Körper, und er musste die Fäuste ballen, um nicht die Finger in ihren Haaren zu vergraben und ihren Kopf dorthin zu dirigieren, wo er ihn haben wollte. Sie wollte die Zügel in der Hand halten, und er gedachte nicht, sie ihr zu entreißen.

Endlich öffnete sie den Mund und nahm ihn in sich auf. Alex war, als stünde sein gesamter Körper in Flammen, als er spürte, wie ihre Zunge einige Mal an seinem Schaft entlang auf und ab glitt und ihn dann an der empfindlichen Stelle gleich unter der Eichel kitzelte, ehe sie die Lippen schloss.

Sie nahm ihn in den Mund, so weit es ging, und just als er hinten an ihrer Kehle anstieß, begann sie den Kopf vor und zurück zu bewegen. Schließlich begann sie daran zu saugen wie an einem Lollipop, rieb ihn dabei mit einer Hand und kraulte mit der anderen seine Eier. Schon bald verlor er vor Erregung den Überblick darüber, was genau sie mit ihm anstellte, und überließ sich einfach seinen Sinneseindrücken. In seinen Adern kochte das Blut, vor seinen Lidern zuckten Blitze, und dann kam er auch schon, überwältigt von einem unglaublich intensiven Orgasmus, der alles um ihn herum unwirklich erscheinen ließ – alles mit Ausnahme der Frau, die ihm diesen Höhepunkt beschert hatte.

Madison erwachte früh am nächsten Morgen, ihr gesamter Körper schmerzte auf die bestmögliche Weise von den *Aktivitäten* der letzten Nacht. Sie streckte sich vor lauter Wohlbehagen. Als sie neben sich schaute, war Alex nicht mehr da. Stattdessen entdeckte sie einen Zettel auf dem Kissen, das neben ihr lag.

Sie ergriff ihn und las laut vor. »Hey, Schönheit. Ich bin zurück in mein Zimmer gegangen, um zu duschen. Wenn ich geblieben wäre, hätte ich dich aufgeweckt mit meinen Händen an deiner …« Bei den folgenden Worten wurde sie rot, sie wusste, dass er recht hatte. Wenn er sie in die Dusche begleitet hätte, wären sie niemals rechtzeitig zum Frühstück und danach zu ihrem

Meeting gekommen. Allerdings hätte sie so ihren Morgen mit Sicherheit mehr genossen.

Sie musste zugeben, dass mit dem Strom zu schwimmen für sie funktionierte. Dadurch dass sie mit Alex Zeit verbrachte und sich selbst nicht erlaubte, über die Zukunft nachzudenken, war sie in eine Routine geraten, die sie genoss. Ganz wie beim letzten Mal, außer dass die Dinge jetzt anders liefen. Er war anders, zuvorkommend, und er konzentrierte sich auf sie. Keine Ablenkung durch die Medien oder Aufmerksamkeiten, die sein Ego aufpumpten und ihn von dem, was ihm wichtig in seinem Leben war, wegzogen.

Sie holte ihr Handy hervor und schrieb ihm eine Nachricht, ließ ihn wissen, dass sie für das Frühstück bereit sei. Wenige Minuten später traf sie ihn draußen in der Empfangshalle bei den Fahrstühlen.

Er zog sie in seine Arme und küsste sie, als ob sie viele Tage voneinander getrennt gewesen wären, anstatt nur etwas über eine Stunde. »Hmm … Daran könnte ich mich gewöhnen«, murmelte sie an seinem Mund.

Er trat einen Schritt zurück und grinste. »Das solltest du auch, weil ich nicht vorhabe, so bald damit aufzuhören.«

Sie schob ihre Hand in seine. »Ich brauche ganz dringend einen Kaffee.«

»Und ich brauche dich.« Mit einem heißen Blick und schweren Lidern schaute er in ihre Augen.

Sie schob ihm ihre Hüften entgegen und hoffte, dass er sie noch einmal küssen würde.

»Entschuldigung. Alex?« Eine weibliche Stimme unterbrach sie.

Madison drehte sich um und sah eine atemberaubende Brünette, die einen weinroten Hosenanzug trug und scheinbar auf Alex wartete.

Er erstarrte. »Was zum Teufel …? Verfolgst du mich etwa?«

Madison kniff die Augen zusammen. Sie war unsicher, um wen es sich bei dieser Frau handelte.

»Es tut mir leid zu stören …«, sagte die Frau.

»Dann tu's nicht!« Alex knallte ihr die Worte in einem eiskalten Ton hin, den Madison nur ein einziges Mal in dieser Art gehört hatte, und alles in ihrem Inneren gefror bei der Erinnerung daran, wie er damals in seinem Krankenhauszimmer mit ihr Schluss gemacht hatte.

»Alex, bitte …«, meinte die unbekannte Frau.

»Hau ab!«

Die einzige Person, bei der sich Madison vorstellen konnte, dass er mit ihr auf solch eine Art und Weise sprechen würde, war …

»Rachel, ich denke, es spricht für sich, dass ich dich nicht zurückgerufen habe.«

Madison schloss die Augen. Sie brauchte eine Minute, um sich zusammenzureißen und mit dieser Situation klarzukommen. Sie wurde gerade mit der Frau konfrontiert, die ihm einst etwas bedeutet hatte. Eine, auf die er immer noch wütend und wegen der er verbittert war. Bedeutete das, dass er immer noch Gefühle für sie hegte? Langsam wurde Madison übel.

»Ich brauche nur ein paar Minuten deiner kostbaren Zeit«, meinte Rachel.

»Ich bin beschäftigt.« Augenblicklich zog Alex Madison näher an sich heran. Heute fühlte sich seine besitzergreifende Geste nicht so warm und innig an wie in der letzten Nacht. Es fühlte sich eher wie eine Notwendigkeit an, so als ob er dieser Frau beweisen müsste, dass sein Leben auch ohne sie weitergegangen war.

Aber war es das wirklich? Madison wurde plötzlich ganz kühl, trotz seiner Körperwärme dicht neben ihr.

Sie schluckte mühsam. »Alex, nur zu. Hör dir an, was sie will.«

»Alles, was du zu sagen hast, kannst du auch uns beiden sagen. Das hier ist Madison ...«

»Evans. Ich bewundere die Arbeit, die ihr beide bei Thunder macht.«

Madison kniff die Augen zusammen. Wie konnte Rachel etwas über sie wissen?

»Woher weißt du, was wir machen?«, fragte Alex, noch bevor Madison die Chance dazu bekam.

»Ich habe ein Angebot für dich, und bevor ich es genauer ausarbeite, musste ich wissen, mit wem ich es zu tun haben würde!« Es war schwierig zu erahnen, ob sie damit etwas Geschäftliches oder sein Privatleben meinte, da sie Madison von oben bis unten musterte, bevor sie ihren Blick wieder Alex zuwandte.

»Woher wusstest du, wo wir sind?«, fragte er.

»Du bist nicht an dein Handy ge...«

»Eine Nummer, die du ebenfalls nicht haben solltest!«

»Ich habe meine Quellen … Jedenfalls habe ich beim Thunder Front Office angerufen und gefragt, wie ich am besten mit dir in Verbindung treten kann. Ich habe meinen Sitz in New York. Ich bin hier schon seit meinem Abschluss. Und als sie mir sagten, dass du hier in der Stadt bist, habe ich es geschafft, den Hotelnamen herauszubekommen, und hab mich dazu entschieden herzukommen, um dich persönlich zu treffen. Ich wollte gerade rauf zu deinem Zimmer.«

Keiner von ihnen beiden fragte, wie sie das geschafft hatte. Sie erwähnte ja bereits, dass sie ihre *Quellen* hätte.

»Du kannst ganz offen vor Madison sprechen.« Alex' finsterer Blick ließ nicht nach, und sein gesamter Körper neben ihr war angespannt.

Madison schüttelte den Kopf. »Nein. Du gehst jetzt und hörst dir an, was Rachel zu sagen hat. Ich werde dich bei unserem Meeting treffen.« Sie befreite sich aus seiner Umarmung und Berührung.

»Madison …«, meinte er mit einem tiefen, unglücklichen Brummen.

Sie legte eine Hand auf seine Schulter und flüsterte ihm zu, sodass nur er es hören konnte: »So was nennt man *abschließen*, und etwas in mir sagt mir, dass du das brauchst. Geh jetzt, und hör ihr zu.«

Alex knurrte, argumentierte, bis er begriff, dass sie nicht klein beigeben würde. »Na schön«, murmelte er schließlich.

Madison ging weg, mit einem flauen Gefühl in der Magengrube, ihr Herz dröhnte schmerzvoll in ihrer

Brust. Aber sie hatte keinerlei Zweifel daran, das Richtige getan zu haben. Rachels Taten hatten Alex' gesamtes Erwachsenenleben bestimmt. Er musste mit ihrer Zurückweisung klarkommen. Ganz abgesehen davon, dass er sich ihren Vorschlag jetzt anhören sollte, und das alleine, ohne dass Madison seine Entscheidung beeinflussen konnte oder, Gott bewahre, ihn für schuldig erklären würde, dass er auf die attraktive Frau aus seiner Vergangenheit reagierte.

Wenn Madison eine Zukunft mit Alex haben wollte – und weiß Gott, das wollte sie wirklich –, dann musste er seine Vergangenheit hinter sich lassen und frei von seinen Dämonen sein. Und frei von jeglichem Einfluss, den Rachel noch immer, nach all den Jahren, auf ihn ausübte.

Alex setzte sich im Hotelrestaurant gegenüber von Rachel. Er wollte nicht hier sein. Er hatte nicht das Bedürfnis, gerade der Frau gegenüberzusitzen, die ihm einst sein Herz gebrochen hatte, und mit ihr über irgendwas zu reden. Und wenn er schon einmal hier sein musste, wäre es ihm lieber gewesen, Madison an seiner Seite zu haben. Er hatte den Ausdruck auf ihrem Gesicht nicht gemocht, als sie ihm sagte, er solle mit Rachel gehen.

Er bestellte Kaffee und eine Omelette und wartete darauf, dass Rachel zu sprechen begann. Was ihn betraf, hatte er nichts zu sagen. In der darauffolgenden Stille beobachtete er sie ganz genau, und ihm fiel auf, dass sie immer noch gut aussah. Ihr braunes Haar war kürzer als damals, aber das stand ihr. Doch als er sie jetzt so ansah, verspürte er keine Erregung. Kein Begehren, Lust oder nicht einmal einen schwachen Wunsch. Zu seinem Erstaunen fühlte er noch nicht einmal Bedauern über das, was hätte sein können.

Also warum zur Hölle bist du so wütend?, fragte eine Stimme, die nur allzu sehr nach der fragenden Madison klang.

Stolz, antwortete seine innere Stimme. Rachel hatte seinen Stolz verletzt, als sie mit ihm Schluss machte, weil das Leben, das er ihr anbot, nicht gut genug für sie war. Er war nicht gut genug für sie gewesen. Und jetzt? Es interessierte ihn einen feuchten Dreck.

»Okay, dann schieß mal los!« Er gab nach und unterbrach somit die Stille. »Was war so wichtig, dass du mir hier auflauern musstest?«

»Wie ist es dir ergangen?«, erkundigte sie sich.

Toll. Sie wollte Smalltalk machen. »Mir ist es wunderbar ergangen. In einem super Team gespielt, zum besten Spieler ernannt, eine fantastische Karriere, bevor ich ein paar Mal zu oft was auf den Schädel bekommen hab. Aber ich habe jetzt einen neuen Karriereweg eingeschlagen, und alles ist gut.« Er verschränkte seine Arme vor der Brust.

Sie heftete ihren verständnisvollen Blick auf ihn und hielt auch weiterhin den Mund.

Er biss sich auf die Innenseite seiner Wange. »Wie ist es dir denn ergangen?«

Sie lächelte. »Gut, danke. Nach unserer Graduierung bin ich nach New York gezogen. Ich bekam einen Job bei einem Fernsehsender und hab mich auf der Karriereleiter hochgearbeitet. Ich heiratete einen Wall-Street-Typen. Es lief gut, bis es das nicht mehr tat. Letztes Jahr haben wir uns scheiden lassen. Ich wurde Partner in meiner Firma … und hier bin ich.« Sie breitete ihre Hände vor sich aus.

Wall Street. »Gut, du hast den Kerl im Anzug und Krawatte bekommen, der jeden Tag, am selben Ort, immer im selben Staat zur Arbeit ging. Tut mir leid, dass es nicht funktioniert hat.« Er war selbst überrascht, dass er es auch wirklich so meinte.

»So was passiert.« Sie zuckte mit den Schultern. »Weißt du, Alex, eines habe ich immer bereut.«

Es fiel ihm schwer zu schlucken. »Ja? Und was wäre das?«

»Die Art, wie es mit uns zu Ende ging. Ich wünschte, dass ich den Mut aufgebracht hätte, dir schon früher zu erzählen, dass es nicht für mich passen würde, die Ehefrau eines Football-Spielers zu sein. Aber das mit uns wurde so schnell ernst, und weil deine Familie in Florida lebte, habe ich sie ja auch kennengelernt, habe Zeit mit ihr verbracht. Das hat alles noch ernster gemacht. Und zu jenem Zeitpunkt wusste ich nicht, wie ich aus der Sache rauskommen sollte.«

Sie drehte ihre Serviette zwischen den Händen, schaute ihn nicht an. »Ganz ehrlich, zu Uni-Zeiten wollte ich unsere Beziehung auch nicht beenden. Aber plötzlich war da die Graduierung, Profi-Angebote und die Aufnahme ins Team, und du machtest mir einen *Antrag*. Ich war nicht bereit dafür.«

»Es war ja nicht so, als ob du nicht gewusst hättest, dass ich darüber nachdachte«, erwiderte er und erinnerte sie daran, dass er seine Gefühle nicht gerade für sich behalten hatte. Und sie hatte keine Einwände gegen seine Ideen, darüber, wie sie zusammenbleiben könnten, vorgebracht.

Aber sie hatte auch keine eigenen Vorschläge gemacht, wurde ihm jetzt klar, als er zurückblickte.

»Nein. Du warst immer offen und ehrlich. Es lag an mir. Und es tut mir leid.« Sie zwang sich dazu, ihn anzusehen. »Ich habe es immer bereut, dass ich nicht ehrlich zu dir und mir war. Jahrelang habe ich diese Last getragen.«

Trotz seiner Wut, die er hegte, fühlte er sich ihr gegenüber nun milder gestimmt. Nach all dieser Zeit, machte es da überhaupt noch was aus? Sie waren beide ihre eigenen Wege gegangen, hatten ihr eigenes Leben gelebt. Offensichtlich wollte sie irgendeine Art von Versöhnung.

Und Madison wollte, dass er mit der Geschichte abschloss. Er musste zugeben, dass ihm nun leichter ums Herz war, nachdem er Rachels ehrliche Worte gehört hatte. »Das liegt in der Vergangenheit«, hörte er sich selbst sagen. »Wir sollten es beide dabei bewenden lassen.«

Er war schon immer der Meinung gewesen, dass sie kein schlechter Mensch war. Die Wut rührte, mehr als alles andere, von seinem verletzten Ego her, und diesen Zorn hatte er im Laufe der Zeit immer weiter gären und wachsen lassen. Es hatte seine Art, wie er Frauen behandelte, und seine Vorstellungen über Beziehungen geradezu verseucht.

»Das musste ich hören«, sagte sie. »Und ich glaube sogar, dass du das auch wirklich ehrlich meinst.«

»Ich sage niemals etwas, das ich nicht auch so meine!« So viel hatte sich nun auch wieder nicht geändert.

»Okay. Also wenn wir uns dann wieder auf einem freundschaftlichen Terrain befinden …«

»Ich habe nicht gesagt, dass wir Freunde sind.«

Sie lächelte trotzdem. »Dann sind wir eben nur keine Gegner mehr. Das sollte es für dich leichter machen, dir mein Angebot anzuhören. Ohne den ganzen Groll zwischen uns.«

Er strich sich mit einer Hand über das Gesicht. »Dann lass mal hören. Ich hab in zwanzig Minuten ein Meeting.«

Sie lächelte. »Wie ich schon sagte, ich bin Partner bei einem Fernsehsender.« Sie reichte ihm ihre Visitenkarte. »Und wir arbeiten mit S&E Network zusammen. Sports and Entertainment Network«, erklärte sie. »Sie bieten dir einen Job an – für eine Sportshow mit Allison Edwards, der Sportkommentatorin. Sie würden dich gerne mal zu sich einladen, damit du es mit Allison ausprobieren kannst, aber so, wie es aussieht, gehört der Job dir, wenn du ihn willst.«

Ein Jobangebot war das Letzte gewesen, was er von Rachel erwartet hätte. Andererseits hatte er ja keinerlei Ahnung gehabt, was sie von ihm gewollt hatte.

»Es ist eine tolle Chance«, betonte sie. »Du wärst zurück im Scheinwerferlicht, und wir beide wissen doch, wie sehr du es mochtest, von dem Adrenalin und der Energie zu zehren.«

Selbst im College hatte er schon die Aufmerksamkeit und die sozialen Vergünstigungen genossen, die mit dem Dasein als Starathlet einhergingen. Damals konnte er nichts von Sponsoren annehmen, aber als seine professionelle Karriere weiter Form annahm, konnte er nicht leugnen, dass er nicht auf großem Fuß gelebt und jede einzelne Minute davon genossen hatte.

Es half dabei, die Einsamkeit fernzuhalten, und gab ihm nicht die Zeit, über Dinge in seinem Leben nachzudenken, von denen er meinte, sie nie haben zu wollen, wie zum Beispiel eine ernst zu nehmende Beziehung und eine eigene Familie. Er stellte nun fest, dass er so dermaßen wütend auf Rachel gewesen war, dass er vielem den Rücken gekehrt hatte. Dinge, die er jetzt wollte, und zwar nicht mit der Frau, die hier vor ihm saß.

Er schüttelte den Kopf und brachte sich selbst zurück in die Gegenwart. »Hast du das hier zusammen mit meinem Agenten besprochen?«

Sie schüttelte den Kopf und grinste. »Er hat gesagt, dass du ein Arsch gewesen bist, und dass ich selbst versuchen sollte, zu dir durchzudringen.«

»Das hat er nicht.« Obwohl er Kevin Falcon kannte und wusste, wie angepisst dieser gewesen war … na ja, vielleicht hatte er das ja doch gesagt …

»In Wirklichkeit meinte er, dass er das gerne mit dir besprechen würde, aber er wolle mir keine Hoffnungen machen, weil du in letzter Zeit keine Angebote in Erwägung gezogen hast und nicht auf seine Anrufe reagierst. Nachdem ich sagte, dass du und ich uns schon lange kennen und ich es vielleicht selbst vorschlagen könnte, stimmte er zu. Er hat genau das gesagt.«

Alex lachte. »Dieser Bastard.«

»Klingt ganz danach, als ob du ihm einen Grund zur Sorge gibst.«

Er lehnte sich in seinem Stuhl zurück und nickte. »Könnte sein.«

»Tut mir leid mit der letzten Verletzung. Ich weiß, wie viel dir der Football bedeutet.«

Alex erstarrte. Er wollte mit ihr nicht über seine Gefühle reden. »Danke.«

»Also, was das Angebot betrifft … Ich kann deinem Agenten etwas Schriftliches zuschicken, wenn du interessiert bist.«

Und genau das war jetzt die Frage. War er interessiert?

Madison war bei dem Interview mit dem Wall-Street-Vermögensberater, den sie versuchten mit an Bord zu nehmen, nicht ganz bei der Sache, bemühte sich jedoch nach Kräften, ihn für ihre Sache zu gewinnen, damit er sich mit den Spielern regelmäßig träfe. Den Jungs von Beginn ihrer Karriere an bei ihren Finanzen zu helfen würde sie finanzielle Verantwortung lehren und sie daran erinnern, an ihre Zukunft zu denken, wenn sie ihr häufig beachtliches Einkommen ausgaben oder eben nicht.

Sie konnte ihre Rede vor dem Mann auswendig aufsagen. Dann drehte sie sich zu Alex um, um die Dinge noch mit einem persönlichen Touch zu verstärken: die Geschichte eines Mannes, dessen Karriere abrupt beendet wurde, und wie gut finanzieller Rat ihn davor bewahrt hatte, jetzt bankrott zu sein. Weil er noch nicht all das Geld auf seinem Bankkonto verpulvert hatte, konnte er nun in Ruhe über seine Möglichkeiten nach der Verletzung nachdenken, ohne Entscheidungen im Panikmodus fällen zu müssen. Etwas, das sie den Spielern durch den Vermögensberater schmackhaft machen wollten. Und dann wollten sie die Spieler auch darin schulen zu sparen.

Aber ihre Gedanken kreisten nicht um die Arbeit. Sie drehten sich darum, was zwischen Alex und Rachel beim Frühstück vorgefallen war. In ihrem Kopf hämmerte es, und der kleine, fensterlose Konferenzraum, den sie für das Interview gemietet hatten, machte es auch nicht gerade besser. Sie fühlte sich, als ob die Wände und ihr Leben sich immer enger um sie schlossen. Obwohl sie keinerlei sexuelles Interesse in Alex' Augen bemerkt hatte, als er seine ehemalige Freundin ansah, bewies ihr sein übrig gebliebener Zorn, dass er immer noch Gefühle für sie hegte. Der Gedanke schmerzte, aber so war es nun einmal.

Sie hatte ihm einfach die Freiheit geben müssen, diese Emotionen zu erforschen und aufzuarbeiten, auf welche Weise er das auch immer tun müsste. Am Finger der anderen Frau hatte sie keinen Ring gesehen, was darauf hindeutete, dass sie zumindest nicht verheiratet war. Was all die anderen Absichten von Rachel ebenfalls offen ließ.

Madisons Schläfe pochte, und sie war dankbar, als Bill Akins das Meeting beendete. »Nun gut, es war mir ein Vergnügen, Sie beide kennenzulernen. Ich brauche noch ein wenig Zeit, um mir Ihr Angebot durch den Kopf gehen zu lassen. Die dafür notwendigen Reisen werden auch Auswirkungen auf meine Familie haben, also muss ich mich darüber erst mit meiner Frau beratschlagen, bevor ich irgendeine Entscheidung treffe.«

»Das verstehen wir«, sagte Madison, die ihre Sachen zusammensammelte und sie in ihre größere Tasche legte.

»Und wir freuen uns darauf, von Ihnen zu hören!«, meinte Alex. »Hoffentlich mit einem *Ja*. Es würde Ihnen bestimmt gefallen, mit uns zusammenzuarbeiten.«

Akins ging raus und schloss die Tür hinter sich.

»Also, das lief ja gut«, sagte Madison. »Hoffentlich wird er zustimmen.« Sie zog sich den Riemen ihrer Tasche über die Schulter. »Ich denke, ich werde zurück in mein Zimmer gehen und mich hinlegen. Ich habe Kopfschmerzen.«

»Kann ich dir irgendetwas dagegen besorgen?«, fragte Alex. Sorge schwang in seiner Stimme mit.

»Nein, danke. Ich werde einfach nur nach oben gehen und mich ausruhen.« Sie machte sich in Richtung Tür auf.

»Willst du gar nicht wissen, was beim Frühstück passiert ist?« Seine tiefe Stimme und seine Frage ließen sie anhalten.

So sehr sie auch wissen wollte, was zwischen ihm und Rachel vorgefallen war, fürchtete sich dennoch ein

Teil von ihr vor der Wahrheit, dass die Rückkehr der anderen Frau in irgendeiner Weise die Dinge zwischen ihr und Alex verändern würde.

Sie schluckte mühsam. »Natürlich, ich höre zu. Wenn du es mir erzählen willst.«

»Madison ...« Ihr Name klang wie ein sanftes Grummeln.

»Was?«

Er hielt ihrem Blick stand. »Ich dachte nicht, dass wir solche Spielchen spielen.«

Sie fühlte sich unbehaglich, fummelte am Riemen ihrer Tasche herum und legte die schwere Tasche auf den Tisch. »Ich weiß nicht, was du meinst.«

Er hob eine Augenbraue. »Spielchen. Misstrauen. Ich dachte, wir wären offen und ehrlich miteinander.«

Sie nickte. Aber die Gedanken in ihrem Kopf schlugen Purzelbäume. Der eine Gedanke, der dabei hervorstach, war ihre größte Schwäche. Als sie diese Beziehung wieder aufleben ließ, hatte sie sich selbst geschworen, dass sie diejenige sein würde, die als Erste ginge. Das hatte sie damals auch wirklich so gemeint. Jetzt würde es so viel schwerer sein, da sie wusste, wie tief sie bereits in der Sache drinsteckte. Aber wenn sie nun auch nur eine Andeutung bekäme, dass Alex immer noch an seiner ehemaligen Freundin hing, würde sie all ihren Stolz zusammenkratzen und gehen – hocherhobenen Hauptes.

Sie drückte ihre Schultern durch und sah ihm direkt in die Augen. »Na schön. Was ist mit Rachel passiert? Ich will's wissen.«

»Na, das war jetzt ehrlich.« Er schritt zur Tür und schloss sie ab, was sie völlig überrumpelte. Danach setzte er sich in den großen Konferenzraumsessel und zog sie auf seinen Schoß.

»Alex …« Sie wand sich, aber er hielt sie fest. Sein Körper war warm und hart, seine Arme, die er um sie gelegt hatte, vermittelten ihr ein Gefühl von Zuverlässigkeit und Sicherheit. Das alles wollte sie von ihm. Und sie wollte ihn für so viel länger als nur für eine kurze Sexaffäre.

Irgendwie hatte sie ihm bereits ihr Herz geschenkt, und sie fürchtete sich, dass er es wieder brechen würde – ob nun bewusst oder nicht. Sie schluckte ein schmerzerfülltes Stöhnen hinunter.

Er betrachtete sie aufmerksam, hielt sie aber weiterhin fest. »Du hattest recht, als du sagtest, dass ich einen Schlussstrich brauche. Ich habe realisiert, dass all die Wut, an der ich festhielt, mehr mit meinem verletzten Ego zu tun hatte als mit verletzten Gefühlen. Es war mir peinlich, dass ich alles so großzügig gegeben hatte und es zuließ, dass sie mir das alles um die Ohren knallte.«

Es verwunderte sie nicht, dass er zu dieser Selbsterkenntnis gekommen war. Das hatte sie sich für ihn gewünscht, sodass er für alle Zeiten die Vergangenheit loslassen konnte.

»Und Rachel …«, fuhr er fort. »Es stellte sich heraus, dass sie immer bereut hat, dass sie während unserer Beziehung nicht den Mut aufbrachte, mir zu sagen, wie sie wirklich über meine Karriere und Zukunftspläne dachte.«

Madison schaffte es zu lachen. »Ja, na gut, du kannst ein ziemlich harter Brocken sein, gegen den man kaum ankommt.«

»Ich tu mein Bestes.« Er schenkte ihr sein umwerfendes Grinsen, das sie unruhig auf seinem Schoß herumrutschen ließ. »Ich habe es ihr scheinbar auch nicht leicht gemacht«, stellte er ernüchtert fest. »Sie hatte damals bereits meine Familie kennengelernt und wusste, dass es mir ernst war ... Jedenfalls ... ich glaube, die Erkenntnis, dass es mehr eine Frage meines verletzten Egos als eines gebrochenen Herzens war, hat mir dabei geholfen, es endlich hinter mir zu lassen.«

Unfähig es nicht zu tun, schlang sie ihre Arme um seinen Hals. »Ich bin glücklich. Ist es das, was Rachel wollte? Mit der Vergangenheit abschließen?«

Er atmete tief durch und brachte Madisons Nerven damit völlig durcheinander. »Nein. Da gibt's noch mehr«, sagte er dann und bestätigte ihre Befürchtungen.

Sie erstarrte. »Sie will dich zurück?«, platzte sie gleich mit der ersten Sache raus, die ihr durch den Kopf ging.

»Nein! Nicht so!«, antwortete er.

Erleichtert atmete sie einmal lange tief durch. Natürlich, wenn sie ihn nicht zurückwollte, lief irgendwas bei dieser Frau verkehrt, dachte Madison. Sie war unsicher, ob sie das glauben sollte, dass Rachel nicht doch irgendwelche geheimen persönlichen Absichten hegte.

Sie konzentrierte sich auf den Gedanken, dass Rachel ihn einst freiwillig aufgegeben hatte. »Was will sie dann von dir?«

»Sie arbeitet für einen Fernsehsender, der mit Sports and Entertainment Network zusammenarbeitet. Sie wollen, dass ich es mal ausprobiere, zusammen mit Allison Edwards für eine Sportsendung zu arbeiten. Landesweites Fernsehen …«, sagte er, ganz offensichtlich immer noch total überrascht von diesem Angebot.

Aber dem Glanz in seinen Augen nach zu urteilen stand er der Idee nicht gerade ablehnend gegenüber. Madison vermutete sogar, dass da etwas grundsätzlich Reizvolles in der Ausstrahlung einer landesweiten Fernsehsendung für einen wettbewerbsfähigen, engagierten Mann wie Alex sein musste.

»Was hast du ihr gesagt?«

»Sie meinte, ich solle in Ruhe über die Sache nachdenken. Ich müsste bei dem Job auch gar nicht viel reden.«

»Denkst du darüber nach, das Angebot anzunehmen?«

Die lange Stille, die darauf folgte, beantwortete alles.

Er hob ihr Kinn an, sein Blick ruhte sanft auf ihrem. Die Intensität in seinen dunklen Augen machte deutlich, dass es für ihn nicht leichter war als für sie. Was es ihren ausgefransten Emotionen aber auch nicht gerade einfacher machte und sie an den Rand der Tränen brachte.

Er schob eine Hand in ihren Nacken, zog sie an sich und küsste sie – und zwar nicht so bestimmend wie sonst. Diesmal nahm er sich Zeit. Er ließ gemächlich den Mund über ihre Lippen gleiten, neckte, kitzelte sie mit der Zunge, ehe er diese tief dazwischengleiten ließ.

Was auch immer er ihr hatte sagen wollen, ging unter in den Gefühlen und der Leidenschaft, die er damit weckte.

Kein Wunder, dass es nicht bei einem simplen Kuss blieb.

Das Feuer des Verlangens, dessen Glut niemals erlosch, wenn sie zusammen waren, loderte unvermittelt auf, und Madison setzte sich stöhnend etwas anders hin, um die Beule in seiner Hose unter sich besser zu spüren.

»Gott, Angel, du bist einfach so heiß.« Er kippte das Becken und begann sich an ihr zu reiben. »Und du fühlst dich so verflucht gut an.«

Wellen der Lust gingen durch ihren Körper, als er seinen geschwollenen Schwanz an ihr Geschlecht presste. Doch das war nicht das einzige Gefühl, das sich ihrer bemächtigte – das körperliche Verlangen ging einher mit einer Woge der Liebe, die sie geradezu beängstigend fand. *Nein*, dachte sie, als könnte sie die Empfindung auf diese Weise auslöschen.

»Ich wette, wenn ich jetzt meine Hand in deinen Slip schiebe, dann werde ich feststellen, dass du schon ziemlich feucht bist.«

Allein die Vorstellung ließ sie aufstöhnen. Oh ja, sie war bereits mehr als feucht.

Als wollte er prüfen, ob er mit seiner Vermutung recht hatte, ließ er eine Hand unter ihren Rock wandern und einen Finger zwischen die glitschigen Falten ihres Geschlechts gleiten.

Sie schob das Becken nach vorn, und er keuchte »Ja«,

presste die Hand an ihren Venushügel und begann den Finger in ihr zu bewegen.

Die sanfte Reibung ließ sie schaudern.

»Ich will mit dir schlafen.«

»Was?«, stieß sie hervor. »Hier?«

»Na klar! Warum auch nicht? Die Tür ist abgeschlossen, und der Raum hat keine Fenster.« Er schob sie von seinem Schoß und stand auf, dann wischte er mit einer raschen Handbewegung ihre Tasche und die Unterlagen vom Tisch.

Madison dachte nicht daran, ihm zu widersprechen. Sie verbannte sämtliche störenden Gedanken aus ihrem Kopf, knöpfte ihren Rock auf und ließ ihn auf den Boden fallen.

Alex betrachtete sie mit einem lüsternen Blick, unter dem sie gleich noch feuchter wurde. »Mmm, mein Lieblingshöschen«, murmelte er und befingerte die Schleife an ihrem Slip. »Lass mich dir helfen«, sagte er dann, hob sie auf den Tisch und bedeutete ihr, sich zurückzulehnen. Sie hob den Hintern an, damit er ihr das Kleidungsstück ausziehen konnte, und verfolgte mit großen Augen, wie er es in seiner Hosentasche verschwinden ließ.

Er grinste nur, schälte sich aus der Jacke und zog auch gleich die Hose und die Boxershorts aus.

Madison starrte seinen langen, dicken Penis an, der sich ihr einsatzbereit entgegenreckte. Bei dem Anblick zog sich ihre Pussy vor Vorfreude zusammen.

Alex schob ihre Beine auseinander und trat dazwischen. »Ich liebe es, wenn du so feucht bist«, murmelte er mit einem Blick zwischen ihre Oberschenkel. »Als könntest du es gar nicht mehr erwarten.« Damit dirigierte er die Eichel in ihre nasse Spalte.

Sie stöhnte auf.

»Ja, Baby, ich will dich hören!«

Sie biss sich auf die Unterlippe. »Und was ist, wenn du nicht der Einzige bist, der mich hört?«

»Meinetwegen sollen sie alle vor Neid erblassen«, erwiderte er mit einem verschmitzten Grinsen.

Sie verdrehte die Augen in Anbetracht seiner Arroganz – und dann gleich noch einmal, diesmal jedoch, weil sein praller, pulsierender Schwanz tief in sie hineinglitt.

»Alex«, keuchte sie, während er sich kurz aus ihr zurückzog, um sofort erneut zuzustoßen, so fest, dass sie auf dem glattpolierten Holztisch ein Stück nach hinten rutschte.

»Ich kann nicht mehr warten. Ich komme gleich.«

Bei seinen Worten lief ein Schauer der Erregung durch ihren gesamten Körper, ausgehend von der Stelle, an der sie vereint waren, bis in die hintersten Nervenenden. So intensiv hatte sie Sex noch nie erlebt. Sie konnte Alex überall spüren, von den Zehenspitzen bis zu dem Kloß, den sie plötzlich in der Kehle spürte, und ihr war, als würde er ihr kleine Stromschläge verpassen, indem er bei jedem seiner rhythmischen Stöße das Schambein an ihrem Geschlecht rieb.

Sie betrachtete sein Gesicht, während sein bestes Stück mit rhythmischen Bewegungen in ihr vor- und zurückglitt. Er hatte die Lippen zusammengepresst und ließ sie nicht aus den Augen, voll und ganz auf sie konzentriert.

Dann hielt er urplötzlich inne und zog ihren Oberkörper ein wenig hoch, sodass sie halb saß, halb lag, auf die Ellbogen aufgestützt. In dieser erregenden und überaus intimen Stellung war der Druck auf ihre Klitoris noch stärker, sodass Madison förmlich die Sterne sah, als Alex erneut das Becken nach vorn bewegte. Noch zwei, drei kräftige Stöße, dann kam sie auch schon, so heftig wie noch nie, und er mit ihr.

Das Zittern und Beben ihres Körpers verebbte erst lange nachdem er sich in sie ergossen hatte. Wieder hatten sie kein Kondom benutzt, und es war Madison herzlich egal. Die gesamte Situation erschien ihr surreal, fast wie in einem Film. Und sie wusste, von der Erinnerung daran würde sie noch lange zehren.

Als ihr später das Stellenangebot, das er erhalten hatte, wieder einfiel, kehrte sie unsanft in die Realität zurück. Weil Rachel ihm erneuten Ruhm anbot. Er war an die Aufmerksamkeit und die diese begleitenden Vergünstigungen gewöhnt gewesen, bevor ihm das alles jäh weggerissen worden war. Und es war das Fehlen dieser Dinge gewesen, was ihn zurück zu Madison geführt hatte. Zu den Ankündigungen, eine ernste Beziehung zu wollen. Es hatte zu den Veränderungen geführt, die sie – seit seinem erzwungenen Rücktritt – in seiner gesamten Persönlichkeit bemerkt hatte.

Was würde passieren, wenn er in solch ein Leben zurückkehrte? Zu den Horden von Fans, den Frauen …

Würde sie ihn dann aufs Neue verlieren? Bei dem Gedanken verkrampfte sich Madisons Magen, und alles in ihr gefror. Die Wahrheit war, dass einfach jeder sie letzten Endes verließ, und sie sollte sich besser schon mal darauf vorbereiten, für den Fall, dass das mit Alex passieren sollte – besser früher als später.

9

Madison kehrte nach Miami und zu einer normalen Alltagsroutine zurück. Sie arbeitete, verbrachte gemeinsame Nächte mit Alex und kümmerte sich um die Vorbereitungen für die bevorstehende Anhörung bezüglich ihrer Pflegemutter. Jonathan war gründlich darin, sie zu befragen und darüber auf dem Laufenden zu halten, was sie zu erwarten hätte. Sein privater Ermittler hatte nichts, was in ihrem Fall von Nutzen sein könnte, über Eric herausgefunden, was darauf schließen ließ, dass ihr Pflegebruder sehr vorsichtig gewesen war. In keiner Weise glaubte Madison daran, dass er clean war oder im Interesse seiner Mutter handelte. Die Anhörung würde in zwei Wochen stattfinden, und sie vereinbarte einen Termin mit Jonathan, der mit ihr ein letztes Mal mögliche Fragen und Antworten durchgehen wollte.

Sie bemühte sich sehr, nicht darüber nachzudenken, was sich möglicherweise bei der Anhörung ereignen könnte, schob es in den hintersten Winkel ihres Gehirns, bis sie sich damit befassen müsste. Es war ein Weg, den ihr früher einmal ein Sozialarbeiter beigebracht hatte, um mit ihren Langzeitproblemen klarzukommen.

In der Zwischenzeit ging alles seinen gewohnten Gang. Zu ihrer Überraschung hatte Alex sie für das kommende Wochenende zu seiner Mutter zum Abendessen eingeladen, und obwohl es sie nervös machte, stimmte sie zu.

Es gab keine weitere Diskussion mehr über Rachel oder das Jobangebot, und das Grübeln quälte Madison. Sie wollte nach wie vor, dass er sich den Vorschlag von Derek Fine bezüglich der PR-Kampagne überlegte, aber sie wusste, es war eine Illusion zu glauben, dass er diesbezüglich inzwischen aufgeschlossener wäre. Besonders, da es jetzt ein anderes Jobangebot gab.

Sie starrte in ihren Wandschrank, denn sie wollte ein Kleid bei dem Treffen mit der Mutter ihres Freundes anziehen. War das nicht eine Premiere?, grübelte sie. In all ihren Beziehungen hatte sich keine bis zu dem Punkt entwickelt, an dem sie auch die Eltern kennengelernt hätte. Zwar hatte sie andere Familienmitglieder von Alex getroffen, als sie zusammen gewesen waren, aber mehr wegen Riley als wegen Alex. Sie kannte noch nicht alle seine Geschwister geschweige denn seine Eltern, und ihr schauderte bei dem Gedanken, aber sie war froh, dass Riley und Ian mit dabei sein würden und ihr somit seelischen Beistand boten.

Ihr war bewusst, was das für ein großer Schritt für ihn war, eine Frau mit nach Hause zu bringen, besonders nachdem er erwähnt hatte, dass er das Gleiche damals mit Rachel gemacht hatte. Sie schob die Gedanken an die andere Frau beiseite. Wieder einmal. Ihre Unsicherheit war ihr eigenes Problem. Alex hatte ihr keinen Grund geliefert, der sie in der Gegenwart stören könnte. Über die Jahre hatte sie genug Frauen beraten, um zu wissen, was sie sich selbst sagen sollte, und dass sie nach vorn blicken musste, nicht zurück. Sie fand, je positiver sie dachte, desto einfacher wurde es, auf diesem Weg weiterzumachen.

Sie wählte ein pastell bedrucktes Sommerkleid und ein Paar Sandalen mit Troddeln dazu. Aufgrund der Hitze und der Feuchtigkeit steckte sie ihr Haar nach oben in einem losen Knoten zusammen und ließ weiche Strähnen auf ihre Schultern fallen. Ein Spritzer eines leichten Parfüms, ein Hauch von Rouge, etwas Lipgloss, und sie war so bereit wie noch nie. Das war nun mit Sicherheit das größte Problem gewesen, dem sie sich hatte stellen müssen: die Kleiderwahl, dachte sie ironisch.

Es klingelte gerade an der Tür, als sie ihre Tasche mit einer etwas kleineren austauschte, die sie sich über die Schulter hängen könnte. Sie holte einmal tief Luft und ging dann zur Tür, um Alex zu empfangen, der nach dem Fitnessstudio zu Hause geduscht und sich umgezogen hatte.

Sie öffnete, und ihr Blick glitt über seine schöne Gestalt, ein Paar khakifarbene Cargoshorts und Docksiders an seinen Füßen; ein hellblaues kurzärmeliges Poloshirt betonte seine gebräunte Haut und seine braunen Augen.

Im Gegenzug flog sein Blick ebenfalls über sie, seine schokoladenfarbenen Augen verdunkelten sich dabei. »Du siehst wunderschön aus, Angel.«

Sie merkte, wie sie errötete. »Danke schön. Du siehst selbst auch ziemlich heiß aus.«

Er grinste. »Fertig?«

Sie nickte. »Lass mich nur noch meine Tasche und das Geschenk holen.«

Er schüttelte den Kopf. »Du hättest ihnen wirklich nichts kaufen müssen.«

»Ich kann doch nicht mit leeren Händen bei deinen Eltern aufkreuzen! Was sollen die denn dann von mir denken?« Sie ging in den Flur, um ihre Tasche, Schlüssel und ein kleines Blumenarrangement zu holen.

»Sie werden – genau wie ich – denken, dass du umwerfend bist!« Er tauchte hinter ihr auf und schlang seine Arme um ihre Taille. »Verdammt, Baby. Bist du etwa nervös?«

Sie drehte sich, um ihm ins Gesicht zu blicken, ihre Körper berührten sich vertraut, ihr Blick war seinem ganz nah. »Dein Vater besitzt eines der luxuriösesten Hotels in Miami. Es gibt Fotos von deiner Mutter mit ihm in Zeitschriften. Sie ist hinreißend. Und du bist ihr ältester Sohn. Ja, ich bin nervös!«

Er strich beruhigend mit seinem Daumen über ihre Unterlippe, ersetzte ihre Nervosität durch Verlangen. »Sie werden dich lieben, so wie ich es tue«, versicherte er ihr, sein heißer Blick ruhte auf ihrem.

Sie schluckte mühsam, denn sie wusste nicht, wie weit sie bei der Interpretation seiner Worte gehen konnte. Sie lauteten nicht *Ich liebe dich,* und dennoch geriet ihr Herz in einen albernen Rhythmus vor lauter Aufregung und Hoffnung. Verdammt, wie sie diese

Hoffnung doch hasste! Sie war schon so oft enttäuscht worden. Und dennoch … sie blieb bestehen.

Eine vierzig Minuten andauernde Fahrt später, dem Verkehr sei Dank, kamen sie bei einem gut gepflegten Haus in einer gewöhnlichen Nachbarschaft an, ähnlich wie die von Franny und Daniel Grayson. Ians Wagen stand bereits in der Einfahrt, und Alex parkte dahinter. Schweigend betrachtete Madison das Haus und versuchte den Unterschied zu verarbeiten zwischen dem, was sie sah, und dem, was sie erwartet hatte.

»Bist du okay?«, fragte Alex.

»Ja. Ich bin nur überrascht. Ich dachte, dass das Haus größer wäre.«

»Und vornehmer?«, fragte er mit einem Grinsen auf dem Gesicht.

»Also … ja.«

Er kicherte amüsiert. »Mein Vater regt sich maßlos darüber auf. Sein Zuhause mit Ians Mutter glich einem Palast. Wie sich herausstellte, brachte er meine Mutter zunächst in einem normalen Haus unter, damit keiner Verdacht schöpfen würde, sie wäre die Geliebte eines wichtigen Mannes.« Er schnaubte, ließ sie wissen, was er von dieser Sache hielt. »Später, als sie heirateten, weigerte sich meine Mutter ihren oder unseren Lebensstil zu ändern. Sie wollte nicht, dass wir durch Geld verzogen würden.«

Madison schüttelte ihren Kopf und lächelte. »Wie sich gezeigt hat, hat das dann ja deine Karriere erledigt.«

Er warf seinen Kopf zurück und lachte. »So habe ich

das noch nie gesehen, aber du hast recht. Aber dann wurde mir ja auch vieles wieder weggenommen, weshalb ich die bodenständige Art meiner Mutter sehr schätze.«

»Trotzdem hast du den Porsche behalten«, stellte sie fest und tätschelte leicht das Armaturenbrett.

»Ein Mann muss seine Spielzeuge und etwas Luxus haben.«

Sie verstand den Wink mit dem Zaunpfahl und grinste, sie konnte ihm einfach nicht widerstehen, wenn er so verspielt und witzig war. Okay, eigentlich konnte sie ihm niemals widerstehen.

»Bist du bereit reinzugehen?«

Sie atmete einmal tief durch und lächelte. »Das bin ich.«

Er führte sie den Weg hinauf, den perfekt gepflegte Grünpflanzen und Blumen umgaben. Er klopfte einmal und drückte dann die Tür auf.

Alex' Mutter begrüßte sie, sobald sie eintraten. Madison erkannte die schöne Frau von dem Foto in einer lokalen Zeitschrift wieder, wo sie auf ihr Engagement für wohltätige Zwecke aufmerksam gemacht hatte.

»Alex!« Sie schlang die Arme um ihren Sohn, zog ihn zu sich heran für eine mütterliche Umarmung.

»Hi, Mom.« Er erwiderte ihre Umarmung, bevor er sich vorsichtig wieder von ihr löste.

»Du warst schon lange nicht mehr hier!«, tadelte sie ihn. »Es wurde aber auch höchste Zeit, dass du damit aufhörst, dich vor der Welt zu verstecken. Und das ist die Frau, bei der ich mich dafür bedanken darf?«

Madison errötete, sie war sich sicher, dass sie nichts mit Alex' Wandel zu tun gehabt hatte. Viel wahrscheinlicher war es, dass es an Ians Jobangebot lag, das ihm eine neue Aufgabe und somit das Gefühl gegeben hatte, wieder etwas wert zu sein.

»Mom, das hier ist …«

»Madison! Ich weiß. Ich habe alles über dich von Riley gehört und natürlich auch ein bisschen von meinem Sohn, was ich halt so aus ihm rausquetschen konnte.« Sie kam zu Madison und ergriff ihre freie Hand. »Es ist wundervoll, dich zu treffen!«

»Mir geht's genauso, Mrs. Dare.«

»Nenn mich doch bitte Savannah.« Sie drückte Madisons Hand und ließ dann los.

Madison blinzelte. Alex hatte Recht behalten. Sie mochte seine Mutter jetzt schon, weil sie es schaffte, dass sich Madison sofort wohlfühlte. Eigentlich hatte sie eine seriöse Palm-Beach-Dame der feinen Gesellschaft erwartet. Aber anstatt eines gesetzten, trendigen Bobs fielen ihre blonden Haare über ihre Schultern, und obwohl sie ein leichtes Sommerkleid anhatte, trug sie an den Füßen flache Schuhe und keine High Heels. Savannah Dare war herzlich und wirkte vollkommen authentisch.

Madison machte einen Seufzer der Erleichterung und hielt ihr die Blumen hin. »Vielen Dank für die Einladung.«

Savannah lächelte, was Madison einen flüchtigen Eindruck eines Gesichtsausdrucks gab, der ihrem Sohn ähnelte. »Sie sind wunderschön.« Sie hielt inne, um an den duftenden Blüten zu schnuppern. »Vielen Dank, auch wenn das wirklich nicht nötig gewesen wäre. Jetzt kommt aber erst mal herein, ihr zwei. Der Rest der Familie ist im großen Raum. Leider hatte dein Vater einen Notfall im Hotel, deshalb wird er ein bisschen später kommen.«

Alex führte Madison hinein, seine Hand ruhte auf ihrem Rücken – etwas, was sie zu erwarten und sich daran zu gewöhnen begann. Sie entspannte sich, als er seine Hand auf das untere Ende ihres Rückens legte, und sie hatte schon vor Langem aufgehört, sich selbst zur Vorsicht zu ermahnen, obwohl der Gedanke immer noch gelegentlich auftauchte. Sie wurde besser darin, gute Dinge zu akzeptieren. Hingegen war es nicht so einfach, die Vorstellung zu stoppen, dass als Nächstes bestimmt etwas Schlechtes passieren müsste.

Alex stellte sie Sienna, seiner jüngeren Schwester vor, die bald einundzwanzig Jahre alt wurde.

Die junge Frau war ein Energiebündel – blond wie ihre Mutter, mit Alex' dunkelbraunen Augen. Sie begann sofort eine nicht besonders feinsinnige Kennenlern-Session, die daraus bestand, Madison mit Fragen zu bombardieren.

»Also wie alt bist du?«, fragte Sienna.

Alex blickte sie scharf an.

»Mein Gott, deine Mutter würde dir eine Ohrfeige dafür geben, dass du so unhöflich bist«, sagte Riley, die sich ihnen angeschlossen hatte. Sie grinste Madison an.

»Was? Ich bin fast einundzwanzig«, erwiderte Sienna, so als ob das irgendwie weiterhelfen würde.

Madison biss sich auf die Innenseite ihrer Wange, um nicht loszulachen. »Ist schon okay. Ich bin sechsundzwanzig.«

»Und auf welche Uni bist du gegangen?«

»Ich habe an der Lynn University studiert und habe meinen MSW an der University of South Florida gemacht.«

»Was ist ein MSW?«, fragte Sienna.

»Master of Social Work – Masterstudiengang Soziale Arbeit.«

»Ich mache meinen Bachelor in Management, aber ich habe keine Ahnung, was ich mit meinem Leben eigentlich anstellen will. Ich weiß nur, dass ich alles ausprobieren will«, sagte sie mit einer Ausgelassenheit der wirklich Jungen und Sorglosen.

»Ich hoffe, das wirst du tun.«

»Wenn sie das hier überlebt …«, murmelte Alex. »Ihr Spiel der zwanzig Fragen könnte ihr Tod sein. Du weißt, was man über die Neugier und die Katze sagt.« Er warf seiner Schwester einen warnenden Blick zu.

Madison grinste. Sie war froh darüber, dass die Familienmitglieder ganz normal miteinander Witze machen konnten angesichts Siennas Krankheit in der Vergangenheit.

»Na ja, du hast alle Zeit und Möglichkeiten«, versicherte Madison der jungen Frau.

»Oh! Dad ist hier«, rief Sienna plötzlich und winkte dem großen Mann zu, der gerade den Raum betrat, bevor sie sich, ohne zu zögern, wieder zu Madison umdrehte. »Was ist mit deiner Familie, Madison? Bist du aus Florida? Leben deine Eltern hier?«

Madison öffnete und schloss dann wieder ihren Mund, denn es wollte kein Wort über ihre Lippen kommen.

Rileys Mund öffnete sich zu einem stillen »Oh«.

»Verdammt nochmal, Sienna!« Alex griff nach Madisons Hand.

Sie riss sich selbst los. Sie war alt genug, um zu wissen, dass diese Frage in allen möglichen Situationen aufkam. »Ich wurde in Miami geboren, aber meine Eltern leben nicht mehr hier.« Sie lächelte, um die Nervosität aller, die über sie Bescheid wussten, zu entschärfen.

»Oh. Wo …«

»Das war's jetzt!«, sagte Alex, ergriff Madisons Hand und zog sie weg. »Entschuldigung«, meinte er, als sie allein waren.

»Es gibt keinen Grund, sich zu entschuldigen. Das sind vollkommen normale Fragen. Ich habe meine Standardantworten. Es ist schon in Ordnung.«

Er begegnete ihrem Blick, seine Bewunderung machte es ihr unmöglich zurückzuschauen.

»Alex, hast du Madison etwas von meinem Tee angeboten? Er ist wirklich sehr zu empfehlen, wenn ich das mal so sagen darf«, meinte seine Mutter, die ihr Gespräch unterbrach.

Madison lächelte erleichtert. »Ich hätte sehr gerne etwas Tee.«

»Ich habe ihn gerade erst heute Morgen vorbereitet.

Nichts von diesem Fertigzeug, das mein Sohn immer hat.« Sie rümpfte die Nase. »Alex, stell Madison deinem Vater vor. Ich bin gleich wieder da mit ein paar Tassen für jeden.«

»Komm«, sagte Alex. Er führte sie zu seinem Vater, der bei Alex' Bruder Jason stand. »Es ist mir ein Vergnügen, Sie beide kennenzulernen«, meinte Madison, der die Ähnlichkeit aller Dare-Männer auffiel. Groß, dunkel und attraktiv waren keine Klischees, wenn es um diese Männer ging.

»Ich habe mich schon darauf gefreut, das Mädchen kennenzulernen, das meinen Bruder gezähmt hat!« Jason prostete Madison zu.

Alex rollte mit den Augen.

»Wenn die richtige Frau kommt, wird sie das auch einmal mit dir machen, mein Sohn.«, sagte Robert zu Jason.

Dann wandte er sich Madison zu. Er besaß den gleichen stahlgrauen Blick wie Ian, obwohl seine Augen eine Spur wärmer waren. »Es ist mir ein Vergnügen, Sie kennenzulernen. Alex hat erzählt, dass ihr gemeinsam für Thunder arbeitet?«

Sie nickte. »Er ist eine wirkliche Bereicherung für die Spieler und das Programm, das wir gerade auf den Weg bringen.«

Robert lächelte. »Wundervoll. Er brauchte eine Ablenkung von ein paar Sachen. Und was ist das, was ich über ein Angebot vom Fernsehen gehört habe?«

Madisons Magen krampfte sich bei dem enthusiastischen Tonfall des älteren Mannes zusammen.

»Es ist nur ein Angebot«, erwiderte Alex. »Ich hab mich noch nicht entschieden.«

»Ich glaube, dass das ein Kinderspiel für dich wäre. Du liebst das Rampenlicht. Verdammt, du wurdest dafür geboren!«, sagte Robert und gab seinem Sohn einen Klaps auf den Rücken. »Egal, ob es nun auf dem Football-Spielfeld ist oder vor der Kamera, du liebst es doch, im Mittelpunkt zu stehen!«

»Ich wollte später mit Jace darüber sprechen.« Alex erblickte Ian, der sich gerade einen Weg in ihre Richtung bahnte. »Und ich würde das jetzt lieber nicht hier diskutieren.« Er war noch nicht bereit, Ian zu erzählen, dass er vielleicht das Team verlassen würde, bevor er mit seiner Arbeit richtig begonnen hatte.

Bei dem Gedanken daran zuckte er zusammen. Das war nur eines der Dinge, die ihn nachts kein Auge zumachen ließen. Ein anderer Grund war die Frau, die plötzlich ganz starr neben ihm wurde. Ihr gefiel die Vorstellung nicht, dass er ins Scheinwerferlicht zurückkehren könnte. Genauso wenig, wie es seinem Halbbruder gefallen würde, wenn auch aus anderen und für ihn zumindest noch unbekannten Gründen. Er müsste jetzt nur noch herausbekommen, was sie tatsächlich an dem möglichen Job störte. Er hatte kein Wort mehr aus ihr herausbekommen, also hatte er das Thema unter den Tisch fallen lassen. Bis er eine Entscheidung gefällt hätte – welche das auch immer wäre –, brauchte er keine unnötigen Probleme zwischen ihnen heraufzubeschwören.

Der Rest des Tages verlief besser, als er gehofft hatte.

Und wenn er auf einen Hinweis der Beunruhigung gewartet hatte, die ihn einholen könnte, während Madison von seiner Familie aufgenommen wurde, so tauchte keiner auf. Später gingen sie zu ihm, wo sie, wie zuvor vereinbart, die Nacht miteinander verbringen wollten. Obwohl er es immer noch nicht glauben konnte, dass er den Punkt in seinem Leben erreicht hatte, wo eine Frau ihre Kleidung in seinem Schrank hängen hatte und er seine in ihrem, reichte nur ein Blick in Madisons ausdrucksstarkes, schönes Gesicht, und er wusste ganz genau, warum jede einzelne, verdammte Sache daran okay war.

Was auch das Gespräch, das er jetzt mit ihr führen musste, so verdammt schwermachte. Aber mit seinem Bruder zu sprechen hatte ihm dabei geholfen, alles objektiv wahrzunehmen und zu erkennen, was er in seinem Leben wirklich brauchte und wollte. Sie war ein Teil davon. Der wichtigste Teil.

Alex warf seine Schlüssel auf die Ablage in der Nähe der Tür und traf Madison im Wohnzimmer. »Hat es dir heute gefallen?«

Sie lächelte. »Ich hatte eine tolle Zeit. Deine Familie ist fantastisch. Ihr seid euch alle so nah.«

»Ich weiß. Wir können uns glücklich schätzen.« Er ergriff ihre Hand. »Und du hast wirklich einen tiefen Eindruck hinterlassen. Mom will, dass du bald wiederkommst. Jace würde dich mir am liebsten ausspannen, wenn er könnte.«

Sie lachte bei seiner offensichtlichen Übertreibung.

»Hmmm, können wir reden?«, fragte er.

»Natürlich.« Sie machte eine Handbewegung in Richtung des Sofas. Er folgte ihr und setzte sich neben sie. »Was ist los?«

»Du weißt, dass ich heute ein langes Gespräch mit meinem Bruder Jace geführt habe, richtig?«

Sie nickte. »Ihr beide saht so aus, als ob es eine heftige Diskussion gewesen wäre. Ich gehe davon aus, dass es dabei um das Jobangebot ging. Ganz ehrlich, ich bin einverstanden – egal wie du dich auch immer entscheiden solltest.«

»Wirklich?« Er hätte nicht gedacht, dass es so einfach werden würde, und er war nicht wirklich davon überzeugt, dass sie es auch ernst meinte.

Sie begegnete seinem Blick und nickte. »Tu es. Nimm den Job an. Er ist perfekt für dich. Du kannst den Status und den Ruhm zurückbekommen, den du so sehr liebst.« Sie sagte es, ohne zu zögern, aber er konnte sehen, wie stark sie sich dagegen wehrte, ihre Gefühle zu zeigen.

Er ergriff ihre Hände. »Ich will es ausprobieren. Das ist alles. Nur um zu sehen, wie es mir gefällt. Vielleicht ist es nichts für mich. Oder vielleicht werden sie meinen Auftritt ja auch schrecklich finden.«

Darüber musste sie lachen. »Sicherlich nicht.«

»Das kann man nie wissen«, sagte er mit einem Schulterzucken. »Ist es wirklich okay für dich?«

Sie zwang sich zu einem Lächeln, von dem er spürte, dass es gekünstelt war. »Ja, ist es. Ich kapier schon, warum du das tun musst.«

»Du siehst aus, als ob du versuchen würdest, dein

Bestes zu geben, um enthusiastisch zu wirken. Aber ich kenne dich. Was ist los?«

Sie lehnte sich zurück und seufzte. »Ich denke, dass wir gerade etwas Wichtiges für Spieler gründen. Es wird ein Verlust sein, wenn du gehst, aber du kannst nicht bei einer Sache bleiben, wenn du eigentlich lieber etwas anderes tun möchtest.«

Er kniff seine Augen zusammen. Er hatte geglaubt, dass ihr gemeinsamer Job ein Teil von dem, was sie so beschäftigt hatte, gewesen war, aber das konnte nicht alles sein. Er spürte auch, dass sie gerade jetzt nichts vor ihm zugeben würde.

»Schau mal, ich kenne immer noch nicht die Details über diesen Gig. Es könnte nur in der Football-Saison stattfinden oder nur am Wochenende. Vielleicht könnte ich dann den jetzigen Job ebenfalls behalten.« Es gab unendlich viele Möglichkeiten, über die er aber noch nichts wusste. Obwohl er seinen Agenten angerufen hatte, um diese Infos zu bekommen. Im Moment hing alles nur von der Probeaufnahme ab.

Und er hoffte, dass es nicht seine Beziehung mit Madison beeinflussen würde.

Das Klingeln ihres Handys weckte Madison aus einem tiefen Schlaf. Sie drehte sich um, stieß es aus Versehen vom Nachttisch, bevor sie es schließlich wieder aufhob, um zu antworten. »Hallo?«

»Ms. Evans?«

»Am Apparat.«

»Hier ist Darla vom Hudson-Arms-Pflegeheim.«

Mit einem Mal hellwach, setzte sich Madison aufrecht in ihrem Bett auf. »Ist irgendetwas nicht in Ordnung?«

Alex kam aus der Dusche, ein Handtuch um seine Hüfte gewickelt. »Wer ist dran?«

Sie hob eine Hand hoch.

»Entschuldigung, können Sie das bitte noch mal wiederholen?«

Die Frau des Pflegeheims begann zu sprechen. »Der Sohn, Eric, kam zu einer unmenschlichen Uhrzeit hier vorbei. Da Franny wach war, ließen wir ihn herein. Er hat sie ganz furchtbar aufgeregt. Wir waren nicht in der Lage, sie zu beruhigen, und mussten den Arzt rufen, damit er ihr ein leichtes Beruhigungsmittel geben konnte.«

Madison schluckte mühsam. »Ich bin gleich da.«

»Nun, sie schläft jetzt. Wir hatten nur das Gefühl, dass wir Sie darüber in Kenntnis setzen sollten.«

»Sie haben das Richtige getan. Wo ist Eric jetzt?«

»Er ist gegangen, hat aber angekündigt, wiederzukommen.«

»Ich werde mit meinem Anwalt sprechen und schauen, was ich tun kann. Vielen Dank für Ihren Anruf. Und ich werde später vorbeikommen.« Sie beendete das Gespräch und begegnete Alex' Blick.

»Probleme?« Er fuhr sich mit dem Handtuch über seine feuchten Haare.

»Ich muss Jon anrufen. Ich denke, dass ich eine einstweilige Verfügung brauchen werde, um Eric von seiner Mutter fernzuhalten. Kann ich so was zu ihren Gunsten bekommen?«

»Wenn die Ärzte bereit sind zu bezeugen, dass er eine Gefahr für ihre Gesundheit darstellt, bin ich mir sicher, dass das klappt. Vielleicht kannst du die Anhörung vorverlegen. Willst du jetzt zum Pflegeheim rüber?«

Sie nickte, immer noch geschockt wegen des Telefonanrufs. »Ich denke, ich sollte nach ihr sehen. Ich kann Jon vor neun Uhr sowieso nicht anrufen.«

»Na ja, wir könnten schon, aber du hast recht. Lass uns warten, bis er im Büro ist. Spring schnell unter die Dusche. Ich werde dir einen Kaffee machen, und dann können wir los.«

»Du musst nicht mitkommen.«

»Ich will es aber! Du hast meine Familie kennengelernt. Jetzt würde ich gerne deine treffen.«

»Franny gehört nicht zu meiner Familie.« Sie biss sich in die Innenseite ihrer Wange. »Tut mir leid. Das kam jetzt falsch rüber.«

Er kniff die Augen zusammen, aber sie fuhr fort, bevor er noch auf die vielsagende Äußerung reagieren konnte.

»Aber die Wahrheit ist, dass sie vermutlich nicht einmal *mich* wiedererkennen wird, also was macht es für einen Sinn, dich vorzustellen?«

»Was für einen Sinn macht es zu leugnen, dass du dich um sie sorgst? Oder dass sie die einzige Familie ist, die dir noch geblieben ist, und es dir wehtut, sie zu verlieren?« Er setzte sich neben sie, sein Körper war noch warm vom Duschen, sein Geruch sauber und kräftig.

Sie begegnete seinem Blick. »Du kapierst es nicht!«,

sagte sie frustriert. Sie wollte wieder aufstehen, aber er griff nach ihrer Hand.

»Da liegst du falsch. Ich verstehe sehr wohl.« Er zog sie zurück neben sich. »Du hattest viel zu große Verluste und zu viel Schmerz in deinem Leben. Und auch ich habe dazu beigetragen.« Seine Stimme klang rau und reuevoll. »Aber wenn du nicht langsam anfängst, einen Gang runterzuschalten, und den Menschen, die jetzt um dich herum sind, zu vertrauen, wirst du letzten Endes …«

»Sag es!« Sie verschränkte die Arme vor ihrer Brust, um die plötzliche Kälte abzuwehren.

Er schüttelte den Kopf und stand auf, ging zurück ins Badezimmer und schloss die Tür. Er brauchte die Worte nicht auszusprechen, damit sie wusste, was er meinte.

Sie würde letzten Endes alleine bleiben.

Das Pflegeheim war sauber, und das Personal freundlich und zuvorkommend, dachte Alex, aber es war deprimierend genug, allein diesen Ort zu besuchen. Er schaute Madison an, die sich stark zusammenriss, als sie in Richtung des Zimmers ihrer Pflegemutter gingen. Sie hatte nicht viel zu ihm gesagt seit seinem Ausbruch von vorhin, und so sehr er es auch bedauern wollte, was er fast gesagt hätte, so konnte er es einfach nicht. Nicht wenn sie ihn so oft von sich stieß, wie sie ihn an sich zog.

Vielleicht würde sie sich wieder beruhigen, wenn erst einmal die Situation mit ihrem Pflegebruder vor Gericht geklärt war. Vielleicht würde sie dann auch ihn,

Alex, mehr vertrauen, aber jetzt, zu diesem Zeitpunkt, war immer nur er derjenige, der sich ständig den Arsch aufriss, ohne zu wissen, wie sehr sie überhaupt an *sie beide* glaubte.

»Ms. Evans?« Eine Krankenschwester sprach sie an, noch bevor sie den Raum erreichen konnten.

»Hi Katie. Und ich habe dir doch gesagt, dass du mich bitte Madison nennen sollst.«

Die jüngere Frau lächelte. »Madison. Es tut mir leid, dass du vorhin diesen Anruf bekommen musstest.«

»Warst du hier, als Eric vorbeikam?«

Katie nickte. »Er bedrängte Mrs. Grayson wegen dir«, sie senkte ihre Stimme. »Er wollte wissen, wie sie dir anstelle ihres eigenen Sohnes die Verantwortung hatte übertragen können, und dann begann er rumzuschreien.« Sie hielt inne und schaute über ihre Schulter hinweg. »Mein Dienstvorgesetzter mag es nicht, wenn wir tratschen.«

Madison sah Alex an, bevor sie sich zu Katie wandte. »Danke. Ich weiß es zu schätzen, dass du so ehrlich bist. Ich werde mit meinem Anwalt reden und sehen, was ich tun kann, um Eric daran zu hindern, sie noch einmal zu belästigen. Wenngleich es traurig ist. Er ist schließlich ihr Sohn.«

Die junge Krankenschwester berührte verständnisvoll Madisons Schulter.

Dann schaute sie Alex an, und ein plötzliches Wiedererkennen erhellte ihr Gesicht. »Du bist … Oh mein Gott, du bist der alte Tampa-Quarterback!« Sie schnipste mit dem Finger. »Es ist mir ja so peinlich, dass mir dein Name nicht einfällt, aber mein Mann kommt aus Tampa und ich aus Miami, und er ist so ein großer Fan!«

Alex grinste. Manchmal vergaß er tatsächlich, dass er berühmt war, etwas, das niemals passiert war, als er noch Football gespielt hatte.

»Kann ich ein Autogramm haben?«, fragte Katie aufgeregt und kramte in ihrer Tasche nach Stift und Papier.

Er lachte. »Keine Sorge. Ich werde nicht verschwinden, ohne vorher etwas für dich unterschrieben zu haben.«

»Danke!«, rief sie begeistert, und ihre Stimme überschlug sich fast.

Alex blickte zu Madison, die keinen Mucks von sich gegeben hatte, seit die Schwester Alex erkannt hatte. Ihr angespanntes Lächeln war offensichtlich, zumindest für ihn, und sie hatte einen erkennbaren Schritt zurück und weg von ihm gemacht.

Er kniff seine Augen zusammen. Er begriff allmählich, dass es die Sache mit dem Ruhm war, die ihr an die Nieren ging, und er fragte sich, warum das so war. Es schien ihr nichts ausgemacht zu haben, als es sich um Jake gehandelt hatte, dem Kind im Rollstuhl. Aber ihre jetzige Reaktion, die Unbehagen demonstrierte, war offensichtlich. Und das eine Mal in der Bar hatte sie irgendeinen Kommentar abgegeben, er könne ja die Brüste der Tussi signieren.

Bevor er weiter nachdenken konnte, sagte Madison laut: »Ich werde jetzt zu Franny ins Zimmer gehen.«

Alex räusperte sich. »Ich komme mit.«

»Sie steht immer noch unter Medikamenten, also erwarte heute nicht zu viel, okay?«, meinte Katie zu Madison und flüsterte dann Alex zu: »Ich mache mich auf die Suche nach Papier und Stift.« Ihre Gedanken kreisten scheinbar immer noch darum, ein Autogramm zu bekommen.

Madison drückte die geschlossene Tür auf und ging wortlos in das Zimmer. Alex registrierte die aufmunternden Blumenposter, bevor sein Blick auf eine gebrechliche Frau fiel, die im Bett lag und schlief.

»Noch vor etwas über einem Monat haben wir vollständige Gespräche miteinander geführt«, erzählte Madison mit weicher Stimme.

»Ich bin sicher, wenn du mit ihr sprichst, wird sie das als beruhigend empfinden – unabhängig davon, ob du glaubst, dass sie dich hören kann. Vielleicht ist sie beim nächsten Mal, wenn du sie besuchst, bei klarem Verstand und hat einen guten Tag.«

Sie nickte. »Ich hoffe, dass du recht hast.«

Auch wenn er sich nicht sicher war, wusste er, dass es nicht schaden konnte, Madison jetzt ein wenig Hoffnung zu machen. »Sprich mit ihr«, ermutigte er sie. Wenn es irgendjemanden gab, der es nötig hätte, sich auszusprechen, dann war es Madison.

»Hi Franny«, sagte sie und zog einen Stuhl ans Bett. »Ich bin's, Madison. Ich hab heute einen Freund mitgebracht.«

Alex legte eine Hand auf ihre Schulter.

»Sein Name ist Alex. Ich habe dir und Daniel bereits vor einiger Zeit von ihm erzählt, weißt du noch?«

Zu Alex' Überraschung öffnete die ältere Frau ihre Augen und blinzelte.

»Franny?«, fragte Madison.

»Gracie?«, krächzte ihre Pflegemutter.

Madison seufzte. »Das ist ihre Schwester. Sie ist schon gestorben«, erklärte sie dann Alex.

»Nein, ich bin es – Madison.« Ihre Stimme klang traurig, als sie das sagte.

»Ich hab Durst«, meinte Franny.

»Ich werde die Schwester holen«, schlug Alex vor. Er verließ den Raum, und wenige Minuten später kam eine Krankenschwester, die eine Kanne mit Wasser und einen Becher mit einem Strohhalm in den Händen hielt.

Bevor Alex zurück in das Zimmer ging, rief er noch Jonathan an und informierte ihn, was an diesem Morgen vorgefallen war. Der Anwalt hatte versprochen, alles zu tun, was in seiner Macht stünde, um einen früheren Termin für die Anhörung am Montag zu bekommen. Es gab ein oder zwei Richter, die ihm noch einen Gefallen schuldeten und ihn auf der Prozessliste hochrutschen lassen würden. Als Alex wieder den Raum betrat, half die Krankenschwester gerade Franny dabei, sich hinzusetzen und einen Schluck Wasser zu trinken. »Sie erkennt mich heute nicht«, murmelte Madison.

»Es liegt bestimmt an dem Beruhigungsmittel, das wir ihr verabreichen mussten. Du kannst es später noch einmal versuchen oder morgen«, schlug die Schwester vor.

Madison nickte und stand auf. »Wir sollten gehen. Franny, ich werde sicherstellen, dass du hier nicht mehr belästigt wirst.« Sie lehnte sich vor und umarmte ihre Pflegemutter, die keinerlei Reaktion zeigte.

Alex' Herz zog sich schmerzhaft zusammen. Zum einen wegen der älteren Frau, die von ihrem Leben ausgeschlossen wurde, und zum anderen wegen Madison, die wieder einmal einen wichtigen Menschen fast verloren hatte. Kein Wunder, dass sie sich davor fürchtete, jemandem richtig zu vertrauen.

Sie traten in die Halle und gingen zum Aufzug. Alex wartete, bis sie in dem geschlossenen Raum allein waren, und drückte dann den Knopf, um den Aufzug zu stoppen.

»Alex!«

»Zwei Minuten.« Er schob sie zurück gegen die Wand und hielt sie mit seinem Körper fest.

»Ich glaube kaum, dass das hier der richtige Zeitpunkt und Ort für …«

»Es ist ganz genau der richtige Zeitpunkt«, entgegnete er, hob ihr Kinn und versiegelte ihre Lippen mit seinen.

Entschlossen küsste er sie, benutzte seine Zunge und all seine schmeichelnden Fähigkeiten, bis sie, mit einem Seufzer, klein beigab, ihre Arme um ihn schlang und ihn zurückküsste. Er drängte seine Zuge zwischen ihre Lippen und machte Liebe mit ihrem Mund, stieß seine Zunge hinein und wieder heraus, ahmte die Bewegung mit seinem Unterkörper nach, der sich gegen ihren wiegte.

Es bedurfte all seiner Willensstärke, um aufzuhören, aber er schaffte es und schaute tief in ihre nun glasigen Augen.

»Wofür war das?«, fragte sie und fuhr sich mit der Zunge über ihre feuchten Lippen.

»Das war dafür, um dich daran zu erinnern, dass du nicht allein bist. Du hast mich. Und ganz egal, wie sehr du versuchst mich wegzustoßen, werde ich da sein und dich zurückholen!«

Sie schluckte mühsam. »Bis du nicht mehr hier bist.«

Er kniff seine Augen zusammen. »An einem der nächsten Tage werde ich dich übers Knie legen und dir mal ordentlich den Hintern versohlen«, murmelte er.

»Alex! Wach auf. Du wirst es ausprobieren, sie werden dich lieben, und du wirst den Job annehmen. Egal, ob es am Wochenende oder nur während der Football-Saison ist … du wirst wieder im Rampenlicht stehen.«

»Und?«, fragte er frustriert, weil er das Problem nicht verstand.

»Vielleicht erinnerst du dich nicht mehr daran, wie du warst, als du noch ein Star gewesen bist, aber ich tue es! Und ich bin realistisch genug, um zu wissen, dass du dieses Leben geliebt hast. Der einzige Grund, warum du jetzt mit mir zusammen bist, ist, weil das nicht mehr geklappt hat. Wenn der Ruhm zurückkehrt, dann bist du auch wieder von all den willigen Frauen umgeben. Scharenweise werden sie dich umgarnen. Also verzeih mir, wenn ich einen kühlen Kopf bewahre und sichergehe, dass ich mich immer noch zusammenreißen kann, wenn du dich dazu entscheidest, dass du genug von mir hast.«

Ohne Vorwarnung ertönte plötzlich eine Männerstimme durch den Fahrstuhllautsprecher. »Alles okay bei Ihnen?«

»Ja, Entschuldigung.« Sie drückte den roten Knopf an der Wand, und der Fahrstuhl begann seine Abfahrt aufs Neue. »Wir haben aus Versehen den falschen Knopf gedrückt«, sagte Madison mit zittriger Stimme.

Allerdings fühlte sich Alex auch nicht ruhiger, als die Puzzleteile, die sie ihm offenbart hatte, seitdem er das Jobangebot erhalten hatte, sich langsam zu einem Ganzen zusammensetzten. Er hätte es früher begreifen sollen. Madison war die Situation mit den Frauen, die ihm ihre Aufmerksamkeit schenkten, unangenehm. Für ihn waren sie früher die Vorzüge des Ruhms gewesen, und er hatte sie wahrgenommen – häufiger, als er zugeben wollte. Und obwohl er die anderen Frauen nicht mehr länger ermutigte … wenn er auf den Mann, der er vor seiner Verletzung gewesen war, zurückblickte, dann erinnerte er sich daran, dass er diese Frauen mit Sicherheit nicht zurückgestoßen hatte, auch nicht, als er damals mit Madison zusammen gewesen war.

Sie lief fünf Schritte vor ihm zu ihrem Auto, und er ließ es zu. Er wusste, dass Worte sie jetzt nicht davon überzeugen könnten, dass er sich wirklich zum Guten geändert hatte. Wie alles andere bei Madison, würde es Zeit brauchen. Und unendliche Geduld.

Außer wenn er den Job nicht annähme. Er könnte bei den Thunders und der Arbeit, die er dort machte, bleiben und den Plan vom Fernsehen gänzlich aufgeben. Aber wäre er dann nicht genau der bemitleidenswerte

Exsportler, der nun allen zeigen wollte, wie man einer Karriere »würdevoll« den Rücken kehrte?, dachte er mit mehr als nur ein bisschen Abscheu.

Er liebte die Arbeit, die sie mit der Organisation machten, und wenn er es hinbekäme, beide Jobs unter einen Hut zu bringen, würde er hier länger bleiben. Aber er war ehrlich genug, um zuzugeben, dass der Gedanke, zum Football zurückzukehren, in irgendeiner Form von öffentlicher Position, ihn reizte. Er konnte das nicht aufgeben, nicht einmal für Madison. Er musste darauf vertrauen, dass sie das nicht erwarten würde.

Er wusste jetzt, dass er ein anderer Mann war, und keine Zeit der Welt vor der Kamera würde etwas daran ändern. Nun war sie an der Reihe, sich zu ändern, dachte er missmutig.

Aber er wusste nicht, ob sie ein Leben mit tief verwurzelten negativen Erwartungen ändern könnte. Genauso wenig wusste er, ob ihre Beziehung eine Chance hätte, falls sie es nicht konnte.

10

Alex erreichte die Dachterrassenbar, die Riley als Treffpunkt für eine Unterhaltung vorgeschlagen hatte. Es überraschte ihn, dass sie, angesichts ihrer Schwangerschaft, eine Bar ausgewählt hatte, aber für ihn ging das in Ordnung. Die Tatsache, dass sie immer noch kam, wenn er sie anrief, bedeutete ihm sehr viel. Es gab keine andere Person, mit der er über sein Problem mit Madison sprechen konnte, außer Riley, die sie fast genauso gut kannte wie er selbst.

Er bestellte einen Patron Reposado. Heute Nacht war er in der Stimmung, mal etwas anderes als Scotch zu trinken, und obwohl er davon ausging, dass Riley einen Eistee trinken würde, dachte er sich, dass er lieber warten wollte, bis sie sich selbst etwas ausgesucht hätte. Ihre Schwangerschaftshormone ließen sie allen möglichen seltsamen Quatsch essen und wahrscheinlich auch trinken.

Jemand rutschte auf den Platz neben ihm, aber es handelte sich dabei nicht um Riley. Er warf einen flüchtigen Blick auf den Mann neben sich und fluchte. »Was machst du denn hier?«

Ian zuckte mit den Schultern und grinste. »Das weiß

ich auch noch nicht so genau. Aber meine Frau kann nicht an zwei Orten gleichzeitig sein. Glaub es, oder glaub es nicht, aber sie dachte, ich könnte besser mit dir reden als mit Madison.«

Es überraschte Alex nicht, dass Madison ebenfalls bei Riley angerufen hatte. »Also gut. Einen Glenlivet für meinen … Bruder«, sagte Alex zum Barkeeper.

Er blickte zu Ian, darauf wartend, dass dieser zu streiten anfangen könnte, aber er tat es nicht. »Ich kapier schon, warum du Riley damals davongelaufen bist, nachdem sie ins Krankenhaus musste«, räumte Alex ein, als der Typ hinter der Bar ein Glas in Ians Richtung schob.

Sein Bruder nahm einen langen Schluck. »Ich kann nicht gerade behaupten, dass das einer meiner feineren Momente gewesen wäre. Wenn ich zurückblicke, denke ich nicht, dass es der richtige Weg war, um mit den Dingen umzugehen.«

Alex hob eine Augenbraue. »Was hätte denn besser funktioniert?« Beide wussten, dass Riley früher bezüglich ihrer eigenen Vorstellungen ein Dickkopf gewesen war – so wie Madison jetzt.

»Ich hätte sie mit Handschellen ans Bett ketten sollen, bis sie wieder zur Vernunft gekommen wäre.« Ian hob sein Glas. »Etwas Dominanz hin und wieder kann nicht schaden.«

Alex schüttelte seinen Kopf und grinste. »Das ist wahrscheinlich mehr, als ich über deine Beziehung wissen will, aber ich verstehe schon, was du meinst.« Er nahm einen großen Schluck und schloss seine Augen bei dem wohltuenden Brennen. »Ich hab Madison damit gedroht, sie übers Knie zu legen«, murmelte er.

Ian zuckte mit den Schultern. »Dann tu es.«

Alex zog durchaus in Erwägung, dass Ian gerade keine Scherze machte. Aber das war eine Grenze, die er und Madison nie überschritten hatten – nicht dass es ihn nicht gereizt hätte. Aber nicht, um ihr Schmerzen zuzufügen, sondern um ihr Vergnügen zu bereiten.

Er räusperte sich. »Ich muss etwas anderes kurz mit dir besprechen«, meinte er, denn er nahm an, dass nun der richtige Zeitpunkt wäre.

»Ich höre.«

Alex stellte Rachels Angebot kurz dar, erwähnte den Mangel an Details und den möglichen Konflikt mit seinem jetzigen Job.

»Und das erklärt, warum Madison ganz panisch Riley angerufen hat. Sie glaubt, dass du letztendlich wegziehen wirst. Wohin? Ostküste? Westküste?«

Alex zuckte mit den Schultern. »Selbst wenn ich immer hier sein würde, hat sie auch noch andere Probleme, die gelöst werden müssen. Und was Ost oder West betrifft ... Ich probiere es diese Woche in New York mal aus. Danach werde ich mehr wissen. Ich denke nicht, dass ein Umzug etwas ist, wovon sie überhaupt ausgeht, dass es ein Problem sein könnte. Außerdem gehe ich davon aus, dass es ohnehin ein Halbzeit-Gig ist. Nur während der Saison. Dann könnte ich zumindest pendeln. Verdammt, wenn es ein Vollzeitjob sein sollte, glaube ich sowieso nicht, dass ich es machen werde. Ob du's mir glaubst oder nicht, ich mag es, in der Nähe meiner Familie zu sein.«

»Wir sind dir wohl alle ans Herz gewachsen.«

Alex schüttelte über Ians leichte Ironie den Kopf. Das hier war ein Ian, der weicher war, dachte er und drehte sein Glas in den Händen. »Schau mal, ich will nicht, dass du denkst, dass ich meinen jetzigen Job auf die leichte Schulter nehme. Ich würde weder dich noch Madison hängen lassen.«

»Das weiß ich doch«, erwiderte Ian, was Alex überraschte.

»Wirklich?«

Ian sah ihn lange und eindringlich an, was Alex an ihren Vater in seinen strengsten Momenten denken ließ. »Denkst du ernsthaft, dass ich dich nur eingestellt habe, weil Riley mich darum gebeten hat?« Sein Mundwinkel verzog sich zu einem Grinsen.

»Das ist eine Fangfrage. Einerseits *ja*. Sie hat dich um den Finger gewickelt.« Er hob seinen Zeigefinger und wackelte damit herum.

»Schön«, murmelte Ian.

»Andererseits *nein*. Du bist ein cleverer Geschäftsmann. Du tust das, von dem du denkst, dass es das Beste für die Firma ist.«

Ian hob als Zeichen seiner Zustimmung sein Glas.

»Allerdings hältst du deine Frau auch gerne bei Laune.«

»Ich hab dich eingestellt, weil ich dich mit den Breakers beobachtet habe und deshalb deine Arbeitsmoral kannte. Ich weiß, dass du – falls du gehst – erst dann gehen wirst, wenn die Dinge hier reibungslos laufen.«

»Du würdest es mir also nicht übel nehmen?« Alex lehnte sich gegen die glänzende Holztheke.

Ian schüttelte den Kopf. »Ich würde dir eine Chance nicht missgönnen. Aber ich wollte mit dir noch über die PR-Kampagne reden, die du so schnell in den Wind geschossen hast.«

Alex' Wangen erröteten bei der Erwähnung des beschämenden Fotos und der Werbetafel. »Erzähl gerade du mir, dass du deinen persönlichen Tiefpunkt erneut und für jedermann sichtbar zur Schau stellen würdest?!«

Ian trommelte mit seinen Fingern auf der Theke herum. »Ich denke, dass ich aus einem anderen Blickwinkel auf die Sache schauen würde. Oder vielleicht bräuchte ich jemanden, der mir sagt, dass ich das machen muss.«

Alex zeigte dem Barkeeper mit einer Handbewegung, dass er noch einen weiteren Drink haben wollte. »Also gut, ich höre.«

»Du bist bekannt. Die Leute haben dir gerne beim Spielen zugesehen. Sie kennen dein Talent.«

Erstaunt blickte Alex ihn an. Es fiel ihm schwer, den Mann, der ihn gerade mit Komplimenten überhäufte, mit demjenigen unter einen Hut zu bringen, der noch vor Kurzem nichts mit ihm zu tun haben wollte.

»Jeder, der nur ein wenig Grips in der Birne hat, weiß, dass es viel Mut erfordert hat zu gehen, bevor du ein dahinvegetierender oder querschnittsgelähmter

Ex-Footballspieler werden würdest – von einem weiteren Schlag auf den Kopf oder auf einen lädierten Rückenwirbel.«

Eine Welle der Übelkeit überkam Alex bei der schonungslosen Darstellung der Alternative, der er gegenübergestanden hatte.

»Ich will darauf hinaus, dass …«, fuhr Ian unbeirrt fort, »sowohl Eltern als auch Kinder zu dir aufsehen.«

Alex musste sofort an den Teenager Jake in dem Rollstuhl denken.

»Ich glaube, dass du Leben ändern kannst, wenn du den Leuten gestattest, dich zu sehen, wie du damals warst und wie du jetzt bist. Und was macht es da, dass du niedergeschlagen wurdest? Du bist wieder aufgestanden, richtig?« Ian zuckte mit den Schultern und schluckte den Rest seines Drinks hinunter.

»Ich kapier das schon, aber …«

»Ich hab gehört, dass du ein Kind im Hotel tief beeindruckt hast«, meinte Ian. »Madison hat Riley erzählt, dass du deinen Presseagenten angerufen und dazu gebracht hast, dir ein Foto und Trikot mit deiner Nummer drauf zu schicken, damit du es persönlich signieren und es dann einem Teenager im Rollstuhl schicken konntest.«

Alex schluckte mühsam und schaute weg. Er machte solche Sachen nicht, um Anerkennung dafür zu bekommen.

»Denk an das Gute, das du für andere Spieler und verletzte Kinder tun kannst, deren Coaches sie unter Druck setzen zu spielen oder sich als Profispieler zu verpflichten, noch bevor sie ihren Collegeabschluss in der Tasche haben. Du bist ein Vorbild, wenn du es sein willst.« Ian stellte sein Glas auf den Tisch. »Im Übrigen … keiner hat gesagt, dass es bei uns nur um Vollzeit oder Ausstieg geht. Lass es mich wissen, wenn du den Fernseh-Gig machen willst, und wir werden uns über deinen jetzigen Job auch noch einigen.«

»Ich weiß nicht, was ich sagen soll …« Das hier war nicht der Ian Dare, den Alex in den letzten Jahren kennengelernt hatte. Das hier war ein anderer Mann. Einer, der ihn mit Respekt behandelte. Beinahe wie ein Familienmitglied.

Ian stand auf. Er griff in seine Tasche, aber Alex schüttelte den Kopf.

»Das ist jetzt schon das zweite Mal. Das nächste Mal geht's auf mich«, verlangte Ian.

»Hör auf zu zählen.«

»Wenn wir hier durch sind, gehe ich nach Hause zu meiner Ehefrau.«

»Du denkst, dass sie und Madison bereits fertig sind?«

»Ich werde Riley auf dem Nachhauseweg einfach abholen.« Ian grinste. »Sie ist fertig, wenn ich es sage.«

Alex stand auf, er hatte bereits mit seiner Kreditkarte bezahlt, somit war ihre Rechnung beglichen. »Ich werde auch nach Hause gehen. Ich denke, Madison und ich können ein wenig Abstand gebrauchen. Sie muss bei klarem Verstand sein und sich entscheiden, was sie will. Dieses ständige Hin und Her bringt mich noch um«, murmelte er.

»Sie kann nicht anders. Und bis sie so weit ist, musst du dich entscheiden, ob du das mit ihr durchstehen willst, weil – und das kann ich dir sagen – wenn du dieses Mal abhaust, wirst du keine weitere Chance mehr bekommen.«

Alex' Magen krampfte sich bei diesem Gedanken zusammen. »Ja. Ich werde nirgendwo hingehen. Ich gebe ihr nur eine Nacht, um nachzudenken. Morgen ist der Gerichtstermin, bei dem es um die Betreuung und den Besitz ihrer Pflegemutter geht. Ich werde dort sein.«

Ian nickte. »Wir alle tun, was wir tun müssen. Ich musste nur grad wieder an Riley denken …«, sagte er dann, und in seinem Gesichtsausdruck sah man plötzlich den Schmerz, den er während der Zeit damals durchgemacht hatte. Genauso schnell gewann er aber seine normale, abgeklärte Gelassenheit wieder zurück. »Halt mich auf dem Laufenden.«

»Das mach ich.«

»Und wenn du mal kurz mit jemandem quatschen willst …« Der Rest blieb ungesagt, aber Alex verstand das unausgesprochene Angebot.

»Könnte sein, dass ich darauf zurückkomme«, meinte er und war dankbar dafür, dass er die Chance auf etwas bekommen hatte, was über die bloße Arbeit für seinen Halbbruder hinausging.

Wenn Madison ihm jetzt doch nur die gleiche Chance geben würde … Dann könnte er ihr auch beweisen, dass er ihres Vertrauens würdig war.

Madison hatte nicht gut geschlafen – nicht dass sie das erwartet hätte. Sie hatte sich an Alex gewöhnt und an seinen großen Körper, der an ihren gedrängt neben ihr lag. Ob nun in ihrem extragroßen Bett oder in seinem, sie schliefen immer dicht aneinandergeschmiegt. Nichtsdestotrotz verstand sie sein Bedürfnis, eine Nacht allein sein zu wollen. In Wirklichkeit hatte sie das nämlich auch gebraucht. Aber letzte Nacht, allein in ihrem leeren Bett, hatte sie sich nur hin und her gewälzt. Unglücklicherweise konnte sie nichts von dem, was gerade in ihrem Kopf vor sich ging, klären – nicht wenn so vieles in Alex' Leben mit unbestimmtem Ende und unsicher war. Was sie betraf, ging es jetzt gerade gar nicht um Vertrauen, sondern um Fakten und darum zu sehen, was für einen Lauf die Dinge für ihn nehmen würden. Und wo.

Mit der Vertrauenssache müsste sie später klarkommen.

An diesem Morgen musste sie sich jedenfalls auf die bevorstehende Anhörung konzentrieren. Alex rief an und bestand darauf, sie abzuholen. Da sie dem Ganzen nicht alleine entgegentreten wollte und dankbar für seine Unterstützung war, stimmte sie zu, auf ihn zu warten.

Er klingelte an der Tür, noch bevor sie sich ihre Tasche schnappen und ihn am Auto treffen konnte. Er zog sie an sich und küsste sie, bevor einer von ihnen etwas sagen konnte. Es war egal, in welchen Dingen sie sich unterschieden, genau jetzt waren sie ein Team mit einem gemeinsamen Ziel, und dafür war sie dankbar.

»Bist du bereit?«, fragte er, als sie kurze Zeit später in Richtung des Gerichtssaales gingen.

Sie nickte. »Ich habe nichts zu verbergen.«

Er hielt ihr die schwere Holztür zum Gerichtssaal auf, und sie ging hinein. Er umklammerte ihre Hand bei ihrem Marsch den Gang entlang. Eric und sein Anwalt waren noch nicht da, aber Jonathan wartete bereits am Tisch auf sie. Alex setzte sich direkt hinter Madison.

Er drückte ihre Schulter, gerade als Eric und sein Anwalt hereinkamen. Ihr Pflegebruder hatte sich herausgeputzt, er trug einen grauen Nadelstreifenanzug und eine rote Krawatte. Damit hätte er auch als Banker durchgehen können – die Art, wie er sein Haar glatt nach hinten gekämmt hatte und sich selbst mit einem Ausdruck von Autorität und Selbstvertrauen präsentierte. Aber es war das Augentropfen-Fläschchen, das er aus seiner Jacketttasche zog, um sich sogleich etwas davon in die Augen zu tun, das ihn verriet – zumindest Madisons Meinung nach.

»Denk dran«, sagte Jonathan und lenkte dabei ihre Aufmerksamkeit auf sich. »Wenn du deine Aussage machst, antwortest du nur, wenn dir sein Anwalt eine direkte Frage stellt. Provozierende, irreführende Behauptungen ignorierst du einfach!«, belehrte er sie mit einer anwaltsmäßigen Stimme, aber in seinen Augen lag ein Schimmer von Mitgefühl, denn er kannte ihre Vorgeschichte, und sie wussten beide, dass der heutige Tag nicht schön werden würde.

Das einzig Gute war, dass Alex nicht bei ihr gewesen war, als sie und Jonathan die Zeugenaussage durchgegangen waren. Jonathan hatte gewollt, dass sie allein und in der Lage wäre, sich auf seine Instruktionen zu konzentrieren, und sie war dankbar dafür gewesen. Ein Teil von ihr wünschte sich, dass Alex auch heute nicht hier wäre, aber ihn konnte nichts stoppen, und sie hatte sich auch nicht sonderlich darum bemüht, es zu versuchen.

Sie blickte zu dem anderen Tisch hinüber, an dem Eric und sein Anwalt saßen und sich auf die gleiche Weise berieten wie Madison und Jonathan gerade eben. Eric schaute auf und sah ihr in die Augen. Er feuerte ihr einen direkten, stechenden Blick zu – nur wenige Sekunden bevor der Richter und sein Gerichtsschreiber und Stellvertreter in den Raum traten. Die nächsten Minuten, in denen die Anwälte Formalitäten klärten, vergingen wie im Flug.

Natürlich war es die Aufgabe ihres Pflegebruders, seine Anklage zu beweisen, was bedeutete, dass er Zeugen vorführte, die seine enge Beziehung zu seiner Mutter und seinen herausragenden Charakter bestätigten, bevor er dann einen Versuch startete, Madisons Ruf zu zerstören.

Leute, die sie schon seit Jahren nicht mehr gesehen hatte, traten vor den Richter. Ihre erste Pflegemutter behauptete, dass Madison persönliche Dinge aus dem Haus gestohlen hätte und sie das Mädchen deshalb wieder wegschicken musste. Die Wahrheit war, dass sie selbst die Gegenstände versetzt hatte, um zu versuchen, ihre Alkoholsucht zu bezahlen, die sie vor ihrem Ehemann und dem Staat verheimlichte. Bereits als Zwölfjährige war Madison mit den Anzeichen vertraut gewesen. Danach trat ihr früherer Sachbearbeiter, mittlerweile gealtert und grauhaarig, als Zeuge auf, und führte die Gründe an, warum Madison es in jeder ihrer Pflegefamilien nicht lange ausgehalten hatte.

Übelkeit stieg in ihr hoch – aufgrund der Unfairness dieser Menschen! Jon gab sein Bestes, um zu kontern, die Frau könnte sich vermutlich nicht einmal mehr an Madison erinnern – bei all den vielen Kindern, die sie über die Jahre betreut hatte. Wie man sah, verließ sie sich ja auf einen Ordner mit formalen Berichten, die nichts über die tiefer liegenden Umstände oder Madisons Wahrheiten enthielten.

Da sie selbst Sozialarbeiterin war, wusste sie, wie wenig Zeit die meisten ihrer Kollegen verwendeten, um die Akten auf dem aktuellsten Stand zu halten. Sie hatte sich damals tage- und nächtelang damit abgemüht, die Anzahl der Fälle auf dem aktuellsten Stand zu halten, als sie mit misshandelten Frauen zusammengearbeitet hatte. Mehr als einmal erhob sich Jonathan und widersprach den Unterstellungen des anderen Anwalts oder dessen Versuchen, Madison in Verruf zu bringen, indem er nach den Gründen für diesen Rufmord fragte. Der andere Anwalt begründete dies damit, Grundlagen zu schaffen, und der Richter ließ ihm ein Weilchen länger seinen Willen.

Der Morgen schritt wie gehabt voran, und Madison schämte sich nach wie vor, dass Alex von ihrer erbärmlichen Jugend hören musste, über die sie niemals sprach und es auch bevorzugte, sich lieber nicht mehr daran zu erinnern.

»Euer Ehren!« Jonathan erhob sich erneut, seine Stimme klang frustriert. »Hat das hier irgendeinen Bezug zu dem Fall? Es liegt nun ganz an Mr. Grayson, seine Behauptung zu beweisen, dass Ms. Evans unzulässigen Einfluss angewendet hat, um Zugriff auf die Handlungsvollmacht über ihre Pflegemutter zu bekommen. Soweit ich gehört habe, trifft nichts dergleichen zu.«

»Das ist ein Argument, Mr. Ridgeway.« Richter Collins, ein freundlich aussehender, kahl werdender älterer Mann, drehte sich zu Erics Anwalt. »Mr. Newcomb?«

»Ich bereite nur die Grundlage vor, Euer Ehren«, wiederholte Erics Anwalt in einem unerträglichen, beschwichtigenden Tonfall. »Aber wir sind froh darüber fortzufahren. Wir würden jetzt gerne Madison Evans in den Zeugenstand rufen.«

Ihr Magen krampfte sich zusammen, aber sie war auf diesen Moment vorbereitet. Jonathan neigte sich zu ihr hinüber und erinnerte sie an seine Instruktionen. Beruhigend legte Alex seine Hand auf ihre Schulter, aber sie konnte sich jetzt nicht auf ihn konzentrieren. Sie konnte ihn nicht einmal ansehen.

Sie erhob sich, ging auf den kleinen Zeugenstand zu und setzte sich.

Alex bemerkte Madisons steife Schultern, und dass sie nicht in seine Richtung blicken oder ihm in die Augen sehen konnte, sodass er ihr durch seine Anwesenheit hätte Bestärkung anbieten können. Er lehnte sich vor, jeder Muskel in seinem Körper angespannt und bereit auszuteilen. Er konnte verdammt noch mal einfach gar nichts tun, außer dazusitzen und zuzugucken. Es gab nichts, das er mehr hasste, als sich gänzlich nutzlos zu fühlen, wenn sie ihn brauchte.

Mehr als einmal an diesem Morgen bedauerte er es, dass er seine persönlichen Gefühle nicht beiseitegelegt hatte und in der letzten Nacht bei ihr geblieben war. Einmal mehr in seinem Leben hatte er sein Ego dem gesunden Menschenverstand in die Quere kommen lassen.

Nach einigen einleitenden Fragen begann der Anwalt ihres Stiefbruders mit stechenden, schmerzhaften Fragen. »In wie vielen Pflegestellen waren Sie, Ms. Evans?«

»Fünf oder sechs.«

»Genau genommen waren es sieben.«

»Es ist nicht irgendetwas, an das ich mich gerne erinnere.«

»Nein, vermutlich nicht, da niemand sie behalten wollte.«

»Euer Ehren«, sagte Jonathan und erhob sich.

Ihnen war gesagt worden, dass formale Einsprüche nicht verwendet werden würden, da dies eine Anhörung war und kein Strafprozess.

»Fahren Sie fort, Mr. Newcomb. All dies ist bereits bekannt und steht in den Protokollen.«

Der andere Anwalt nickte. »Dann landeten Sie bei den Graysons, und die Dinge änderten sich für Sie.«

Da dies keine Frage war, antwortete Madison nicht. *Braves Mädchen*, dachte Alex.

»Wurde Ihnen erzählt, warum die Graysons Sie aufnehmen wollten? Schließlich waren sie keine typische Pflegefamilie, da sie nicht auf das Geld angewiesen waren, das vom Staat für Ihre Betreuung bereitgestellt wurde.«

Madison nickte. »Franny konnte nach Eric keine Kinder mehr bekommen, und sie wollte immer schon eine Tochter haben.«

»Und sie hatten Geld …«, meinte der Bastard-Anwalt.

Wieder keine Frage, und Madison starrte ihn lediglich an.

»Standen Sie und Mrs. Grayson einander nah?«, fragte der Anwalt.

»Ja.«

»Sie nahm Sie mit zum Shoppen, kaufte Ihnen Kleidung?«

»Ja.«

Er lehnte einen Ellenbogen auf den Zeugenstand. »Und Sie besaßen Ihr eigenes Zimmer, im Gegensatz zu den letzten sechs … nein, machen wir sieben Pflegestellen daraus, korrekt?«

»Ja.«

Alex bemerkte die Anspannung, die Energie, die das Ganze hier von ihr forderte. Seine Hände hatte er an seinen Seiten zu Fäusten geballt.

»Hatten Sie irgendwelche Kleidungsstücke von der Pflegestelle zuvor mitgenommen?«, fragte Erics Anwalt weiter.

»Ein paar.«

»Persönliche Dinge?«, hakte er nach.

»Ich besaß keine«, murmelte sie, ihr Kiefer zitterte zusammen mit ihrer Stimme.

Alex ergriff die Barriere, die ihn von Jonathan trennte, beugte sich vor und flüsterte: »Mach irgendwas!«

»Pst. Ich kann nicht, und das weißt du. Das hier muss erst beendet werden.«

Alex biss sich auf die Innenseite seiner Wange, sein Kiefer schmerzte von der Anstrengung, ruhig zu bleiben.

»Gibt es ein Problem, Mr. Ridgeway?«, fragte der Richter.

Jonathan erhob sich kurz. »Nein, Euer Ehren.« Er ließ sich wieder zurück auf seinen Platz sinken.

»Also nachdem Ihre Mutter verschwunden war und Ihr Vater Sie in einem Einkaufszentrum stehen ließ ...«, fuhr Erics Anwalt fort, während er vor Madison auf und ab ging. »Nach sieben gescheiterten Vermittlungen in Pflegefamilien landeten Sie schließlich bei den Graysons. In einem großen Haus in einer reichen Nachbarschaft, in dem meilenweit besten Schulviertel. Ihnen wurde neue Kleidung gekauft, Sie bekamen Ihr eigenes Zimmer ... Seien Sie mal ehrlich, Ms. Evans. Sie sahen den Goldtopf am Ende des Regenbogens – war es nicht so? Ein leichtes Ziel in Form einer älteren Frau, die keine Kinder mehr haben konnte, aber immer auch eine Tochter wollte ... Sie wussten, dass es besser wäre, sich bei ihr einzuschmeicheln, als Probleme zu erzeugen, so wie Sie sie in Ihren anderen Familien hatten, ist das nicht so?«

Madisons Kiefer bewegte sich vor und zurück, bevor sie antwortete. »Nein. Ich liebte Franny.«

Sie verschränkte ihre Arme vor ihrer Brust, eine Schutzgeste, die Alex gut kannte. Er wusste auch, wie hart es für sie sein musste, diese Gefühle zuzugeben, und es bedurfte all seiner Willenskraft, nicht quer durch den Raum zu laufen, sie in seine Arme zu ziehen – und dann nichts wie raus hier.

Aber der Anwalt war noch nicht damit fertig, ihren Stolz brechen zu wollen. »Mr. Grayson bezeugt, dass Sie immerzu Zeit mit seiner Mutter verbrachten, wenn Sie nicht in der Schule waren. Sich bei ihr einschmeichelten, ihr Gedanken einpflanzten, als Sie älter wurden, wie viel besser Sie sie behandeln würden als ihr eigener Sohn, als sie krank wurde. Von da an war es ein Leichtes, davon auszugehen, dass Daniel Grayson Sie in seinem Testament berücksichtigen würde. Und letztendlich erhielten Sie die Handlungsvollmacht, was Franny betraf. Das bedeutete, dass Sie sie in ein Pflegeheim steckten, um ihr Haus zu verkaufen und den Gewinn einer Freizeiteinrichtung geben zu können.«

»Das war es, was Franny wollte! Sie war nicht daran interessiert, das Land durch Überbebauung zu zerstören. Eric, du weißt das! Du solltest deine Mutter doch besser kennen!«

»Du verlogene Schlampe!«

Alex stand auf, aber der Richter knallte den Richterhammer hart auf sein Pult. »Ruhe!«

»Euer Ehren, hier werden keine Fragen gestellt!«, sagte Jonathan laut.

Erics Anwalt blickte auf den Richter, wirkte zerknirscht und so, als ob es ihm leidtäte. »Ich entschuldige mich. Ich habe nur versucht, den unzulässigen Einfluss zu begründen, Euer Ehren.«

Der Richter klopfte erneut mit seinem Richterhammer. »Sie haben mehr getan, als Ihr Argument vorzutragen.«

Hoffentlich tat Madison dem Richter leid, und er begriff die wahre Dynamik ihrer Beziehung zu Franny Grayson, dachte Alex. Es war offensichtlich, wie sehr sie eine Mutter gebraucht hatte, auch wenn sie nicht so viel gesagt hatte.

Aber als die nächste Gruppe von Zeugen ihre Aussagen machten, wurde es nicht besser. Eltern von Erics Freunden bestätigten das Ausmaß an Zeit, die Franny mit Madison verbrachte, die – dem stimmten sie alle zu – sich nicht besonders darum bemüht hatte, Freundschaften in ihrer neuen Schule zu schließen. Sie alle sagten, dass sie Franny dafür bewundert hatten, ein schwieriges Kind aufgenommen zu haben, aber sich wunderten, warum sie Madison über ihren eigenen Sohn stellte. Die Auswirkung des unzulässigen Einflusses von Seiten Madisons war offensichtlich. Sie sagten, dass Franny nicht mehr die Frau war, die ihre Blutsverwandten von ganzem Herzen schätzte.

Wenngleich die Anhörung eigentlich nur einen Tag dauern sollte, hatte Erics Anwalt die Dinge dermaßen in die Länge gezogen, dass am Ende des Tages alle erschöpft waren und es für Jonathan zu spät war, Madisons Zeugen für Frannys Pläne und ihren Geisteszustand vorzuführen. Oder zu erwähnen, dass Eric seine eigene Mutter im Pflegeheim terrorisiert hatte.

Dic Anhörung würde morgen weitergehen, wo Alex, laut der Nachricht, die er während einer Pause erhalten hatte, nach New York fliegen sollte.

Als der lange Tag endete, zitterte Madison am ganzen Körper vor Erschöpfung. Außerhalb des Gerichtssaals trennten sich Madisons und Jonathans Wege, aber der Anwalt versprach, sie morgen früh um neun zu treffen.

Auf dem Weg zurück zu Madisons Apartment war Alex still, und sie hatte ebenfalls nichts zu sagen. Da sie beide Hunger hatten, kehrten sie in einem kleinen Lokal ein und aßen dort in aller Stille. Er gab ihr den Raum, den sie brauchte, um sich zu entspannen. Wieder einmal war sie erstaunt, wie gut er wusste, was sie benötigte. Selbst die Fragen, die sie in der letzten Nacht gequält hatten, traten, verglichen mit dem heutigen Drama, in den Hintergrund, und sie war einfach zu fertig, um überhaupt noch an irgendetwas zu denken.

Kurze Zeit später parkte er seinen Wagen vor ihrem Wohnblock auf einem für Besucher vorgesehenen Platz, und sie gingen hinein und dann hinauf in ihre Wohnung.

Sie setzte sich aufs Bett und zog ihre High Heels aus. Als sie ihre Füße streckte, stöhnte sie. Alex ging an ihr vorüber ins Badezimmer, und sie hörte das Geräusch von laufendem Wasser.

»Was machst du?«, fragte sie, als er herauskam.

»Ich bereite dir eine heiße Dusche vor, damit du dich entspannen kannst.« Er warf ihr ein Lächeln zu, ging zur Kommode und zog ihre Lieblingshose zum Faulenzen und ein kurzes Jäckchen heraus.

»Alex?«

»Ich meine es ernst. Du brauchst eine Verschnaufpause. Und ich will, dass du eine bekommst.«

Ihr Herz schmolz dahin. »Unter einer Bedingung.«

Er hob eine Augenbraue.

»Du begleitest mich.« Es interessierte sie nicht mehr, was sie letzte Nacht voneinander getrennt hatte, sie brauchte ihn jetzt, und zweifelsohne war er hier.

»Ich bin froh, dass du das sagst.«

Schweigend zogen sie sich aus. *Von Erotik keine Spur*, dachte Madison. Kein Wunder, so erschöpft, wie sie war. Sie stieg zu ihm in die Dusche. Das warme Wasser, das sich über sie ergoss, fühlte sich himmlisch an.

Mit einem wohligen Seufzer legte sie den Kopf in den Nacken und spürte, wie die Wasserstrahlen ihre Wirkung entfalteten und die ganze Anspannung und den Stress des Tages fortspülten. Jetzt nur nicht an die erlittenen Demütigungen und die schmerzlichen Vorkommnisse denken!

Als ihr Alex von hinten die Arme um die Taille schlang, schmiegte sie sich an ihn, den nackten Rücken an seine warme Brust und die Pobacken an seine pralle Erektion gepresst. Er legte die Hände auf ihren Bauch und spreizte die Finger, die sich sogleich südwärts tasteten. »Ein bisschen Ablenkung gefällig, Angel?«, murmelte er, während seine Fingerspitzen über ihr Haardreieck bis hinunter zu den Schamlippen wanderten.

»Alex«, stöhnte sie und schob ganz automatisch die Hüften nach vorn, ein stummer Appell, sie *dort* zu berühren.

Doch er spannte sie noch etwas auf die Folter, spielte mit ihr und reizte sie, indem er die Finger rechts und links von ihrer feuchten Spalte entlanggleiten ließ.

»Alex, bitte«, keuchte Madison, als sie es nicht mehr aushielt.

»Bitte was?« Erneut drückte er seinen heißen Schwanz an sie.

»Streichel meine Klitoris. Mach, dass ich komme.« Ihre Stimme war belegt vor Erregung, und die Worte klangen flehentlich, selbst für ihre eigenen Ohren.

Sein raues Lachen ließ ihren Körper beben. »Aber gern. Ich wollte nur, dass du es aussprichst.«

Er tastete nach ihrer empfindlichen Knospe und begann sie zu liebkosen, ließ bedächtig die Fingerspitze darübergleiten, von unten nach oben und wieder zurück. Madison kreiste im Takt dazu das Becken und spürte, wie das Verlangen in ihr bis ins Unermessliche wuchs.

Dann schob er einen Finger tief in sie hinein und krümmte ihn, sodass sich die Kuppe genau an der richtigen Stelle befand. »Gut so?«

»Jaaaaa«, keuchte sie, dem Gipfel der Lust schon ganz nah.

Sein langer Zeigefinger glitt ein paar Mal in sie hinein und wieder heraus, und als Alex dann auch noch begann, mit der anderen Hand ihren Kitzler zu stimulieren, war es um sie geschehen. Er verstärkte den Druck und vollführte weiter pumpende Bewegungen mit dem Finger, und erst als sie ihren Orgasmus voll ausgekostet hatte und sich schließlich erschöpft und zufrieden an ihn lehnte, hörte er auf und stellte das Wasser ab.

Sie drehte sich um und sah ihm in die Augen. »Das war unglaublich«, sagte sie heiser und griff nach seinem Ständer. »So, jetzt bist du dran.«

Doch Alex wich zurück.

»Wie gesagt, du musst dich jetzt erholen und entspannen. Also, abtrocknen und dann ab in die Kiste.«

Es verblüffte sie, wie müde sie tatsächlich war, und ließ ihn mit einem Handtuch ihre Haare und ihren Körper abtrocknen, bevor er ihr beim Anziehen der Kleidung, die er für sie ausgesucht hatte, behilflich war. »Normalerweise schlafen wir nackt«, meinte sie schläfrig.

»Und normalerweise haben wir Sex. Wenn ich aber neben deinem nackten Körper liegen muss, wirst du keinen Schlaf bekommen, und das ist genau das, was du jetzt brauchst.«

»Ja«, sagte sie dankbar und gähnte, als sie unter die Bettdecke krabbelte und sich in ihr Kissen kuschelte. »Du bleibst doch hier, richtig?« Ein Teil von ihr realisierte, dass sie ihn das gefragt hatte. Wenn ihre inneren Schutzvorkehrungen gerade nicht so desolat gewesen wären, hätte sie das sicher nicht getan. Doch sie konnte nicht mehr klar denken, geschweige denn, sich über irgendetwas Sorgen machen.

»Verdammt richtig«, murmelte er. »Ich werde mir auch etwas anziehen und dir dann ins Bett folgen.« Er gab ihr einen Kuss auf die Lippen. »Morgen früh werden wir dann reden.« Sie vermutete, dass sie ihn das noch sagen hörte, bevor die Dunkelheit sie komplett verschluckte.

11

Madison wachte ruckartig auf, blickte auf die Uhr und realisierte, dass sie beide verschlafen hatten. Sie erinnerte sich daran, als Erste eingeschlafen zu sein, und nachdem sich Alex um sie gekümmert hatte, musste er wohl vergessen haben, den Wecker zu stellen.

Sie rüttelte ihn wach. »Du musst dich beeilen, oder wir werden uns verspäten.«

»Mist …«, murmelte er und setzte sich auf. Das Laken hing um seine Hüften, und seine umwerfende Brust ließ sie wünschen, dass sie mehr Zeit hätten.

»Hör auf zu gaffen, und geh duschen«, sagte er mit mürrischer Stimme.

Sie grinste und sprang aus dem Bett, froh darüber, dass sie sich seit dem Aufwachen besser fühlte und der gestrige Albtraum hinter ihr lag. Nun kam ein weiterer Tag, den man durchstehen musste.

Im Schnelldurchlauf brachten sie ihre Morgenroutine hinter sich. Sie duschte kurz und föhnte sich ihre Haare trocken. Als sie fertig war, riss sie die Badezimmertür auf, um etwas kühlere Luft zu bekommen, während sie ein bisschen Make-up auftrug.

Sie hörte Alex' Stimme aus dem anderen Zimmer.

»Ich verstehe, dass es eine Unannehmlichkeit ist, aber ich kann nichts daran ändern. Mir ist etwas Wichtiges dazwischengekommen, und ich muss heute hier sein. Erinnere sie daran, dass sie mich gestern in letzter Sekunde angerufen haben, somit kann meine heutige Absage nicht allzu überraschend kommen.«

Sie ging aus dem Badezimmer, als er gerade den Anruf beendete. »Wer war das?«, fragte sie und zog sich währenddessen für den Gerichtstermin an.

Ihre Blicke trafen sich, aber sein Gesichtsausdruck zeigte, dass es ihm offensichtlich unangenehm war. »Ich hatte gestern nach der Anhörung keine Chance, mit dir darüber zu reden. Du warst so müde und …«

»Erzähl's mir einfach.«

»Ich habe gestern eine Nachricht bekommen. Mein Agent sagte mir, dass die Leute in New York einen Flug und einige Treffen für heute arrangiert haben und auch eine Probe mit Allison für den morgigen Tag. Gestern habe ich zugestimmt, weil ich dachte, dass die Anhörung heute vorbei sein würde, aber die Dinge haben sich ja geändert. Deshalb habe ich die Reise eben verschoben.«

Eine seltsame Mischung aus unterschiedlichen Gefühlen überfiel Madison schlagartig. Zum einen war sie dankbar für seine Rücksichtnahme, und dann kam Verärgerung in ihr hoch, weil das Jobangebot überhaupt existierte und sich zwischen das drängte, was normalerweise eine perfekte Situation für sie beide gewesen wäre. Und dann krampfte sich ihr Magen zusammen, als sich der Gedanke daran, was dieser Job für eine Bedeutung haben könnte, in ihr Bewusstsein schlich.

»Du musst gehen!« Sie schloss den Reißverschluss ihres Rocks und fummelte hektisch an ihrer Bluse herum. »Es ist wichtig, und heute wird das Ganze nicht annähernd so zermürbend werden wie gestern. Jonathan ist dran zu beweisen, dass unsere Seite recht hat, sodass Eric derjenige ist, der in die Mangel genommen wird – nicht ich! Alles wird gut.« Und außerdem musste sie wieder lernen, auf eigenen Füßen zu stehen und nicht immer auf Alex' Hilfe zurückzugreifen, wenn die Dinge einmal schlecht liefen.

Er kniff die Augen zusammen. »Ich habe vom ersten Tag an gesagt, dass das hier eine *Wir*-Geschichte ist. Du und ich. Ich werde dich nicht mitten in einem Albtraum allein zurücklassen, nur damit ich …«

»Du etwas ausprobieren kannst, das dein Leben verändern könnte? Das bedeutet dir doch sehr viel? Krieg das jetzt nicht in den falschen Hals, aber ich brauche dich dort nicht.« Wollte sie ihn dahaben? Mehr als alles andere. Aber sie würde es nicht zulassen, dass er seine Träume für sie opferte.

»Sie können den Termin verschieben.«

»Was ist, wenn sie das nicht können? Oder nicht wollen? Oder meinen, dass du zu kompliziert bist, und sich für anderes entscheiden?« Sie schnappte sich ihren Ohrring und steckte ihn in ihr Ohrloch, danach machte sie das Gleiche mit dem anderen.

Er warf ihr einen finsteren Blick zu. »Du stößt mich weg!«

»Ich bin realistisch. Das heute wird für mich – verglichen mit gestern – ein Zuckerschlecken, und wenn du einmal gründlich darüber nachdenkst, dann ist es doch wichtiger für dich, in New York zu sein als hier.«

Er warf ihr einen prüfenden Blick zu, so als ob er in ihren Kopf eindringen und sich dann entscheiden könnte, ob sie die Wahrheit sagte oder nur das, was er – ihrer Meinung nach – hören wollte. »Alex! Ruf zurück, und flieg nach New York.«

Sie drehte sich weg und hoffte, dass sie das Richtige tat, wenn sie ihn dorthin schickte. Ihr Verstand beharrte darauf, dass es das Beste wäre – für ihn und für sie. Sie waren zwei unabhängige Menschen, die ihre Beziehung entweder hinbekämen oder eben nicht. Sie wollte keine Last für ihn sein. Aber was sagte ihr Herz? Oh, das war über die Jahre so böse zugerichtet und verletzt worden, dass sie sich nicht vorstellen konnte, wie es funktionieren sollte, wenn er wieder ein berühmter Fernsehstar wäre, sodass die ganze Welt und alle Frauen jederzeit um ihn herumscharwänzelten.

»Bist du sicher?« Er ging zu ihr rüber, griff nach ihrem Unterarm und nötigte sie, ihn anzusehen.

Sie zwang sich zu einem strahlenden Lächeln. »Absolut. Jetzt geh schon, und erledige deinen Anruf, ich zieh mich inzwischen fertig an. Dann kann ich sogar noch einen Kaffee trinken, bevor ich zum Gericht gehe.«

Er zögerte. »Ich mag es nicht, dich alleine zu lassen.«

»Na ja, du musst jetzt aber gehen.«

Er gab ihr einen warmen Kuss auf die Lippen.

Warm, aber flüchtig, und in wenigen Sekunden hatte er sich bereits sein Telefon geschnappt und wählte eine Nummer. Er war jetzt schon abgelenkt von all den Möglichkeiten, die die hellen Lichter und die große Stadt ihm boten.

Madison hatte über die heutigen Ereignisse bei der Anhörung recht behalten. Eric war an der Reihe, in den Zeugenstand zu kommen. Er sah nicht so gepflegt wie gestern aus, was sie hoffen ließ, dass seine Erscheinung den Richter nicht mehr blenden würde. Jonathan war brillant, was seine Fragen betraf, und er machte deutlich, dass der gestrige Rufmord jeder Grundlage entbehrte.

Jonathan nahm Eric in die Mangel wegen seines Besuchs im Morgengrauen bei seiner Mutter, was diese extrem durcheinandergebracht hatte, aber Eric versuchte das zu überspielen. Er behauptete, er sei eben ein verzweifelter Sohn. Seine Mutter in einem Pflegeheim zu sehen und zu wissen, dass jemand anderes Entscheidungen für sie und sein Elternhaus traf, sei einfach zu viel für ihn gewesen. Er klang zwar zerknirscht und ungekünstelt, aber in Wirklichkeit log er nach Strich und Faden. Jonathan konnte ihn nicht aus dem Konzept bringen oder ihn dazu bringen zuzugeben, dass er das Geld von dem Verkauf des Landes für sich selbst brauchte, anstatt es zu spenden, was Franny, laut Madison, wollte. Am Ende hatten sie alles getan, was sie tun konnten.

Wie auch immer sich der Richter entscheiden würde, Madison wusste, dass sie ihr Bestes für Franny getan hatte, genauso wie diese einst für Madison. Das war es, was zählte, und sie könnte nachts ruhig schlafen und wissen, dass sie in diesem Kampf mit Eric ihr Bestes gegeben hatte.

Sie holte sich für später ein Abendessen und ging am Ende des Tages erschöpft in ihre Wohnung. Dort warf sie ihre Schlüssel auf die Ablage, goss sich dann ein Glas Weißwein ein und aß allein, bevor sie ins Bett ging. Es war nichts, woran sie sich wieder gerne gewöhnen würde, aber es konnte sein, dass sie das in Zukunft häufiger tun würde.

Der Tag war bereits vergangen, und sie hatte nichts von Alex gehört – weder per SMS, Anruf, noch in Form einer E-Mail.

Ein Termin jagte den nächsten – von der Minute an, als Alex in New York landete. Sein Agent, Kevin Falcon, schickte ihm einen Wagen, und der erste Zwischenstopp war ein spätes Mittagessen, bei dem Kevin auf Alex' Rückkehr in die großen Zeiten anstieß.

Seinen Enthusiasmus empfand Alex als unangenehm, denn er war nun schon seit geraumer Zeit aus dem Rampenlicht raus und hatte sich an die ruhigeren Seiten des Lebens gewöhnt. Kevin begann mit seiner Vermutung, dass die Fernsehaufnahmeprobe, die für morgen früh als Erstes angesetzt war, dazu führen würde, dass man ihm den Job bei der Show anbot. Eine beschlossene Sache. Er hatte bereits fertige Pläne, die darauf basierten.

Den neuen Job wollte er dann als Sprungbrett benutzen, um die Fühler nach Firmen auszustrecken, die nach heißen Sport-Typen für kommerzielle Werbespots suchten. »Innerhalb eines Monats des Viral Marketings, das sie mit Sicherheit machen werden, wirst du schon in aller Munde sein, und die Frauen werden wieder in Scharen zu dir strömen.«

Nichts, was Alex auf dem Radar gehabt hatte. Nichts, von dem er sicher war, es überhaupt zu wollen. Und obwohl er seine Vorbehalte Kevin gegenüber äußerte, hörte ihm dieser ganz offensichtlich überhaupt nicht zu. Er verfolgte seine eigenen Pläne, die seine Taschen füllen könnten, und er erwartete, dass Alex nachgeben und zustimmen würde. Vermutlich deswegen, weil er das vor seiner Verletzung auch immer getan hatte.

Vor dem Abendessen traf er sich mit dem Chef von S&E Network, um schon einmal vorab mit ihm über die Probeaufnahmen mit Allison Edwards zu plaudern. Alex hatte keine Möglichkeit, den anderen Mann näher kennenzulernen oder ihn besser abzuschätzen, weil Kevin sich ihm die ganze Zeit an die Fersen heftete, als ob er Angst hätte, dass Alex aufstehen und abhauen würde – und zwar vor morgen früh.

Und von dort aus fuhr ihn sein Agent dann zum neuesten Szeneladen der Stadt, um diesen zu *sehen* und *gesehen zu werden*. Hier würde er Allison zum Abendessen treffen, damit sie sich schon mal aufeinander einspielen könnten – vor ihrer gemeinsamen Fernsehprobe. Für dieses Treffen entschied Kevin, sich rar zu machen. Alex verstand den Mann nicht, außer dass die Geldgier seine einzige Motivation zu sein schien. All die Jahre zuvor war ihm das völlig egal gewesen, solange der Mann nur seinen Job machte. Heute sah er Kevins Charakter klarer, und er fühlte sich mit dessen egoistischen, haifischartigen Eigenschaften nicht wohl.

»Schau, dass du die Chemie zwischen euch zum Fließen bringst«, sagte Kevin als letzte spitze Bemerkung, bevor er Alex beim Restaurant hinausließ und ihm versicherte, dass die Limo bei seiner Rückkehr auf ihn warten würde.

Das einzig Gute an diesem Tag war, dass Rachel nirgends auftauchte. Anscheinend war sie lediglich dafür benutzt worden, um den Kontakt zu Alex herzustellen, und sonst nichts. Etwas, wofür er dankbar war. Es freute ihn, dass er mit ihr und seiner Vergangenheit Frieden geschlossen hatte, aber das bedeutete nicht, dass er sie in Zukunft in seiner Nähe haben wollte.

In dem Restaurant, ein Platz, der passenderweise den Namen *Buzz* trug, wimmelte es von Menschen, viele von ihnen waren berühmt. Er bekam Eli Manning zu Gesicht, den New York Giants-Quarterback, und dessen Ehefrau, und er hielt bei ihnen an, um etwas zu plaudern. Eli war ein Kerl, den Alex bewunderte. Dabei war er, als er selbst noch gespielt hatte, der Ansicht gewesen war, dass Eli mit seiner einen Frau zu bieder sei. Jetzt beneidete Alex ihn um sein Privatleben und die Art, wie er seine Karriere organisierte. Ein paar ausgesuchte Werbesendungen, gezielte Charity-Events und viel Zeit zu Hause mit seiner Familie zwischen den Spielen. Oh Mann, Alex realisierte jetzt, wie verkorkst seine Prioritäten vor der Verletzung gewesen waren.

Und wenn sein Agent es schaffen sollte sich durchzusetzen, würde Alex direkt wieder in jenes Leben zurückgeworfen werden.

Er fuhr sich mit einer Hand durchs Haar und stöhnte, bei dem plötzlichen Bedürfnis, Madisons Stimme zu hören. Den ganzen Tag hatte er noch nicht mit ihr gesprochen. Verdammt, er hatte nicht einmal fünf Minuten Zeit gehabt, um einmal tief durchzuatmen oder eigenständig zu denken.

Er zog sein Handy aus der Tasche und begann gerade zu wählen, als die Restaurantleiterin zu ihm herüberkam. »Mr. Dare? Ihre Verabredung ist gerade angekommen. Kann ich Ihnen Ihren Tisch zeigen?«

Resigniert schob er sein Handy zurück in die Tasche und folgte der Frau dorthin, wo Allison Edwards saß und auf ihn wartete.

»Alex!«, sagte sie und erhob sich, als er zu ihr hinüberging.

»Hi, Allison!« Er neigte sich vor und küsste sie auf die Wange. Sie hatten sich schon ein- oder zweimal bei Events getroffen, und sie hatte ihn nach einem Playoff-Spiel interviewt.

Zum Glück war er immer schlau genug gewesen, keine Frauen anzubaggern, mit denen er auf professioneller Ebene zusammenarbeitete, Madison ausgenommen, und daher könnte er ein gutes Arbeitsverhältnis mit Allison haben, wenn er diese beruflche Richtung einschlagen wollte.

Alex musste zugeben, dass er und Allison gut miteinander auskamen. Sie hatten vieles gemeinsam – insbesondere ihre Liebe zum Sport und ihr Fachwissen darüber. Sie waren in der Lage, einen gemeinsamen Rhythmus zu finden und locker miteinander zu scherzen, und er machte sich überhaupt keine Sorgen, dass sie morgen früh ein Problem vor der Kamera haben könnten. Während des Abendessens teilten sie sich eine Flasche Wein – nicht seine übliche Getränkewahl, aber sie hatte darauf bestanden, dass er ihren neuen Favoriten probieren sollte, und er musste zugeben, dass der gut schmeckte.

Als der Abend voranschritt, füllte sich das Restaurant zusehends, und es wurde schwierig zu verstehen, was der andere sagte. Allison kam vom anderen Tischende zu dem Platz neben ihm herüber, was ihr ermöglichte, sich nah an ihn heranzulehnen, während sie miteinander sprachen. Als der Kellner sie fragte, ob sie ein Dessert wollten, war Alex bereits im Begiff zu zahlen und in sein Hotel zu fahren, aber Allison bestellte Mousse au Chocolat, und ihm blieb nichts anderes übrig, als zu warten. Er bestellte einen doppelten Espresso und hoffte, dass der Schuss Koffein ihn noch etwas wach halten würde.

Dann brachte der Kellner das kleine Dessert mit zwei Löffeln. Alex schüttelte den Kopf und lehnte ihr Angebot, es mit ihr zu teilen, ab. Aber sie probierte und stöhnte, wie gut es sei, und bot ihm an, ein bisschen davon von ihrem Löffel zu probieren. Er kam nicht das kleinste bisschen in Versuchung – weder was den Schokoladen-Leckerbissen betraf noch sie –, denn inzwischen hatte er – wenn auch etwas verspätet – realisiert, dass sie sich selbst ebenfalls auf die Speisekarte gesetzt hatte.

Er schüttelte den Kopf und verfluchte sich. Wann war er denn dermaßen aus der Übung gekommen, dass er es nicht bemerkte, wenn eine schöne Frau ihn anmachte? »Allison, hör mal zu. Ich bin mit jemandem zusammen.«

Sie lehnte sich zurück und schaute ihn an, Belustigung in ihren dunklen Augen. »Ja, die guten Typen sind das für gewöhnlich.«

»Es tut mir leid.« Er wusste nicht, was er sonst sagen sollte.

Sie schnippte ihr langes Haar nach hinten und lachte. »Alex, komm schon. Du bist doch noch gar nicht so lange weg vom Fenster.«

Völlig verloren schüttelte er den Kopf. »Vielleicht schon. Was ist hier eigentlich los?«

»Das Angebot ist eine beschlossene Sache. Die Probeaufnahme morgen ist lediglich eine Formalität für die Oberen des Senders. Und das hier?« Sie machte eine Handbewegung zwischen ihnen. »Du und ich? Abendessen? Der neueste Szeneladen, wo wir ganz sicher gesehen werden? Alles sorgfältig inszeniert – für genau *das* hier. Dass wir *gesehen werden*. Die zwei neuen Moderatoren der heißesten, neuen Sportshow. Morgen bei dem Vorsprechen werden sie ein paar verdammt gute, ungezwungene Clips bekommen, die sie für Promotionzwecke benutzen können.«

Er kniff die Augen zusammen, aber sie fuhr fort, und er kapierte, dass das Beste, was er tun konnte, war, sie alles erklären zu lassen. Weil er das Gefühl hatte, gerade auf einen anderen Planeten gefallen zu sein.

»Und wenn die Clips erst einmal veröffentlicht sind, wird jeder spekulieren, ob die Chemie zwischen uns auf Sendung so gut ist, weil wir auch privat ein Paar sind. Bestätigt durch Bilder von uns hier. Heute Nacht.« Sie wedelte mit ihrer Hand um sie herum, und plötzlich fiel es ihm wie Schuppen von den Augen.

»Kevin hat das hier eingefädelt.« Sein Scheißagent, dachte Alex.

»Na ja, Kevin und der Sender. Komm schon, es ist brillant! Deine Popularität und dein Prestige werden nur noch weiter steigen, wenn wir auf der Bühne die Zuschauer mitreißen. Sie werden diese Show landesweit bringen und sie sowohl im Fernsehen als auch im Internet ausstrahlen.« Ihr Enthusiasmus und ihre Aufgeregtheit waren gigantisch.

»Hat irgendjemand überhaupt mal darüber nachgedacht, mich nach meiner Zustimmung zu fragen?«, stieß er durch zusammengepresste Zähne hervor. Weil er dem Ganzen nämlich um nichts in der Welt zugestimmt hätte.

Sie rümpfte die Nase. »Na ja, dein Agent meinte, du könntest dir vorstellen, den Job zu machen. Er ist davon ausgegangen, dass du nur einen ordentlichen Schubser bräuchtest und eine Erinnerung an all das, was du vermisst hast, um dich wieder zurück ins Rennen zu schicken. Um es mal so auszudrücken.«

»Er hatte kein Recht, mich anzulügen!«

»Ein Teil des Plans war zweifelsohne, es zwischen uns

ganz natürlich aussehen zu lassen. Wenn du gewusst hättest, dass irgendjemand von uns Fotos mit seinem Handy heute Nacht für Klatschblätter schießt, wärst du dann mit mir genauso entspannt umgegangen? Ich war immerhin Schauspielerin vor dem Nachrichtenjob.«

»Unfassbar.« Er rieb sich mit einer Hand über das Gesicht. »Hast du oder mein genialer Agent oder sogar die Verantwortlichen des Senders jemals etwas vom freien Willen eines Menschen gehört?« Er erhob sich von seinem Platz. »Du kannst all die Presse und falsche Publicity arrangieren, die du willst, aber das wird es nicht *echt* machen. Du kannst mich nämlich nicht dazu zwingen, den Job anzunehmen!«

Er hatte auf die Probeaufnahme gezählt, um zu sehen, wie er sich vor der Kamera fühlte. Er hatte das Konzept für die Show hören wollen, um zu wissen, wie viel er unterwegs gewesen wäre. Aber keiner hatte ihn bis jetzt über Details in Kenntnis gesetzt. Und er war auf seinen eigenen Agenten hereingefallen – eine Person, der er eigentlich hätte vertrauen können müssen.

»Du kannst nicht behaupten, dass du es nicht willst«, meinte Allison. »Oder dass du nicht gut darin wärst, es zu tun.«

»Nichts davon ist von Bedeutung, wenn ich den Leuten um mich herum nicht trauen kann.« Er stürmte vom Tisch weg, hielt im Eingangsbereich kurz an, um sich um die Rechnung zu kümmern, und ging danach wütend und frustriert zu seinem Hotel zurück.

Was für ein Reinfall dieser ganze Tag doch gewesen war! Und als er endlich in seinem Hotelzimmer ankam, war es schon fast Mitternacht, und er konnte Madison nicht mehr anrufen, weil sie, nach dem Tag, den sie vermutlich gehabt hatte, mit Sicherheit schon fest schlafen würde.

Niedergeschlagen und schlecht gelaunt kam Madison am Morgen bei ihrer Arbeitsstelle an. Nichts von Alex gehört zu haben machte sie nervös, und es erforderte alles von ihr, um positiv und nicht an das Schlimmste zu denken. Wenn diese Beziehung funktionieren sollte, musste sie lernen zu vertrauen.

Sie ging ins Büro und danach sofort in den Pausenraum, weil sie dringend einen Kaffee brauchte, um heute in Gang zu kommen. Sobald sie den kleinen Raum betreten hatte, verstummten die Gespräche.

Madison blickte auf die beiden Frauen, die sie als Sekretärinnen der PR-Leute wiedererkannte. »Hi! Ich wollte Sie nicht unterbrechen. Ich hol mir nur schnell einen Kaffee, und dann bin ich auch schon wieder weg.«

»Haben Sie die Sportblogs heute Morgen gelesen?«, fragte Gail, eine der beiden Frauen.

Madison schüttelte den Kopf. »Nein. Steht da irgendetwas Interessantes drin?« Sie goss Milch in ihren Kaffee, schüttete den Inhalt eines Zuckerpäckchens dazu und verrührte dann alles.

»Ja, in der Tat«, antwortete die andere Frau.

»Madison!«, Riley kam in den Raum gerannt und unterbrach das Gespräch. »Ich hab schon überall nach dir gesucht. Wir müssen reden!«

Madison drehte sich zu ihrer Freundin um. »Na klar. Ich will nur eben sehen, was die beiden so interessiert hat.« Sie machte eine Handbewegung zu den Sekretärinnen.

Riley warf den Frauen einen Blick zu, den Madison nicht deuten konnte. »Später. Was ich dir zu sagen habe, ist wichtig.« Riley ergriff Madisons Hand und zog sie aus dem Raum.

»Was ist los?«, fragte Madison besorgt und stieß ihre Absätze in den Teppichboden.

»Nicht hier. Komm schon. Lass uns in dein Büro gehen.« Riley begann erneut an ihr zu zerren.

»Du machst mir Angst«, murmelte Madison, ließ sich aber von ihrer Freundin in ihr Büro schleifen, wo Riley die Tür hinter ihnen schloss und zusperrte. »Riley …«

»Okay, setz dich. Und hör mir zu. Da gibt es etwas in den morgendlichen Klatschkolumnen, das du sehen solltest. Aber du musst *mich* das dir zeigen lassen und du darfst keine voreiligen Schlüsse ziehen, ganz egal wie schlimm die Dinge aussehen.«

Madisons Magen drehte sich um, und sie sank auf ihren Stuhl. »Ich habe nichts von ihm gehört.«

»Was?« Riley zog einen Stuhl dicht an sie heran und setzte sich.

»Alex. Das ist es doch, was du mir zeigen willst, richtig? Da steht irgendetwas über ihn in den Blogs? Das macht Sinn. Weil ich, seitdem er weggefahren ist, nichts mehr von ihm gehört habe. Kein einziges Wort.«

Riley umklammerte ihre Hände, aber Madison fühlte sich sowohl innerlich als auch äußerlich vollkommen taub und spürte kaum die Berührung ihrer Freundin. »Es gibt eine Erklärung. Da bin ich mir sicher.«

»Zeig's mir einfach nur. Steht es in *Behind the Bleachers with Ben*?«, fragte Madison.

Riley nickte.

Madison drehte sich um und drückte eine Taste, um ihren Computer zum Laufen zu bringen. Sie tippte den Namen des Sportblogs, den jeder in der Branche las. Manchmal traf Ben den Nagel auf den Kopf, und in anderen Zeiten lag er komplett daneben. Aber es gab keinerlei Zweifel, dass der Mann großen Einfluss hatte.

Der Blog erschien auf dem Bildschirm, zusammen mit einer Reihe von Fotos. Alex und eine schöne Blondine, die Madison als Allison Edwards wiedererkannte, die Frau, mit der er Probeaufnahmen machen sollte. Auf einem Foto lachten sie einander an, auf einem anderen saßen sie Seite an Seite und hatten die Köpfe zusammengesteckt, offensichtlich sprachen sie vertraut miteinander. Und auf dem dritten Bild hielt Allison ihm ihren Löffel hin, und Alex' Mund war geöffnet.

Schmerz erfasste ihr Herz. »Na ja, das erklärt zumindest die Funkstille.«

»Nein. Hör mir zu. Ich habe selbst in der PR-Branche gearbeitet und weiß, dass nicht alles immer so ist, wie es auf den ersten Blick scheint.«

Madison zwang sich zu einem Lächeln. »Ich bin mir bewusst, dass du wahrscheinlich recht hast. Aber selbst wenn das Ganze absolut bedeutungslos sein sollte, weiß ich nicht, ob ich mit diesem Teil seines Lebens klarkomme.« Beim Anblick der Fotos wurde ihr speiübel. Dass sie nichts von ihm gehört hatte, ließ sie fast durchdrehen und an alle erdenklichen, schrecklichen Möglichkeiten denken.

»Warum nimmst du dir diesen Tag nicht einfach frei?«, schlug Riley vor. »Du hast ein paar harte Tage hinter dir. Außerdem musst du doch heute sowieso zur Urteilsverkündung ins Gericht gehen.«

Normalerweise hätte Madison angefangen zu argumentieren, aber nicht heute. »Danke. Ich denke, dass ich das tun werde.«

Sie standen auf, und Riley zog Madison an sich heran, um sie zu umarmen. »Ich werde dich später anrufen und dann vorbeischauen.«

»Danke«, flüsterte Madison. Sie wollte den Gefühlen, die sie überschwemmten, nicht nachgeben und womöglich noch anfangen zu weinen.

Sie packte ihre Tasche und ging nach Hause, ihre Gedanken kreisten um Alex und all die Dinge, mit denen sie, was diesen Teil seines Lebens betraf, nicht zurechtkam. Selbst wenn jene Fotos absichtlich irreführend sein sollten, änderten sie nichts an Madisons Ängsten. Ja, Alex hatte sich ihr gegenüber immer wieder als ehrlich und aufrichtig bewiesen, aber ihre Unsicherheiten und Probleme waren echt und tiefliegend genug, sodass sie sich nicht vorstellen konnte, mit diesem ständig wiederkehrenden Gefühl der Angst vor dem Verlassenwerden zu leben.

Alex wachte um drei Uhr morgens auf. Er hatte noch in der Nacht zuvor den frühesten Flug gebucht, den er aus New York bekommen konnte. Er musste zwar einen Aufpreis bezahlen, aber das interessierte ihn nicht. Als er den Flughafen in Miami erreichte, nahm er sich sofort ein Taxi zum Stadion.

Noch nie in seinem Leben war er so aufgewühlt gewesen. In der letzten Nacht hatte er kaum geschlafen, und da sein Flug schon um sechs Uhr morgens ging, bedeutete das, dass er Madison immer noch nicht angerufen hatte.

Er stiefelte durch den Gang, der zu seinem Büro führte. Jetzt brauchte er nur eines: Er musste Madison sehen. Alles andere könnte warten.

Riley raste aus ihrem Büro und blieb direkt vor ihm stehen. »Du. Ich. Reden. Jetzt!«

»Nein. Ich muss Madison sehen.«

»Sie ist nicht hier. Sie ist wieder nach Hause gegangen.«

Er atmete tief durch. »Warum das? Ist irgendetwas mit ihrer Pflegemutter oder bei der Anhörung passiert?«

»Jetzt machst du dir Sorgen? Wo zum Teufel hast du gestern den ganzen Tag und die ganze letzte Nacht gesteckt?«, fragte Riley und erhob dabei ihre Stimme. »Oh, tut mir leid. Du musstest ja mit deiner neuen TV-Partnerin an irgendeinem hippen Platz in Manhattan kuscheln. Zu beschäftigt, um deine Freundin anzurufen, um zu erfahren, ob alles in Ordnung ist.«

Er spannte sein Gesicht an. »Scheißbilder«, murmelte er. »Ich wollte zuerst zu ihr kommen.«

»Hast du jemals daran gedacht, das Telefon zu benutzen?«

»Mein Flug heute Morgen ging um sechs, und letzte Nacht war es schon fast Mitternacht, als ich in mein Hotelzimmer zurückkam.«

Riley atmete tief durch. »Du hast die Sache vergeigt, Kumpel.«

»Erzähl mir nicht, dass sie das glaubt, was diese Bilder andeuten.« Er hatte sich seit Monaten bemüht, eine vertrauensvolle Basis für eine feste Beziehung mit ihr zu schaffen. Und auch wenn sie zugegeben hatte, dass sie sich Sorgen machte, dass er wieder in alte Muster zurückfallen würde, könnte sie doch niemals ernsthaft glauben, dass das in nicht einmal vierundzwanzig Stunden passieren würde.

»Ich glaube nicht, dass sie das tut.«

Eine Welle der Erleichterung schwappte über ihn. »Gott sei Dank.«

»Aber das bedeutet nicht, dass sie damit klarkommt, was dein Berühmtsein mit sich bringt.«

Er rieb sich mit einer Hand über das Gesicht. »Ich liebe sie.«

Als Riley das hörte, strahlte sie über das ganze Gesicht. »Ich wusste es! Hast du ihr das gesagt?«

»Nicht direkt, aber …«

»Was machst du dann noch hier und unterhältst dich mit mir? Geh nach Hause und sag's ihr.« Sie grinste wie ein Honigkuchenpferd.

Wer hätte gedacht, dass ihr sein Liebesleben so wichtig war?

»Magst du dich nicht lieber darum kümmern, was auf dich zukommt, wenn euer Nachwuchs da ist?«, fragte er sie.

Sie errötete, und er musste lachen.

»Was?« Sie rümpfte die Nase. »Das sind zu viele eklige Details, die wirklich keiner schon im Vorfeld wissen will.«

Er schüttelte den Kopf und stöhnte. »Geh und quäl deinen Ehemann, ja? Ich muss jetzt nach Hause.« Er machte sich bereits in Richtung Fahrstuhl auf, als er Riley seinen Namen rufen hörte und sich noch einmal umdrehte.

»Madison hat mir gerade eine Nachricht geschickt. Der Richter hat seine Entscheidung gefällt. Sie trifft sich mit ihrem Anwalt beim Gericht.«

12

Alex erreichte das Gerichtsgebäude zu spät, um noch rechtzeitig die Entscheidung des Richters zu hören. Er schritt durch die Doppeltür und fand Jonathan, der gerade dabei war, seine Akten einzusammeln und seine Nachrichten zu überprüfen.

»Was habe ich verpasst? Und wo ist Madison?«, fragte Alex seinen Freund.

Jonathan blickte von seinem Handy auf und musterte Alex. »Du siehst beschissen aus.«

»Wie nett. Danke schön. Ich habe heute Morgen einen frühen Flug aus New York genommen und nicht besonders viel geschlafen.« Ganz abgesehen davon, dass er bei der Suche nach Madison immer noch nicht weiter gekommen war. »Also, was ist passiert?«

»Ich kann's immer noch nicht fassen, aber wir haben verloren.«

»Was?« Alex stützte eine Hand auf der Tischplatte ab.

»Der Richter meinte zwar, dass es nicht genügend Beweise gäbe, welche die unzulässige Beeinflussung nachweisen würden. Allerdings vertritt er die Ansicht, sich für die Seite des biologischen Kindes auszusprechen, weil die Anzeichen von Frannys Demenz begannen, bevor sie die Handlungsvollmacht und die Patientenverfügung unterschrieb.«

»Dieser Hurensohn!« Alex konnte sich ausmalen, welchen Schmerz Madison gerade durchmachte. »Wie hat sie es aufgenommen?«

Jonathan begegnete seinem Blick. »Nicht gut. Ich meine, sie schien bereits etwas abwesend zu sein, als sie hier ankam, und die Entscheidung des Richters war da auch nicht gerade hilfreich. Dazu kommt noch, dass ihr Bastard-Pflegebruder ihr damit gedroht hat, ein Kontaktverbot zu erwirken, um sie von seiner Mutter fernzuhalten.«

Alex schloss seine Augen und stöhnte.

»Ich glaube nicht, dass er damit durchkommt. In dieser Anhörung konnte er keine Beweise gegen Madison anführen, außer dass sie keine Blutsverwandte ist. Wie auch immer ... sie sagte, dass sie jetzt allein sein müsste, und ist weggegangen.«

Konnte an diesem Tag noch mehr schieflaufen? »Danke, Mann. Ich weiß, dass du dein Bestes gegeben hast.«

Jonathan hob seinen Aktenkoffer auf. »Mir tut's nur leid, dass wir's nicht geschafft haben.«

»Mir auch.«

Alex ging raus zu seinem Wagen und startete den Motor, denn er brauchte die Klimaanlage, um klarer denken zu können. Wohin würde Madison gehen, wenn sie so mitgenommen war? Jetzt, wo sie sich von ihm verlassen fühlte, vom Gericht im Stich gelassen und von ihrem Pflegebruder verleumdet?

Er rief Riley an, nur um von ihr zu erfahren, dass sie überhaupt nichts von Madison gehört hatte. »Sie hat bei Gericht verloren. Ich werde mal bei ihr zu Hause nach ihr schauen. Wenn du in der Zwischenzeit etwas von ihr hörst, ruf mich bitte an.«

Er beendete das Gespräch.

Als er ihr Apartment erreichte, musste er feststellen, dass ihr Wagen nicht auf seinem Platz stand und sie auch nicht zu Hause war. Anstatt wieder wegzufahren, machte er es sich in ihrer Wohnung bequem, um auf sie zu warten.

Madison fuhr ziellos umher, immer noch völlig fassungslos wegen der gerichtlichen Entscheidung. Sie war immer davon ausgegangen, dass sich Frannys Wünsche durchsetzen würden. Dass der Richter sich so entschieden hatte, tat wirklich weh. Ihr Bestes zu geben fühlte sich nicht mehr länger so an, als ob es ausreichte.

Plötzlich vibrierte ihr Telefon. Ein kurzer Blick bestätigte ihre Vermutung, dass es sich um Alex handelte. Aber sie wollte jetzt nicht mit ihm reden. Sie wusste nicht, was sie ihm sagen sollte. Und zurück nach Hause in ihr leeres Apartment wollte sie auch nicht. Sie fuhr aus Miami raus und in Richtung der Außenbezirke, ihr Fahrtziel war ihr selbst noch nicht klar, bis sie intuitiv in eine Wohnstraße bog und realisierte, dass sie in die Nachbarschaft, in der sie einst mit ihren Eltern gelebt hatte, gefahren war. Die Häuser waren heruntergekommen, so wie sie es aus jungen Tagen noch in Erinnerung hatte. Verwildertes Gras und Unkraut bedeckten hauptsächlich die Rasenflächen. Wenige davon waren grün, und traurigerweise war der Großteil durch Vernachlässigung und Mangel an Pflege braun geworden.

Sie hielt vor dem Haus, in dem sie aufgewachsen war, und versuchte sich irgendwelche guten Erinnerungen ins Gedächtnis zu rufen, bevor ihre Mutter gegangen war und ihr Vater sie hatte sitzen lassen, aber es gab keine. Bevor die Melancholie sie komplett überwältigen konnte, fuhr sie weiter.

Kurze Zeit später war sie an einer oder zwei alten Pflegestellen vorbeigefahren. Frannys Haus ließ sie dabei bewusst aus, denn sie wollte die ältere Frau lieber persönlich treffen. Wenn Eric seine Drohung bezüglich des Kontaktverbots durchziehen würde, könnte das hier vielleicht das letzte Mal sein, dass sie Franny zu Gesicht bekam. Auch wenn ihr Jonathan versichert hatte, dass Eric nicht gewinnen würde, war es nun ein für alle Mal vorbei damit, dass sie irgendjemandem oder irgendetwas glauben würde.

Und war das nicht erbärmlich? Sie ignorierte die Stimme in ihrem Kopf, die fragte, ob sie wirklich den Rest ihres Lebens auf diese Art verbringen wollte – zweifelnd und skeptisch. Sie ging in das Pflegeheim, dankbar dafür, als sie niemand auf ihrem Weg zu Frannys Zimmer aufhielt.

Sie klopfte und fühlte sich durch das laute »Herein« ermutigt, das sie als Antwort erhielt.

»Franny?«, fragte Madison, als sie die Tür aufdrückte.

»Gracie!«, erwiderte Franny aufgeregt. Madisons Magen verkrampfte sich, als all ihre Hoffnungen zunichtegemacht wurden.

Sie ging zu der älteren Frau und küsste sie auf die Wange. »Du siehst heute wundervoll aus.«

Die Krankenschwestern hier kümmerten sich gut um sie. Trotzdem kam Madison bewusst außerhalb der normalen Besuchszeiten vorbei, um sicher zu gehen, dass auch wirklich nichts, was sie sah, nur für die Augen der Besucher bestimmt war.

»Danke. Du aber auch.« Franny kicherte ein bisschen, was Madison das Gefühl gab, dass sich Franny gerade geistig in einem jüngeren Alter befand.

»Ich habe heute einen Spaziergang im Garten gemacht. Und ich habe gehofft, dass dieser gut aussehende Mann, Daniel, vorbeikommen würde.«

Madisons Herz zog sich zusammen. »Kam er denn?«

Franny schüttelte den Kopf. »Nicht heute, also habe ich nach dem Mittagessen mit ein paar Freunden Karten gespielt.«

»Es war also ein guter Tag?«

»Bislang ja.«

Madison lächelte, weil das, Frannys Meinung nach, alles war, was zählte. Und vielleicht sollte es auch das sein, was für Madison zählte. Franny war jetzt schließlich nicht unglücklich.

»Was ist mit dir? Wo ist der gut aussende Mann, von dem du mir neulich erzählt hast? Wirst du ihn nicht mal bei einem Besuch mitbringen?«

Madison entschied sich mitzuspielen und so zu tun,

als ob sie Gracie wäre, aber sie antwortete wahrheitsgemäß aus ihrem eigenen Leben.

»Letztes Mal, als ich ihn mitnahm, hast du gerade geschlafen. Ich werde versuchen, ihn wieder mitzubringen, aber er hat ein Vorstellungsgespräch für einen neuen Job, und ich weiß nicht, ob er in eine andere Stadt umziehen muss oder nicht.«

Franny runzelte die Stirn. »Du scheinst traurig darüber zu sein?«

»Seh ich so aus?« Madison seufzte. »Ich bin diesbezüglich etwas zwiegespalten.« Sie fühlte sich seltsam, da Franny es ja nicht richtig begriff, deshalb erzählte sie ihr noch einmal, wie die Geschichte mit Alex wirklich gewesen war, und setzte sie auf den neuesten Stand der Dinge, wie die Situation zwischen ihnen jetzt gerade war.

Franny klopfte leicht auf den Bettrand, und Madison ließ sich neben ihr nieder. »Madison, Schätzchen. Liebst du ihn?«

Madison schaute Franny in die Augen. Sie war jetzt gerade tatsächlich bei klarem Verstand! Und das hier könnte vielleicht die letzte Chance sein, die sie jemals haben würde, um mit ihr zu reden. Sie schluckte mühsam und nickte dann. »Ich hab's wirklich mit aller Kraft versucht, ihn nicht zu lieben, aber ich tu es.«

»Du kannst vor der Liebe nicht davonlaufen, nur weil du Angst davor hast, zurückgelassen zu werden, richtig?«

Madison schüttelte den Kopf. »Wow, wenn du einen

guten Tag hast, triffst du einen wirklich an der empfindlichsten Stelle.«

»Ich muss sagen, was wichtig ist, sofern ich es kann.«

»Ja.« Sie begriff das, und der Kloß bildete sich erneut in ihrem Hals. Der Arzt hatte gesagt, dass diese Momente kostbar waren und man sie besonders wertschätzen musste.

»Schau mal, wir beide wussten das, als du zu uns kamst. Du warst schon in so vielen Pflegestellen gewesen, dass du dich auf niemanden mehr verlassen wolltest.«

Madison schaute lieber runter auf ihren Schoß als in die leuchtenden grünen Augen ihrer Pflegemutter.

»Ich habe ein Jahr gebraucht, um dich für mich zu gewinnen und um dich davon zu überzeugen, dass ich dir nicht den Rücken kehren werde. Niemals.«

Tränen traten in Madisons Augen, weil Franny durch diese verdammte Krankheit genau das tat. Madisons rationale Seite wusste zwar, dass Franny ihre Gedächtnislücken nicht kontrollieren konnte, aber das kleine Mädchen in ihrem Inneren fühlte sich wieder von Neuem im Stich gelassen.

»Ich weiß, Schätzchen. Ich weiß«, sagte Franny, offensichtlich ihre Gedanken lesend. »Aber ich werde dich immer lieben, selbst wenn ich es nicht sagen kann oder dich nicht wiedererkenne.«

Madison schaffte es zu nicken. Dann erzählte sie Franny, weil sie es ihr schuldete, auch den Rest der Wahrheit. »Eric hat mich vor Gericht gebracht, wegen deiner Handlungsvollmacht und Betreuungsverfügung.

Ich habe den besten Anwalt angeheuert, den ich kriegen konnte, aber der Richter hat zu Erics Gunsten entschieden. Eric wird das Haus verkaufen, sodass sie dort Eigentumswohnungen bauen können. Und er versucht mich davon abzuhalten, dich weiterhin zu sehen.«

Franny atmete tief durch. »Er hat einen hässlichen Charakter. Du kannst es nicht zulassen, dass er dich daran hindert, deinen Mann zu sehen, Gracie. Du weißt das, richtig?«

Und auf einmal war der klare Moment wieder vorbei. Madison brach von Neuem in Tränen aus.

»Ich weiß.« Sie schaffte es, sich zusammenzureißen, und entschied sich dann dazu, alles zu sagen, was sie auch zu einer Franny bei klarem Verstand gesagt hätte. »Ich würde es wieder genauso machen, um dir so zu helfen, wie du mir geholfen hast. Ich habe alles für dich getan, was in meiner Macht stand.«

Franny umklammerte ihre Hand und begann eine Melodie zu summen, die Madison nicht erkannte. »Erinnerst du dich an das Lied? Wir sangen es, als ich auf Daniel wartete und du auf deinen Mann. Wartest du jetzt auf ihn?«

»Ich weiß es nicht. Vielleicht werde ich losgehen, um zu sehen, wo er ist.«

»Das ist eine gute Idee.«

Madison schaute Franny an. »Danke für alles! Aber am allermeisten danke ich dir dafür, dass du die einzige richtige Mutter warst, die ich jemals hatte.« Sie zog die zerbrechliche Frau zu sich heran, um sie lange zu umarmen.

»Das ist mein Mädchen«, dachte sie, Franny flüstern zu hören.

Oder vielleicht hatte sie sich das auch nur eingebildet. Es spielte keine Rolle.

Sie war Frannys Mädchen, dachte Madison. Von dem Moment an, als das Paar sie aufgenommen hatte, hatten sie sie wie ihre eigene Tochter behandelt. Es kam nicht darauf an, was Eric dachte oder was das Gericht sagte. Sie war im Herzen Frannys Tochter. Und das war das Einzige, was zählte.

Madison schüttelte den Kopf. »Ich weiß nicht, ob er mein Mann ist.«

Aber natürlich wusste sie es. Tief in ihrem Innern, wo es zählte, gehörte Alex ihr. Madison entschied sich, dass es an der Zeit war, nach Hause zu gehen und sich mit ihrem echten Leben auseinanderzusetzen. Dem Leben, das sie in diesem Moment hatte.

Und wenn das bedeutete, dass sie mit seiner neuen Karrieremöglichkeit zurechtkommen müsste – war das dann nicht nur ein kleiner Preis, den sie zu zahlen hatte? Sie müsste es nicht mögen, aber sie würde damit leben. Bislang war er derjenige gewesen, der sich verändert und immer gegeben hatte. Jetzt war sie an der Reihe.

Alex fing an, sich langsam Sorgen zu machen, als er in Madisons Apartment auf und ab ging und dabei aus dem Fenster starrte. Bis ihr Wagen endlich in ihren Parkplatz bog, war er wahnsinnig besorgt, da er nicht wusste, wo sie nach den schlechten Neuigkeiten hingegangen war, zudem sie auch nicht auf seine Textnachrichten oder Anrufe reagiert hatte.

Als sie die Tür aufschloss und hineinging, wartete er im Wohnzimmer, mit verschränkten Armen und dem Rücken zum Fenster. »Nun ja, es wird verdammt nochmal auch höchste Zeit!«

»Entschuldigung?« Sie blinzelte, ihre Augen waren vom Weinen ganz verquollen und rot. Ihr Anblick tat weh, aber er war immer noch aufgebracht, dass sie ihn in der Schwebe gelassen hatte.

»Weißt du überhaupt, wie besorgt ich war?«

Sie schüttelte den Kopf. »Ich dachte, dass du aus New York anrufen und schreiben würdest, nicht aus Florida. Woher sollte ich wissen, dass du zu Hause bist? Und wenn hier irgendjemand in der Schwebe gelassen wurde, dann war ich das! Wo zum Teufel warst du in den letzten vierundzwanzig Stunden? Du hast weder angerufen noch eine Nachricht geschrieben.« Sie warf ihre Schlüssel und Tasche auf den Tisch und verschränkte ihre Arme vor der Brust, ahmte seine Pose nach … und sprach ihn auf seinen verlogenen Schwachsinn an.

»Madison …«

»Und wenn wir schon einmal dabei sind, erzähl mir mal bitte, warum ich diese Fotos sehen musste und trotzdem keinen Mucks von dir gehört hab!«

»Ich kann alles erklären.« Sein Herz raste, als er sich an alles erinnerte, was zwischen ihnen passiert war, was er jedoch während seiner Sorge um sie nach der Anhörung verdrängt hatte.

»Und, was hast du mir zu beichten …?«, meinte sie, sah dabei aber nicht wütend aus.

Er war verwirrt wegen ihrer widersprüchlichen Signale. Sie ging zu ihm und packte ihn an den Schultern. Sie war sanft, aber fest entschlossen, als sie ihn zum Sofa drehte und in die Polster drückte.

»Was denkst du eigentlich, was du da gerade tust?«, fragte er.

»Das Sagen haben!«

Er kniff seine Augen zusammen. Er hatte noch niemals zuvor diese Seite an ihr gesehen, und er musste zugegeben, dass er es heiß fand. Trotzdem gab es noch viel zwischen ihnen, das laut ausgesprochen und behoben werden musste.

»Hab ich irgendeine Chance, als Erster was sagen zu können? Zum Beispiel erklären, was in New York passiert ist?«

»Nee.« Sie setzte sich rittlings auf ihn und blickte ihn an.

»Was ist mit der Anhörung? Können wir darüber reden?«

»Später.«

Er atmete tief durch, sank gegen die Couch und machte es sich gemütlich, weil er davon ausging, noch ein Weilchen dort zu bleiben. »Schieß los.«

»Ja.« Sie lachte nervös. »Ich wünschte, es wäre so einfach.« Sie fuhr sich mit einer zitternden Hand durch ihr Haar. »Ich habe gerade Franny besucht. Ich dachte, wenn Eric seinen Willen durchsetzt, könnte es das letzte Mal sein, also wollte ich sichergehen, dass ich alles sagen konnte, was mir auf dem Herzen lag. Ob sie mich nun hören oder verstehen konnte oder nicht.«

Sein Herz schmerzte wegen ihr. Und dieses Mal bot er ihr keine Binsenweisheiten an, weil es – wie sie heute gelernt hatte – unwichtig war, was passieren *sollte* – ein Richter konnte so entscheiden, wie er wollte. Kein Platz für Gerechtigkeit.

»Während ich mit ihr sprach, dachte sie, ich sei ihre Schwester Gracie ... und war glücklich. Sie befand sich mental in der Vergangenheit und erlebte ihr Leben aufs Neue, und sie lachte und lächelte. Ich dachte, *ich muss das akzeptieren, zumindest ist sie glücklich, wo auch immer sie gerade in diesem Moment ist.* Das muss genug sein, auch für mich. Mit Sicherheit ist es jedenfalls gerade jetzt genug für sie.«

Er strich mit seiner Hand über ihr Haar. »Das ist großartig. Ich bin glücklich darüber, dass du einen Weg findest, um dich damit abzufinden, sie zu verlieren.« Weil der Verlust eines Menschen die eine Sache war, vor der sich Madison fürchtete.

»Sie ist nicht fort. Die Frau, die ich kannte, ist fort, aber eine andere ist hier. Und weißt du was? Sie hat mich heute etwas gelehrt.«

Alex bemerkte ihr Augenzwinkern, und plötzlich hegte er mehr Hoffnung, als er erwartet hatte, seitdem er sie in Ians Konferenzraum am ersten Tag gesehen hatte.

»Und was?«

Sie begegnete seinem Blick. »Im Moment zu leben muss das sein, was zählt. Es muss alles sein, oder ich werde nichts haben, wie du gesagt hast. Ich musste Franny heute nur glücklich sehen, um das zu kapieren.«

Er wartete, denn er spürte, dass sie fortfahren wollte, und blieb still.

»Du hast recht. Ich habe viele Verluste erlebt. Zu viele. Aber du bist jetzt hier, du bietest mir alles – genau in diesem Moment, und ich bin so sehr damit beschäftigt, mir Sorgen wegen der Zukunft zu machen, dass ich dich wegstoße. Wenn ich doch jetzt gerade glücklich sein könnte. *Wir* könnten jetzt glücklich sein.«

In seinem Kopf begann er sich sofort alle Möglichkeiten auszumalen, um mit ihr glücklich zu sein. »Also …«

»Also …« Sie holte tief Luft. »Ich bin hier. Ich stehe hundertprozentig hinter unserer Beziehung. Und jetzt will ich wissen, was zum Teufel du dir bei deiner Aktion mit dieser Blondine in New York gedacht hast!«

Er konnte nicht anders. Er warf seinen Kopf zurück und lachte.

Sie stupste ihm mit ihrem Finger in den Bauch. »Hör auf damit.«

»Man hat mich reingelegt.« Er hob beide Hände abwehrend vor sich, bevor sie zu argumentieren beginnen konnte. »Kein Scheiß! Mein Bastardagent entschied sich dazu, mich mit einem Meeting nach dem anderen zu überrumpeln. Er erzählte mir, dass es um ein Probevorsprechen für den Job ginge, obwohl sie in Wirklichkeit einfach nur gute Pressefotos für die Show haben wollten. Im Wesentlichen erzählte er ihnen, dass ich den Job annehmen würde – ohne meine Erlaubnis. Und letzte Nacht im Restaurant war Allison mit von der Partie. In dem verdammten Restaurant war es laut, sie kam deshalb näher. Sie wusste, dass irgendjemand Schnappschüsse machen würde. Ich wusste das nicht.«

Madison schaute ihn an, ihre Augen waren zusammengekniffen.

»Was? Du glaubst mir nicht?«

»Natürlich tu ich das. Ich bin nur fassungslos, was dein Agent sich da erlaubt hat.«

Dass sie seinen Worten Glauben schenkte, war gigantisch, und sie das sagen zu hören ließ eine Welle der Erleichterung über ihn schwappen. »Exagent. Ich hab ihn sofort nach meiner Landung gefeuert. Und ich konnte dich letzte Nacht oder diesen Morgen nicht anrufen, weil es gestern schon nach Mitternacht war, bis ich ins Hotel zurückkam, und heute Morgen bin ich schon um vier Uhr aufgestanden, weil mein Flug bereits um sechs ging.«

Sie nickte. »Es gefiel mir zwar nicht, doch ich habe keine voreiligen Schlüsse gezogen. Aber ich hatte vor, das mit uns zu beenden.«

Sein Magen krampfte sich zusammen, und dieses Mal war er es, der die Augen zusammenkniff.

»Ich dachte nicht, dass ich mit dieser Art von öffentlicher Aufmerksamkeit und den Frauen in deinem Leben klarkommen würde; ich wartete nur auf die nächste Hiobsbotschaft und darauf, dass du wieder einmal genug von mir hast.«

»Madison«, sagte er mit einem tiefen Brummen.

Sie legte ihren Finger auf seine Lippen. »Aber ich habe realisiert, dass ich nicht so leben kann – indem ich darauf warte, unglücklich zu sein. Das wird passieren oder auch nicht. Aber ich brauche dich in meinem Leben, und das bedeutet, meine Vergangenheit und meine Ängste zu überwinden.«

»Ich bin hier, um dir zu helfen, Angel.«

Sie lächelte, aber ihr Lächeln war weit davon entfernt, echt zu sein. »Ich bin kaputt, Alex«, sagte sie mit Tränen in den Augen. »Aber ich will mich bessern. Ich will die Sache mit dir gut machen.«

Er schob seine Hand in ihren Nacken und zog fest an ihren Haaren. »Lass uns mal eine Sache klarstellen, okay? Da gibt es keine anderen Frauen in meinem Leben. Keine, die von Bedeutung wären. Willst du wissen, warum?«

Sie nickte und starrte ihn mit weit aufgerissenen Augen an.

»Weil ich dich liebe. Ich. Liebe. Dich.« Er sagte die drei Worte, die er zuvor nur zu einer Frau gesagt hatte, als er noch nichts anderes als ein unerfahrener Teenager gewesen war. Damals hatte er nicht gewusst, was das Leben noch bringen würde. Hatte sich nicht vorstellen können, dass diese verletzte Frau, die ihn brauchte, einen Platz so tief in seinem Herzen finden würde, dass er sie niemals wieder gehen lassen könnte.

Madison atmete tief durch, und ein Schluchzer entwich ihr. »Ich liebe dich auch.« Ihre Kehle schmerzte davon, dass sie die Tränen zurückhielt, aber ihr Herz … es war, als wollte es aus ihrer Brust springen.

Diese drei Worte bedeuteten alles für sie. Noch Stunden zuvor hätte es sein können, dass sie nicht genug gewesen wären, um sie auf den Boden der Tatsachen zu bringen und sie davon abzuhalten, zu gehen. Möglicherweise hätte sie seinen Worten nicht geglaubt. Aber die kurze Zeit mit einer weisen Frau, die sich selbst fast verloren hatte, hatte es fertiggebracht, Madison die eine Lektion zu lehren, die sie dringend gebraucht hatte.

»Ich liebe dich«, sagte sie, schlang ihre Arme um seinen Hals und presste ihre Lippen auf seine.

Er küsste sie zurück, verschlang ihren Mund, versiegelte sie innig mit seinen Lippen. »Du wirst mich nicht los, Madison«, versprach er ihr, löste sich von ihr, nur um sie kurz darauf wieder eng an sich zu ziehen.

Ihre Wange ruhte an seiner, und sie atmete seinen Geruch ein. »Was auch immer mit dem Job passieren sollte, wir werden es schon hinkriegen. Gib nichts für mich auf. Ich verspreche dir auch, dass ich nicht weggehen werde. Ich weiß, dass es mir schwerfallen wird, aber ich werde mich da schon durcharbeiten.«

»Kein Zurückstoßen mehr? Du wirst der Angst nicht mehr nachgeben, richtig? Du hast ein Problem, und wir werden offen darüber reden.«

Sie nickte.

»Gut. Weil ich dir nämlich alles geben will, was du nie hattest. Liebe, Vertrauen, ein Zuhause …«

Bei seinen Worten entwich ihrer Kehle ein weiterer Schluchzer.

»Und eine Familie.«

Sie lächelte ihn an. »Das hast du bereits getan. Deine Familie hat mich akzeptiert, und ich bin dafür so dankbar.«

Er drückte seine Stirn gegen ihre. »Ich meine nicht nur meine Familie. Ich meine *unsere* Familie. Deine und meine. Ich will Kinder haben, denen ich beibringen kann, einen Baseball zu werfen, und Mädchen, die so aussehen wie du.«

Sie schüttelte ungläubig den Kopf, nicht in der Lage zu sprechen oder auch nur ein verständliches Wort herauszubringen.

»Du willst keine Kinder?« Schockiert lehnte er sich zurück.

»Doch, das will ich. Ich habe mir nur selbst niemals erlaubt, darüber nachzudenken, welche zu haben. Dieser Traum war immer tabu.«

»Nun, es wird kein Traum bleiben. Es wird unsere Realität sein. Ich werde schon dafür sorgen.«

»Du bist so gut zu mir.« Sie schaute in das Gesicht des Mannes, den sie liebte, nicht in der Lage zu glauben, dass das Leben ihnen eine weitere Chance gegeben hatte. Es hatte ihr eine Chance gegeben, vernünftig zu werden, und nicht das Beste zu verlieren, das ihr jemals passiert war.

»Wir tun einander gut. Vergiss das nicht.«

Sie grinste. »Du kannst sicher sein, dass ich dich daran erinnern werde … wenn du es jemals vergessen solltest.«

»Unwahrscheinlich. Und ich hätte jetzt noch eine Frage an dich.«

Sie hob eine Augenbraue.

»Heirate mich! Lass es uns offiziell machen.«

Sie blinzelte ihn an, verblüfft, überrascht und überwältigt. »Bist du dir sicher, dass du weißt, worauf du dich da einlässt?«

»Was für eine Frage ist das denn? Erstens gehören wir zusammen. Und zweitens, denkst du denn nicht, dass du dich besser fühlen wirst, wenn du weißt, dass ich eine lebenslange Verbindung mit dir eingehen will?«

Sie schüttelte den Kopf. »Nein. Du kannst mich nicht heiraten, weil ich Angst habe, verlassen zu werden.«

Er legte seine Hand um ihr Gesicht, streichelte ihre Wange mit seinem Daumen. »Du hast recht. Aber ich kann dich heiraten, weil ich ein Problem damit habe, nicht ganz nah mit dir verbunden zu sein – auf jede erdenkliche Weise. Und weil ich weiß, wie ich fühle. Und ganz nebenbei hat es auch noch den Vorteil, dass dieser Schritt dir noch mehr Sicherheit geben wird. Und das ist mir wichtig. Aber dich an mich zu binden – in jeglicher Hinsicht – ist genau das, was ich will.«

Sie zuckte mit den Achseln. Was konnte sie dazu noch sagen? »Ja.«

»Ja?«

»Ja!«

Er grinste und küsste sie heftig. »Lass uns gehen.«

»Wohin?«

»Einen Ring kaufen. Meine Verlobte muss meinen Ring an ihrem Finger tragen.«

Sie lächelte. »Was für eine Frau wäre ich, wenn ich dazu *Nein* sagen würde?«

Sie machte sich nichts vor, dass es einfach oder sie nicht rückfällig werden würde, aber sie hatte die Welt in ihren Händen und diesen wundervollen Mann in ihrem Leben. Sie würde alles tun, was in ihrer Macht stand, um ihn zu behalten. Alte Wunden heilen zu lassen mit eingeschlossen.

Drei Monate später.

Alex fuhr zu Ians Haus, um sich seinem Bruder beim Ende von Rileys Babyparty anzuschließen. Ian hatte um moralischen Beistand gebeten, und auf diese Weise könnte Alex auch Madison abholen, die mit ein paar Arbeitskolleginnen ebenfalls dort war. Alex fuhr gen Norden auf der I-95, erblickte die verdammte Reklametafel mit seinem Gesicht darauf im Split Screen. Genau so, wie die PR-Leute die Idee Monate zuvor angepriesen hatten.

Er hatte dieser Idee wirklich nicht zustimmen wollen, aber eine Vielzahl von Umständen hatte seine Meinung schließlich doch geändert. Der erste Grund war Jake, der Junge, den er in New York getroffen hatte. Sie waren E-Mail-Freunde geworden, und irgendwann waren es dann auch Ians Worte über Alex gewesen, dass er in der Lage wäre, etwas für Kinder zu bewirken, und sogar für verletzte Athleten, die darin unterrichtet werden könnten, sich auf die Zukunft vorzubereiten – das war schließlich bei ihm angekommen. Und als die Trainingscamps im Sommer begannen, hatte Alex angefangen, sich mit den Spielern zu treffen, sowohl in Gruppen als auch einzeln, und die tiefere Bedeutung der PR-Kampagne war ihm bewusst geworden. Schließlich war da noch sein Job beim Fernsehen.

Als Rachel ihn Monate zuvor im Auftrag von S&E Network angerufen hatte, wollte er nicht hören, was sie zu sagen hatte. Wieder einmal hatte sich ihre Hartnäckigkeit ausgezahlt, und er war gezwungen gewesen, ihr zuzuhören. Er erfuhr, dass das abgekartete Spiel einzig und allein die Idee von Allison und seinem Exagenten gewesen war. Die Führungskräfte von S&E Network wollten Alex immer noch, und er bestand auf einen neuen Co-Moderator. Zu seinem Schrecken willigten sie ein.

Die Show wäre nur sonntags während der Football-Saison, was bedeutete, dass seine Reisezeit begrenzt bliebe. Er wäre in der Lage, seinen Job bei den Thunders zu behalten und die neue Chance trotzdem zu ergreifen. Das geschah zu dem Zeitpunkt, als Madison ihn erneut darauf ansprach, die PR-Kampagne doch zu machen. Sie glaubte, dass der neue Job ein perfektes Hilfsmittel für ein Comeback sein könnte, und dass eine öffentliche Werbekampagne ihre Anstrengungen hinter den Kulissen noch unterstützen würde. Mit Alex als Gesicht des Erfolges.

Bei solchen Aussichten war er nicht mehr in der Lage gewesen abzulehnen. Wenn Madison ihren Unsicherheiten die Stirn bieten konnte, während er nach New York reiste, mit einer weiblichen Co-Moderatorin zusammenarbeitete und seinen Erfolg wieder aufleben ließ, konnte er verdammt nochmal auch seinen eigenen Unsicherheiten ins Gesicht blicken. Vor allem wenn das bedeutete, anderen zu helfen.

Alex fuhr seinen Porsche in die lange Einfahrt des Hauses seines Bruders. Er traf ihn an der Eingangstür.

»Und? Sollen wir gleich abhauen?«, fragte Alex lachend.

»Du hast ja keine Ahnung, all diese beschwipsten, kichernden Frauen, sie machen mich fertig«, murmelte sein Bruder.

»Aber Riley darf doch gar keinen Alkohol trinken.«

»Sie bestand auf Mimosa-Cocktails für ihre Freundinnen. Sie kamen mit Geschenken wie beispielsweise Milchpumpen, Brustwarzensalbe und eine ganz Neunmalkluge schenkte ihr sogar einen Gutschein für eine Vasektomie. Sie sagte, Riley würde mich während der Entbindung darum anflehen, dass ich mich sterilisieren lasse.«

»Autsch, Mann. Das ist brutal.«

»Wem sagst du das. Meine Brüder sind schon geflohen.« Er gab Alex einen Klaps auf den Rücken. »Ich bin so froh, dass du da bist.«

»Verdammt. Können wir nicht hier draußen bleiben?«

»Auf gar keinen Fall. Ich bin ihnen bisher größtenteils aus dem Weg gegangen, aber Riley will, dass ich Kuchen austeile und eine Tischrede halte. Dabei kann ich deine Unterstützung verdammt gut brauchen!«

»Du schuldest mir was«, murmelte Alex und folgte Ian in das Haus.

Eine Stunde später wollte Alex nur noch eines: weg von den aufgeregten Frauen, den Kleidungsstücken für winzige Leute – wie konnte man überhaupt nur so etwas Kleines halten, ohne es fallen zu lassen? – und all diesen Windeln, Cremes und Ratgeber-Büchern. Er war froh, dass er bisher nur verlobt war und noch Zeit hatte, bevor er all diesem gegenübertreten müsste – all diesem ... Zeug.

In der Halle, in der Nähe der Küche, zog er eine beschwipste Madison an sich. »Wollen wir los?«, fragte er hoffnungsvoll.

»Erst nach einem weiteren Mimosa.« Sie griff nach seiner Hand und zog ihn in Richtung der voll ausgestatteten Bar mit dem professionellen Barkeeper, den Ian angeheuert hatte.

»Oh, nein. Ich denke, du hast genug gehabt.«

Sie drehte sich zu ihm um. »Hab ich nicht. Wirklich. Ich denke nur, dass wir bis zum Ende bleiben sollten. Für Riley.«

Er nickte. »Kann ich etwas als Gegenleistung bekommen für dieses Opfer?«

»Zum Beispiel?«, fragte sie, lehnte sich nah an ihn heran und schlang ihre Arme um seinen Hals.

Er zog sie in den nächsten Raum und schloss die Tür hinter ihnen. »Das hier.« Er glitt mit seinen Lippen über ihre und küsste ihren Mund, so als ob er sie nicht erst heute früh gesehen und mit ihr Liebe gemacht hätte.

»Hmmm. Wofür war das?«

»Brauche ich einen Grund, um meine zukünftige Ehefrau zu küssen?«

»Nee.« Sie fuhr mit ihren Fingern durch sein Haar und legte erneut ihre Lippen auf seine.

Ihre Zunge glitt über seinen Mund, schob sich hinein, und sie stöhnte, zog fester an seinen Haaren und ließ ihn nicht gehen. Nicht dass er das gewollt hätte.

Mit einem Stöhnen trennte sie sich schließlich von ihm. »Ich habe nachgedacht.«

»Worüber?«

»Was für eine Art von Hochzeit ich will.« Bisher hatte Madison jegliche Entscheidung, die auch nur das Geringste mit der unmittelbaren Zeremonie zu tun hatte, vor sich hergeschoben.

Nicht weil sie irgendwelche Zweifel hegte, sondern weil sie nicht wusste, wie sie etwas Traditionelles feiern konnte, wenn ihr Leben doch sonst alles andere als das war. Dennoch, den Tag mit vielen verheirateten Frauen verbracht zu haben, die über Babies und Familien sprachen, hatte sie dafür bereitgemacht, eine Entscheidung zu treffen.

Alex umfasste ihre Taille mit seinen Händen und zog sie an sich. »Alles, was du willst, sollst du haben.«

Sie schluckte mühsam. »Ich will deine Frau sein, aber ich will keine Hochzeit mit vielen Menschen. Ich habe keine Eltern und …«

»Keine Erklärung nötig«, versicherte er ihr.

»Ich will nicht den Mittelgang allein entlangschreiten oder mit irgendjemandem, der in Wirklichkeit gar nicht mein Vater ist. Ich will dich nur heiraten. Ich würde Las Vegas vorschlagen, aber ich möchte, dass deine Familie dabei ist.«

Er drückte sie fester. »Und ich liebe dich dafür. Also warum nicht Vegas? Meine Familie kann dorthin genauso leicht fliegen wie wir beide. Gabe besitzt dort sogar einen Club. Ich bin mir sicher, dass er die besten Plätze kennt, wo wir hingehen können. Das ist kein Problem.«

Sie starrte ihn überrascht an. »Wirklich?«

Er grinste. »Wirklich.«

Sie atmete einmal tief durch. »Danke«, sagte sie erleichtert, weil er zustimmte. »Wenn Riley fliegen kann, wäre es toll, wenn sie und Ian dabei sein könnten. Wenn es nicht geht, weiß ich, dass sie es verstehen wird.«

Er nickte. »Ich stimme dir zu.«

Er war so unkompliziert. So speziell. Sie starrte in diese dunklen, schokoladenfarbenen Augen, die so voller Liebe waren. Für sie. Sie hatte so viel Glück, und das dachte sie nicht zum ersten Mal. Auch nicht zum hundertsten Mal. Er war für sie zum perfekten Mann geworden. Und im Verlauf der letzten wenigen Monate hatte sie sich ebenfalls ziemlich weiterentwickelt.

Sie hatte gelernt, mit seinen Reisen und seinem Job klarzukommen, hatte sich selbst versichert, dass die gute Chemie zwischen ihm und der Co-Moderatorin seiner Show nicht bedeutete, dass er an ihr interessiert war. Dass die nächste Hiobsbotschaft nicht kommen müsste. Dass er sie nicht verlassen müsste, wie andere Menschen in ihrem Leben. Und dank seiner Geduld begann sich dieses Denken langsam in ihr zu festigen. Sie war selbstbewusster, schöpfte mehr Vertrauen.

»Wenn meine Familie dort sein kann, toll. Wenn nicht … du bist alles, was ich brauche, Angel.«

»Gut«, sagte sie und lächelte. »Weil du auch alles bist, was ich brauche.«

Werkverzeichnis der im Heyne Verlag von Carly Phillips erschienenen Titel

Über die Autorin

Werkverzeichnis

› Bonusmaterial

HEYNE ‹

Die Autorin

Carly Phillips hat sich mit ihren romantischen und leidenschaftlichen Romanen in die Herzen ihrer Leserinnen geschrieben. Nach ihrem Abschluss an der Brandeis University praktizierte sie als Anwältin. Als sie nach der Geburt ihrer ersten Tochter ihre Leidenschaft für Liebesgeschichten entdeckte, begann sie selbst zu schreiben. In den 90er Jahren gab sie ihre Karriere als Juristin auf und blieb bei ihren Töchtern zu Hause.
1998 erschien ihr erstes Buch in Amerika. Sie hat bereits über zwanzig Romane veröffentlicht und ist inzwischen eine der bekanntesten amerikanischen Schriftstellerinnen. Mit zahlreichen Preisnominierungen und Auszeichnungen ist sie aus den Bestsellerlisten nicht mehr wegzudenken.
Carly Phillips lebt mit ihrem Mann und ihren zwei Töchtern in Purchase im Staat New York. Ihre Leidenschaft gilt, neben der Familie, ihren beiden Terriern Bailey und Buddy sowie dem Baseball. Im wahren Leben ist ihr Ehemann ihr Held.
Vorbilder für ihr literarisches Schreiben sind LaVyrle Spencer, Catherine Coulter und Susan Elizabeth Phillips. Carly Phillips' richtiger Name lautet Karen Drogin, unter dem sie ebenfalls veröffentlicht. Ohne zu schreiben, sagt sie selbst, würde sie verrückt werden. Die Atmosphäre, in der Carly Phillips ihre Bücher verfasst, ist allerdings nicht weniger verrückt: Sie schreibt im Chaos zwischen laufendem Fernseher, bellenden Hunden und ihren beiden Töchtern. Dies alles wirke sich jedoch positiv auf ihre Kreativität aus, so Carly.

Wenn Sie mehr über Carly Phillips erfahren wollen, besuchen Sie sie auf ihrer Homepage: www.carlyphillips.com

Werkverzeichnis

1. Die Chandler-Trilogie

Der letzte Kuss
(The Bachelor)

Wer von ihnen als Erster den Herzenswunsch ihrer Mutter nach Hochzeit und Enkelkindern erfüllen soll, entscheiden die drei Brüder Rick, Chase und Roman durch das Werfen einer Münze. Ausgerechnet Auslandskorrespondent Roman muss sich der Herausforderung stellen. Seine Traumfrau macht es ihm jedoch nicht leicht.

Der Tag der Träume
(The Playboy)

Die Frauen von Yorkshire Falls werfen sich Rick Chandler reihenweise an den Hals. Doch der attraktive Polizist will nach einer missglückten Ehe nie wieder heiraten. Als ihm eines Tages Kendall, eine waschechte »runaway bride«, über den Weg läuft, knistert es heftig auf beiden Seiten. Doch auch Kendall liebt ihre Freiheit über alles.

Für eine Nacht

(The Heartbreaker)

Nachdem Roman und Rick unter der Haube sind, ist nun Chase als letzter der drei Chandler-Brüder an der Reihe, endlich die Frau seiner Träume zu finden. Dies stellt sich als äußerst schwierig heraus, denn seine Auserwählte ist nach der ersten gemeinsamen Nacht spurlos verschwunden. Chase kennt nicht einmal ihren richtigen Namen.

2. Die Hot-Zone-Serie

Mach mich nicht an!

(Hot Stuff)

Annabelle, attraktive und erfolgreiche PR-Beraterin in der Hot-Zone-Agentur, verliebt sich konsequent immer wieder in die falschen Männer. Nach der letzten verheerenden Beziehung hat sie sich deshalb strikte Enthaltsamkeit geschworen. Als sie ihrem neuesten Klienten, dem Ex-Football-Star Brandon Vaughn, gegenübersteht, hält sie ihn zunächst für den typischen, oberflächlichen Sportler. Doch schon bald entdeckt Annabelle, dass sich unter Brandons harter Schale ein weicher Kern verbirgt, und ihr guter Vorsatz schmilzt wie ein Eiswürfel in der Sommersonne.

Her mit den Jungs!

(Hot Number)

Micki, Annabelles burschikose Schwester, ist bis über beide Ohren in den lebenslustigen und charmanten Baseball-Profi Damian verschossen. Doch der stadtbekannte Herzensbrecher scheint sie bisher noch nicht einmal wahrgenommen zu haben. Ihr Onkel Yank, der Gründer und Chef der Hot-Zone-Agentur, sorgt dafür, dass Damian und Micki gemeinsam auf einer romantischen Insel landen. Und wirklich: Die beiden verleben leidenschaftliche Tage voller Glück und Harmonie. Doch kaum wieder in New York, zieht Damian sich zurück. Micki ist verzweifelt: Wie konnte sie nur glauben, ihn dauerhaft an sich zu binden?

Komm schon!

(Hot Item)

Sophie, die kontrollsüchtige der drei Jordan-Schwestern, verliert genau das, was ihr am wichtigsten ist: den Überblick. Denn Spencer, der PR-Berater der Hot-Zone-Agentur, ist plötzlich untergetaucht. Damit ihre Klienten nicht verrücktspielen, muss Sophie ihn um jeden Preis in die Agentur zurückbringen. Als der sexy Football-Spieler Riley Nash sich in Sophies Leben drängt, gibt es noch mehr Unordnung: Auf der gemeinsamen Suche nach dem Vermissten findet Sophie nicht nur heraus, dass Riley ein Geheimnis hat, sondern auch, dass sie seinem erotischen Charme nicht widerstehen kann.

Geht's noch?

(Hot Property)

Die quirlige Eventmanagerin Amy Stone ist frisch nach New York gezogen, um für die Hot-Zone-Agentur zu arbeiten. Dank der Vermittlung ihrer Freundin – und Geschäftspartnerin – Micki zieht Amy schon bald einen lukrativen Auftrag an Land: Sie soll John Roper, einem bisher sehr erfolgreichen Baseball-Profi, aus seiner Lebenskrise helfen. Er hat nicht nur berufliche und gesundheitliche Probleme, sondern auch familiären Dauerstress. Amy stürzt sich voller Tatendrang in diesen Auftrag – und versucht ihre eigenen Gefühle zu ignorieren.

3. Die Corwin-Trilogie

Trau dich endlich!

(Lucky Charm)

Schon als junges Mädchen weiß Gabrielle, dass sie ihren Mr. Right, den attraktiven Derek Corwin, bereits gefunden hat. Doch dann lässt der sie sitzen und heiratet eine andere. Die Begründung: Ein Fluch lastet auf seiner Familie, der es ihm unmöglich macht, mit seiner wahren Liebe glücklich zu werden. Gabrielle bleibt nichts anderes übrig, als sich damit abzufinden. Als sie ihren Ex – inzwischen geschieden und sexy wie nie – nach Jahren wieder trifft, lässt sie sich erneut auf eine heiße Affäre mit ihm ein.

Spiel mit mir!

(Lucky Streak)

Las Vegas macht's möglich: In einer heißen Nacht heiratet der sexy Cop Mike Corwin nicht nur die umwerfende Trickbetrügerin Amber, sondern gewinnt darüber hinaus 150 000 Dollar. Als er am nächsten Morgen aufwacht, ist Amber verschwunden – und das Geld auch. Hat sie ihn reingelegt? Oder entfaltet der Fluch, der auf den Corwin-Männern lastet, tatsächlich seine Wirkung? Prompt sieht Mike seine schlimmsten Befürchtungen bestätigt. Für ihn ist der Fall klar: Er will die Scheidung. Doch Amber glaubt an ihre Liebe zu Mike und lässt sich von nichts aufhalten.

Mach doch!

(Lucky Break)

Der Corwin-Fluch besagt, dass kein männliches Familienmitglied jemals mit seiner großen Liebe glücklich werden kann. Derek und Mike Corwin sind zwar inzwischen mit ihren Traumfrauen verheiratet, doch nun scheint das Übel auf ihrem Cousin zu lasten: Der smarte Jason fühlt sich unwiderstehlich zu der verführerischen Lauren Perkins hingezogen. Doch es war ausgerechnet Laurens Urahnin, die einst den Fluch über die Corwin-Familie brachte. Ist ihre Liebe stark genug, den unheilvollen Bann endgültig zu brechen?

Küss mich doch!

(Kiss me if you can)

Coop gilt als der begehrteste Single in ganz New York, seit er einen Juwelenraub verhindert hat. Plötzlich kann er sich vor Verehrerinnen nicht mehr retten, doch wirklich fasziniert ist er nur von der unkonventionellen Lexie. Die hat allerdings nur eines im Sinn: an den antiken Ring zu kommen, den er vom Juwelier als Belohnung erhalten hat. Denn er birgt ein dunkles Familiengeheimnis. Kann Coop ihr vertrauen?

Verlieb dich!

(Love me if you dare)

Der Polizist Rafe rettet seiner Kollegin Sara das Leben – ein gefundenes Fressen für die Medien, die die Geschichte aufbauschen und ihn zum begehrtesten Junggesellen New Yorks machen. Er flieht vor der Klatschpresse, nachdem er zugegeben hat, dass die attraktive Sara weit mehr als eine Kollegin für ihn ist. Die macht sich auf die Suche nach Rafe und verliebt sich in ihn und seine ungestüme, aber liebenswerte Großfamilie. Wenn nur alles so einfach wäre …

Ich will doch nur küssen

(Serendipity)

Von Männern hat Faith genug! Frisch geschieden kehrt sie in ihre Heimatstadt zurück. Dort begegnet sie ausgerechnet dem Mann, den sie seit zehn Jahren nicht vergessen kann: Ethan. Er stellt ihre Gefühlswelt gehörig auf den Kopf und lässt sie wieder auf die große Liebe hoffen. Doch Ethan hat ein dunkles Geheimnis, und als seine Halbschwester auftaucht, geht das Chaos erst richtig los.

Ich will nur dein Glück

(Serendipity 2)

Als Nash Barron die attraktive Kelly auf der Hochzeit seines Bruders kennenlernt, funkt es gewaltig zwischen ihnen. Nash ist fasziniert von Kellys Schönheit und Warmherzigkeit, doch für ihn steht fest, dass sie ihrer Leidenschaft nicht nachgeben dürfen. Dadurch würde er das Vertrauensverhältnis zu seiner Halbschwester Tess gefährden, die die Barron-Familie erst kürzlich aufgenommen hat. Sie braucht nun seine ganze Unterstützung. Doch Tess ist nicht das einzige Hindernis zwischen den beiden. Auch Kelly hat ihre Gründe, auf Distanz zu gehen: Sie verheimlicht Nash etwas, das er ihr nie verzeihen würde ...

Ich will ja nur dich!

(Serendipity 3)

Mehr als ein paar knappe Worte hat der Polizist Dare Barron noch nie mit der unnahbaren Liza McKnight gewechselt. Dabei begehrt er sie seit seiner frühen Jugend. Als Liza jedoch in Schwierigkeiten gerät, beschließt Dare kurzerhand, für ihren Schutz zu sorgen – und die beiden kommen sich plötzlich näher, als sie es je für möglich gehalten hätten. Doch Dare ahnt: Wenn er Liza nicht verlieren will, muss er ihr sein dunkelstes Geheimnis anvertrauen und sich seiner eigenen Vergangenheit stellen …

6. Die Marsden-Serie

Küss mich später

Als sein Vater an Krebs erkrankt, kehrt Mike zurück nach Serendipity und vertritt ihn als Polizeipräsident der kleinen Stadt. Bisher hat Mike als verdeckter Ermittler in Manhattan ein rastloses Leben ohne feste Bindungen geführt. Auch die Begegnung mit seiner neuen Kollegin Cara bildet zunächst keine Ausnahme, und die beiden beginnen eine leidenschaftliche Affäre ohne große Erwartungen. Doch allmählich erkennen sie, dass sie sich perfekt ergänzen und tiefere Gefühle füreinander entwickeln …

Liebe auf den ersten Kuss

Als Erin Marsden, Tochter des ehemaligen Polizeichefs von Serendipity, feststellt, dass sie schwanger ist, steht ihre heile Welt Kopf. Denn Vater ihres ungeborenen Babys ist der mysteriöse Ex-Cop Cole Sanders, den ein dunkles Geheimnis umgibt. Aber während Erin tiefere Gefühle entwickelt, geht Cole auf Distanz. Erst, als Erin von einer Unbekannten wiederholt attackiert wird und Schutz braucht, erkennt Cole in ihr die Frau, die ihn glücklich machen kann - und stellt sich seiner Vergangenheit …

Ein Kuss zuviel

Nachdem er ausgerechnet am Tag seiner Hochzeit sitzengelassen wurde, hat Sam Marsden aus Serendipity eigentlich der Liebe abgeschworen. Doch schon bald lernt er die geheimnisvolle Nicole kennen und erlebt mit ihr ein Wechselbad der Gefühle. Mal ist sie voller Leidenschaft, dann wieder abweisend und verschlossen. Erst als Nicole in Gefahr gerät, offenbart sie sich Sam. Doch sucht sie nur seinen Schutz oder will sie ihn als Mann fürs Leben?

Wer nicht wagt, der liebt nicht.

Riley Taylor behält gerne die Kontrolle über alles und würde ihre Unabhängigkeit niemals aufgeben wollen – bis sie auf einer Party dem charismatischen Ian Dare begegnet, der sie auf der Stelle umhaut. Ian hat seine eigenen Dämonen und seit er herausgefunden hat, dass sein Vater jahrzehntelang ein Doppelleben geführt, und eine zweite Familie mit einer anderen Frau hatte, hat er sich geschworen, sein Herz für niemanden mehr zu öffnen. Doch die sinnliche Riley erweckt seine dominante und beschützerische Seite, er möchte diese Frau unbedingt haben, allerdings kämpft Riley mit ihrer Vergangenheit – diese und die Gefühle, die Ian in ihr schürt könnten sie alles kosten ...

Küss mich, Kleiner!

(Under the Boardwalk)

Ariana Costas nutzte vor fünf Jahren die erste Gelegenheit, um ihrer schrulligen griechischen Familie zu entfliehen. Doch nun verlässt die junge Psychologieprofessorin ihr geregeltes Leben in Vermont, denn ihre Zwillingsschwester Zoe ist verschwunden. Dass allerdings gleich am ersten Tag auf sie geschossen wird, hätte Ariana nicht erwartet. Genauso wenig wie die Rettung durch den gut aussehenden Detective Quinn Donovan. Nun steckt Ari wirklich in der Klemme. Genauso wie Quinn: Denn wie soll er dieser sinnlichen Frau widerstehen und gleichzeitig seine gefährliche Mission erfüllen, die sie beide das Leben kosten könnte?

Auf ein Neues!

(Perfect Partners)

Nach dem tragischen Unfalltod ihrer Schwester kämpft die erfolgreiche Anwältin Chelsie Russel um das Sorgerecht für ihre geliebte Nichte Alix. Doch Griffin Stuart, Alix' Onkel und ebenfalls Anwalt, gewinnt den Fall und beschließt, von nun an ganz für die Kleine da zu sein. Chelsie wiederum will sich nicht einfach aus dem Leben ihrer Nichte drängen lassen. Schon bald merken die beiden, dass sie ihren Zwist begraben und gemeinsam für das Mädchen da sein müssen. Während sie versuchen, dem Kind eine Ersatzfamilie zu bieten und mit ihrer Trauer fertig zu werden, kommen sie sich näher ...

Noch ein Kuss

(The Right Choice)

Die Kolumnistin Carly Wexler ist überzeugt: Liebe und Leidenschaft bringen nichts als Enttäuschung, und so führt sie eine eher leidenschaftslose Beziehung mit dem ehrgeizigen Peter. Die Vernunftheirat der beiden steht kurz bevor, als sie Peters attraktiven Bruder Mike kennenlernt. Er ist das genaue Gegenteil von Peter: rau, männlich, selbstbewusst, und Carly fühlt sich stark zu ihm hingezogen. Die Begegnungen mit ihm verwirren sie und bringen ihre Prinzipien ins Wanken. Will sie weiter auf Nummer sicher gehen oder die Liebe – mit all ihren Risiken – in ihr Leben lassen?